追忆章太炎

U0431427

贾鸿昇 编

泰山出版社·济南·

图书在版编目（CIP）数据

追忆章太炎 / 贾鸿昇编 . — 济南：泰山出版社，
2021.10
ISBN 978-7-5519-0673-9

Ⅰ.①追…　Ⅱ.①贾…　Ⅲ.①传记文学—中国—当代
Ⅳ.① I25

中国版本图书馆 CIP 数据核字 (2021)第 211561 号

ZHUIYI ZHANG TAIYAN
追忆章太炎

编　　者	贾鸿昇
责任编辑	程　强
特约编辑	史俊南
装帧设计	观止堂_未　氓

出版发行　泰山出版社
　　　　　　社　　址　济南市泺源大街 2 号　邮编　250014
　　　　　　电　　话　综合部（0531）82023579　82022566
　　　　　　　　　　　市场营销部（0531）82025510　82020455
　　　　　　网　　址　www.tscbs.com
　　　　　　电子信箱　tscbs@sohu.com
印　　刷　天津画中画印刷有限公司
成品尺寸　155 毫米 ×230 毫米　16 开
印　　张　21.5
字　　数　240 千字
版　　次　2021 年 10 月第 1 版
印　　次　2021 年 10 月第 1 次印刷
标准书号　ISBN 978-7-5519-0673-9
定　　价　59.80 元

凡　例

一、将原书繁体竖排改为简体横排，并参照不同版本，订正书中明显的错讹。

二、原则上保留原著作中出现的外国人名、地名等的旧式译法，订正个别极易引起歧义的译法。

三、不改变原书体例，酌情删改个别表述不规范的篇章或文字。

四、原书中文字尽量尊重原著，通假字及当时习惯用法（如"他""她"不分，"的""地""得"不分）而与现在用法不同者，一般不做改动。人名、字号、地名、书名等专有名词，酌情保留繁体和异体字形。

五、参照现行出版规范，对原书中标点符号进行适当修改，新中国成立后的日期等情况统一采用公元纪年法表示。

目　录
contents

章先生别传

但植之

　　章先生讳炳麟，字枚叔，浙江余杭人也。慕昆山顾炎武之风概，更名绛，字太炎，学者称太炎先生。少游朴学大师德清俞先生樾之门，兼从定海黄先生以周问大义，尽通文字器数之奥。见虏政不纲，出交贤豪，慨然以兴复为己任。

　　属清室议改易成法不果，党祸起，先生避地台湾，间关至日本江户，邂逅孙公，共论相土迁宅之宜。作《相宅》，述孙公始谟，谓今后建都，谋本部则武昌，谋藩服则西安，谋大洲则伊犁。孙公雅相推重，先生亦服孙公善经画。孙公于开国典制，多与先生相商榷，时人弗之知也。岁癸卯，先生以《苏报》事与清廷讼不直，谳成，处先生三岁刑。同盟会建立之明年，先生出狱，同盟会人迎先生至日本江户，主《民报》笔事。先生尝书联贻孙公，署曰"逸仙二兄"。逸仙者孙公字也。及武昌发难，风起云蒸，卒倾虏社而反汉鼎。非夫清廷腊毒盈贯，孙公与先生经纶草昧，及仁人志士幽囚辟易、断脰绝齿者之相继，未易以集事也。

　　民国元年一月，临时政府宅南京，孙公受乐推就大总统职。孙公素知袁世凯畔涣不可任，壹意北伐；然以与武昌相失，不能得形势，时论亦汲汲欲仆清廷，孙公因荐世凯自代。世凯既绍篡洪绪，后遂僭号称制。虽西南首义，胜兵用命，狂狡熸沮，淫威余烈，几亘两纪，天下汹汹矣。先生《告癸丑死义烈士诸君文》，发愤论之曰："武昌之师，以戋异族；云南之师，以荡帝制。事虽暂济，而皆不可谓有成功则何也？异族帝制之执，非一人能成之，其支党槃结于京师者，不可胜计。京师未拔，正阳之闉未摧，虽仆一姓，毙一人，余蘖犹鸟兽屯聚其间。故用力如转山，而收效如豪毛。遽以是为成功者，是夸诞自诬之论也。人情偷息，忺此小康，未暇计后日隐患。某等虽长虑却顾，不敢自逸，无若众论之护呹何！自南京政府解散，提挈版籍而致诸大酋，终有癸丑之变。祸患绵匦，首尾四岁，以诒诸君子忧。繄岂小人偷息之咎，某等亦与有罪焉。"先生盖以临时政府移宅宛平，追惩前失，深自引咎，欲来者之引为鉴也。

始元年，先生尝谒黎公于武昌，见黎公为人乐易，脱略礼数，谓与共和政体相应。及世凯继任，先生游宛平。他日世凯问政于先生，知先生不能为用，而惮先生重望，授先生东三省筹边使，而不使开府辟僚佐。先生循道弥久，温温无所试。虽知世凯乏远略，无委仗意，犹庶几稍发舒素志。尝一行边，遂弃去。先生曾书《癸丑长春筹边》五言近体二首示余，其一云："剑骑临边塞，风尘起大荒。回头望北极，轩翮欲南翔。墨袂哀元后，黄金换议郎，殷顽殊未尽，何以慰三殇。"论者谓尼父歌彼妇以出走，先生赋诗而挂冠，圣贤之不得行其志，大抵然也。未几归上海。

宋教仁者，先生素所推毂，被世凯命长农林。时南北既一政，人皆争言文治，同盟会议员在都者，以教仁为魁。教仁睹世凯兵盛不可与争锋，欲因议会多算以桡之。癸丑当大选，教仁属望黎公。世凯诇知其事，二年三月，世凯使贼杀教仁于上海。旋贷四国款二千五百万版以为解散东南义旅之用。八月南都既失，各省先后陷。先生于是年再适宛平，谒世凯，语不屈，遂见幽。世凯使幸臣陆建章布中诇于先生左右。先生违难口授胜义，使弟子吴承仕疏记之，世所传《莉汉微言》者是也。

五年世凯死，黎公继任，始出先生。是年夏，先生归自宛平，息肩上海。居顷之，南适肇庆，以观形势；复遍游新加坡、南洋、马来诸岛，所至演述宗国安危情势，以坚侨人内向之志。其秋归上海，因卜居焉。

先生居既定，益扼腕策国事，故旧至自四方者，多就先生咨方略。时黎公虽继任，然失兵久，北洋军势未衰；而国务总理段祺瑞以不顺帝制，功尤高；其秘书长徐树铮缘附约法，构于府院之间。六年夏，黎公罢祺瑞职，以伍廷芳代之。令下数日，九省督军皆反。适长江巡阅使张勋入谒，请解散国会，登李经羲为总理，竟用是以兵二千矫命以清废帝复辟。黎公逊于东交民巷，密令段祺瑞复职，击走勋。黎公解职，冯国璋继。七月孙公率海军总长程璧光与先生及前国务总理唐绍仪赴番禺，军府既建，孙公以先生长秘书。先生为孙公草宣言，喻顺逆。既而请于孙公，赴昆明说唐继尧就副元帅职，出师北伐。先生有《发毕节赴巴留别唐元帅》诗云："直北余逋寇，当关岂一夫？"欲继尧佐孙公扶义，为西南诸将先也。未几下江，过湖南，反上海，向学咨政者，不绝于庭。自是南北交兵，绵四五岁。国璋去，北方又拥徐世昌主之；至十一年夏，北方将领请黎公再起。先生以书抵黎公曰：“将帅过骄，难为其上。必欲出，请南都武昌，无滞宛平。”十二年六月黎公被迫如天津，浮海至上海，先生数过黎公道故。于时曹锟购致议员，图干大选。先生与唐绍仪电书告议员南下集会，然亦不能有所匡救。十三年十月，孙公过沪入宛平，先生入谒为别。及孙公在宛平不豫，先生手疏医方，属余致之左右。自是数言时事，多谔谔之论。二十年一月二十八日淞沪变起，先生入宛平，教北方柄兵者备边守险之策。主者是先生言，逡巡不能见之施行。先生反上海，旋如苏州，因家于是。与诸生创国学讲习会，然于经国立政之务，未尝忘靖献也。二十五年六月十四日以疾终于苏州寓邸。先生著述，世多有之，是以不论；次其轶事，以备国史之采择焉。

赞曰：余从先生游逾二纪，尝从容问先生政俗因革损益之由，先生启发恳至。又尝交先生弟子黄侃、汪东。侃之言曰：“先生持论议礼，遵魏晋之笔；缘情体物，本纵横之家。可谓博文约礼，深根宁极者焉。”侃既死，东语余曰：“先生之玄言，可得而闻；先生之文章，终不能规其豪末。”二君之言，盖笃论也。世多熹先生言政之电书，然先生乘兴奋笔，辄削藁不存，非其至也。世又疑先生立论先后殊致，斯则未原始察终之故也。先生救时之议，卑而易行；因人施教，随情利导。时有先后，性有刚柔，则所以开示之者，不容执一端。昔者尼父以道为度，标绝四之旨，亦尝毋意、毋必、毋固、毋我矣。先生尚不自有其身，何意必之有哉！先生尝自谓平生仪刑昆山顾宁人，宁人直阳九之运，志不得施，以言救人。先生起自诸生，濯缨汉室，弱冠之岁，道风素论，已镇雅俗，中岁毗佐孙公，一匡诸夏，为世斗极，生而八方景附，殁而四海遏密，盛德大业，虽与伊、吕比隆可也。乌虖至矣！

《制言半月刊》1936 年 9 月第 25 期

余杭章先生墓志铭

汪 东

先生讳炳麟，字枚叔，一曰太炎，浙江余杭人也。王考讳某，考讳某，奕世载德，实有令闻。先生秉心强固，聪智绝人，粤在幼年，已开宏业。外祖朱氏，尝授以《春秋》大义，谓夷夏之辨，严于君臣。服膺片言，以至没齿。是盖岳因部娄，增其九成；河出昆仑，原于一勺。稍长，从德清俞君问业，横经在席，砥砺时须，敛袖而听，锋芒不见。厥后旁搜远绍，著书满家，而师法所自，称引勿替。康成绝学，尚游马氏之门；叔重无双，不废贾君之说。强立不反，斯之谓欤。

有清末叶，政益陵迟。先生怀一夫不获之心，申九世复仇之议，欲求殷献，共举义旗。爰历闽疆，暂栖穷岛，所谋弗遂，铩羽西还。既遭党锢，有明夷之厄，乃日读《瑜珈师地论》及因明、唯识诸论，宅心玄宗，都空意必。民国二年，再被幽系，又口授《微言》，命弟子吴承仕录之。居幽赞《易》，以明忧患之情；在陈绝粮，县述四科之教。希踪曩哲，一揆同归。

初至江户，识故临时大总统孙公，倾盖论交，即关大计。于是作《相宅》一篇，豫策革命后建都所宜。其言略谓谋本部则武昌，谋藩服则西安，谋大洲则伊犁。洞烛几先，规柢宏远，运天下如掌上，罗形胜于匈中。势格不行，祸亦随见。昔成周既宅，乃为雒邑之营；秦祚先亡，始定关中之策。以今方古，抑又过之。

逮乎武汉兴师，金陵让国，袁氏袭亡清之旧制，忘孙公之乐推，跋扈临民。佁儌弃法，先生直言毋挠，谗口是撄。未几，出为东三省筹边使，盖远之也。知非用我之诚，犹冀期月之效，是以明令朝颁，轻车夕发，度雄关而揽辔，指险渎以徂征，涉历山川，图摹形势，将欲收乐浪于版图，规玄菟为郡县。岂知建议，悉被稽留，挂冠即行，拂衣高蹈。用是强藩割据，倭寇冯陵，沿至于今，终成钜患。假使郑用烛武，汉听贾生，则北门之筦，何至潜移，七国之兵，还当自戢。噬脐奚及，流涕空悲，言念老成，倜乎远矣。

邦家多故，戎马频繁。民国五年七月，孙公以大元帅兴护法之师，开府广州。用先生为秘书长，传檄而定巴蜀，赋诗以劳将率。时唐继尧督军滇南，犹怀观望，先生躬往说之。瞻望碧鸡之岭，瘴气潜开；徘徊黑水之祠，凶波不作。唐感其诚，请受节度为副元帅，同寅协衷，斯为功首。其后军府改制，解组言旋。虽反初衣，犹闻国是，谠言时发，不可胜书。

顷者寇乱日深，车驾将税，乃卜筑吴地，躬启讲舍，娉欲教诲后牛，振导聋俗。莘莘学子，从者如归。了夏居卫，西河于以向学，仲尼反鲁，《雅》《颂》繇是得职。岂直通波飞阁，悦此清嘉；良田美竹，娱斯伏腊而已。不幸寝疾，以民国二十五年六月十四日卒，春秋六十九。弟子心丧，薄海咨悼，国家追念元耆，荣以国葬，礼也。

夫立德者不必有功，勤事者未皇绩学，兼备三者，紧惟先生。故能识综九流，勋媲微管；金声玉振，终始之为成，霆气流形，不言而成化；可谓出乎其类，拔乎其萃者也。

配汤夫人，有子二：曰导，曰奇。始遭疾困，未安家室，先置篚某氏，生女子子三：长适龚，前卒；次适关；次适朱。一门之内，孝弟怡怡。

嗣子居丧尽哀，继志善述。某年月日，奉丧返杭州，葬中台山之麓。念封树之将具，嗟德音之不忘，询谋金同，刻此贞石。其辞曰：

於皇先生，抱道守贞；居常虑变，在险能亨。建夷既摧，复我疆理；嘉谟屡陈，以规九有。知几其神，言必有谂，鳄鲵肆虐，尧封沦陷。一佐军府，遂返田园；功陋齐管，节慕鲁连。博综《丘》《坟》，思弘六艺；雄文迁笔，盖其余事。天不憖遗，微言圮绝；凤鸟无征，椸奠空设。萧萧归椟，桓桓墓门；千秋万代，楷树常存。

《制言半月刊》1936 年 12 月第 31 期

章太炎事略

冯自由

章炳麟原名绛，字枚叔，又号太炎，浙江余杭县人。少从游于浙省大儒俞曲园（樾）之门，尝一度应县试，以病辍业，遂专心研究国学。因读《东华录》《明季稗史》诸书，备悉满虏虐待汉人惨状，乃绝意仕进，渐涉猎西籍译本，知非实行新法无以立国。

岁甲午，年二十七，闻有粤人康祖诒集公车上书陈请变法，诧为奇士。会康所发起之强学会向浙省各书院征求会友，章乃纳会费十六元报名入会，间或投稿上海报馆发表政见，文名由是日显。岁丙申（一八九六年），夏曾佑、汪康年发刊《时务报》于上海，聘章及梁启超分任撰述，章、梁订交盖自此始。

戊戌（一八九八年）春，鄂督张之洞耳章名，特电聘章入幕，礼遇颇优，以言论过激，与两湖书院山长梁鼎芬不合。梁语张督，谓章某心术不正，时有欺君犯上之辞，不宜重用，张使幕僚钱恂、夏曾佑讽章辞职，并馈以赆仪五百两。

时梁启超方与汪康年争管《时务报》，梁被摈，汪乃改组《时务报》为《昌言报》，表示与梁决绝，闻章由鄂返沪，遂仍聘章任《昌言报》主笔。梁以争《时务报》失败，情有不甘，故于是年八月政变之前，力请其师康有为向清帝前自求派往上海督办官报。其意即在借官报名义以强收旧《时务报》，借以报复私怨，康从之，故清帝有派康督办官报之命。讵康甫离北京，而党狱大起，凡曾在《时务报》任笔政者均在通缉之列。

章避祸至台湾，日人慕其文学，诗人山根虎雄特介绍之于《台北日报》，被聘充该报记者，台湾学务官馆森雄亦延章修改文字，章在台北文名藉甚。尝为文忠告康、梁，使勿效忠异族，谓孙文稍通洋务，尚知辨别种族，高谈革命，君等身列士林，乃不辨顺逆，甘事虏朝，殊为君等惜等语。

己亥夏间，梁启超主办横滨《清议报》，与孙中山时相过从，遂致函邀章赴日，谓当介绍孙某与之相见。章至东京，下榻于小石川梁寓，初以不谙日俗，误在室内坐席无心涕唾，致为管家日妇所窃笑（时著者亦下榻梁寓，故知其详，日妇名太田，康徒罗某之情妇也）。梁引章同访孙中山、陈少白于横滨，相与谈论救国大计，极为相得。时钱恂任留日学生监督，与章为旧识，亦主根本改革之说，彼此往还，殊不寂寞。

庚子六月，唐才常发起国会于上海张园，旅沪名流被邀莅会者有容闳、文廷式、马良、严复、吴葆初、宋恕、戢元丞、张通典、沈荩等数百人，章亦预焉。公推容闳为会长，严复为副会长，唐为总干事，章以会章有"务合海内仁人志士共讲忠君救国之实"一语，指为不合时宜，劝唐勿为康党所用。唐志在利用康有为保皇会款，以举大事，故不能从，章乃愤然剪除辫发，以示决绝。

是年七月汉口自立军于期前失败，唐与同党被杀者二十余人。清吏对于列名国会者，一律悬赏通缉，章不得已托庇于基督教所设之苏州东吴大学以自固。在该校讲学将一载，因所出论文题目有"李自成胡林翼论"，为守旧派所指摘。苏抚恩寿派员谒该校西人校长，谓有乱党章某借该校煽惑学生作乱，要求许予逮捕，章遂再赴日本避难。

辛丑夏间，梁启超募集华侨资本创设广智书局，延请留学生翻译东文书籍，特聘章润饰译文，章在穷途，因亦恃以为活。

壬寅（一九〇二年）章与秦力山、冯自由等十人发起中国亡国二百四十二年纪念会于东京，手撰宣言书分布旅日商学各界，文词悲壮动人，留学生多为感奋，孙中山、梁启超均署名为赞成人。清公使蔡钧闻之，乃请日政府禁止开会，然此举影响于各省留学生绝巨。其后留学界中爱国团体缤纷并起，即导源于亡国纪念会也。

癸卯（一九〇三年）苏人刘师培（申叔）、粤人邓实（秋枚）等创设《国粹学报》于上海，章与黄节（晦闻）分任撰、述，倡导民族主义，异常透辟。

是年夏，上海南洋公学学生因反抗教员之专制，相率退学，向章及蔡元培、黄宗仰（乌目山僧）、黄炎培诸人求助。章、蔡、黄等时正主持上海教育会，乃组织爱国学社以收容退学诸生，校内师徒皆大倡革命，放言无忌。

会康有为漫游欧美十七国毕东归，著一书曰《南海先生最近政见书》，专抨击革命排满之说，章乃为《驳康有为政见书》一文以斥之，辞严义正，传诵一时，逐日揭载于上海《苏报》，与邹容著《革命军》，同受海内外人士热烈之欢迎。清商约大臣吕海寰因此授意苏抚恩寿，令向租界当局要求逮捕革命党蔡元培、章炳麟、吴敬恒、邹容、黄宗仰、陈范诸人，蔡、吴、黄、陈等闻耗先后亡命海外，独章一人留爱国学社被捕，邹容则自向捕房投到。当租界会审公廨审讯之日，清吏指摘章著内有"载湉小丑"一语为大逆不道，研讯经月，而案始定；结果判章监禁西牢三年，邹容监禁二年。章在狱中常为香港《中国日报》撰著论文，世人读之如获拱璧。邹于出狱前一月病死，章至丙午年（一九〇六年）六月廿九日期满出狱。留东同盟会已预派邓家彦、龚练百二人至上海迎候赴日。章出狱时面白体胖，友人咸诧为毕生所未见，盖章生平不脱名士风尚，视沐浴为畏途，幽囚后西狱吏每日强之澡浴，故体魄因而日健也。

　　章至东京，留学界于七月十五日开欢迎会于神田锦辉馆，莅会者二千余人，《民报》社自第六号起改推章主任笔政。时中山寓东京牛込区筑土八幡町廿一番地，与新小川町二丁目《民报》社相隔不远，章与胡汉民、汪精卫诸人每日恒至孙宅叙谈，以好学深思之故，来往数月，仍不识道路。有一次因只身独行返报社，竟误投日人家宅，经《民报》社派人四索始觅得之。又章对于自用衣袜，亦常杂乱善忘，闽人林时爽（号广尘，即辛亥三月廿九一役殉义之林文也）尝为之检点一切，此在世界文学家恒不免有此种特性，往古希腊七贤轶事犹为后人称道不置，固无足深异也。

　　丁未（一九〇七年）正月，日政府徇清公使杨枢之求，馈中山赆仪数千元，令之出境，中山因此取途赴南洋，濒行留给《民报》维持费二千元。章与宋教仁、谭人凤、张继、田桐、白逾桓、日人平山周等对于中山受日人赆金事，大起非议，经黄兴、刘揆一、何天炯等多方排解，风潮始息。

《民报》出版至第二十四号时，清公使向日政府交涉，以封禁《民报》为请，日政府从之，《民报》以是停业。黄兴、宋教仁与章谋，欲将《民报》迁往美国出版，旋因他事所阻，终不果行。

及辛亥武昌革命军兴，章始归国。民元南京政府成立，中山派秘书但焘迎章至南京，章应召而行，相见颇形欢治。及中山让位袁世凯，黄兴主张迁都南京最力，深为章所不满。是年三月同盟会员在南京大开死难同志追悼会，章作挽联曰："群盗鼠窃狗偷，死者不瞑目；此地龙蟠虎踞，古人之虚言。"

《革命逸史》，《逸经》1936 年 5 月第 6 期

记章太炎与余订交始末

冯自由

余之识章太炎先生在于己亥（一八九九年）夏间，其时梁任公函托横滨大同学校，选择优级生至东京小石川区梁宅讲授中国文史学，余及冯斯栾、曾广勷、郑云汉四人预焉，时余年十八耳。太炎莅东京亦下榻梁宅，是为余二人订交之始。先是太炎于丙申戊戌（一八九六年至一八九八年）间，尝为上海《时务报》撰文。会戊戌八月，清室政变，党狱大兴，凡前与《时务报》有连者，咸在通缉之列。太炎因是避地台湾，依日本诗人山根虎雄以居。间在台北新报为文劝告康、梁辨别种族，勿再效忠虏主，自贻伊戚。任公方主办《清议报》于横滨，与孙总理过从颇密，渐醉心民族真理，得太炎书，乃函约赴日，谓将介见孙某同计议国是。太炎闻之甚喜，因有扶桑之行。太炎与孙总理订交即在此时。余与太炎同居梁宅十日，晨夕聆教，获益良多，惜余当日犹未谙国语，恒假笔谈达意。犹忆太炎于纵论黄梨洲、王船山二人学术笔谈末，附语曰："足下聪颖如此，卓公之衣钵有传矣。"云云。庸讵知数载后，余与任公因政见冲突，师徒遽成永不可解之仇敌耶。壬寅（一九〇二年）春，太炎以厕名上海张园国会案，为苏抚恩寿指名通缉，遂再东渡。受任广智书局修纂，与余同税居东京牛込区旅舍。太炎夙患羊痫疾，有一次自外返寓，甫入门即昏厥仆地，余为之延医诊治，一日而愈。时余为广智书局翻译日本帝国大学教授德国那特砠博士著《政治学》一书，全文四十万言。太炎为余润辞，维时译事初兴，新学界对于日文名词，煞费斟酌。如社会一字，严几道译作群，余则译作人群或群体；经济一字，有人译作生计或财政，余则勉从东译。太炎于此不置一辞。然社会、经济二语，今已成为吾国通用名词矣。是年三月，太炎约余及秦力山、马君武、朱菱溪、周宏业、王家驹、陈犹龙、王思诚、李群等九人，于明崇祯帝殉国忌日，发起中国亡国二百四十二年纪念会，孙总理、梁任公均署名为赞成人。是为吾国留东学界组织爱国团体之滥觞。开会前一日，日政府徇清公使蔡钧要求，遽以强力制止；太炎及余等均被日警署传往严辞告诫。届期上野精养轩之预定会场有无数警吏监视，孙总理及留学生数百人来会皆不得入。孙总理乃面邀太炎及余等数发起人至横滨永乐楼召集华侨兴中会会员及中和堂会员多人补行纪念式。是夕觥筹交错，席间孙总理倡议各敬太炎酒一杯，凡七十余杯，太炎亦不觉醉。此会虽以外力压迫，未能如期举行，然大义所被，深入人心，太炎之有造于青年学子，非浅鲜也。

癸卯（一九〇三年）上海《苏报》案起，太炎以序邹容著《革命军》及《驳康有为政见书》，被判监禁三载。及丙午（一九〇六年）狱满，同盟会本部预派党员迎至东京，聘充《民报》总撰述。时余已至香港主《中国日报》笔政。其间函牍往还，叩教不少。丁未（一九〇七年）夏秋间，吾党谋在粤南钦廉大举，初拟从日本雇船运械至钦州防城附近之白龙港接济党人起义，时孙总理方驻越南河内主持大计。担任钦廉军事之主将为王和顺，担任在日雇船购械之责者为日人同志萱野长知，余则驻香港专司筹运饷械及传达消息任务。正进行间，太炎在《民报》社偶闻日人平山和田等言，谓吾党所购枪械属明治十八年式，陈旧不堪作战。遽用《民报》社名以明电告香港《中国日报》，谓械劣难用，请停止另购。余得电，乃转告孙总理。总理以事属军事秘密，而太炎竟以明码出之，深为不怿，故其自传中有"不期东京本部之党员忽起风潮，而武器购买运输之计划，为之破坏，至时防城已破，而武器不来"之记事。（事详拙著《中华民国开国前革命史》载王和顺、许雪秋事略）然据此事经过而言，当时吾党虽有运械至白龙港之计划，但后经孙总理、王和顺、萱野长知及余等再四研究，以钦州党人无法与日本通电，自不能依时接卸船械，而香港与钦州经由河内辗转传递消息，亦必迁延时日，贻误戎机，遂废此策不用，而改从运械至惠州汕尾卸岸之议。是即丁未八月汕尾一役，党人许雪秋等接收而未得手之武器也。故平情论事，责太炎以不谙军事，冒昧发电则可，若加以泄漏秘密破坏戎机等辞，则容有未当。盖太炎生平秉性戆直，稍有感触，辄一吐为快。顾以书生而好预兵事，则无心之失，自不可免。况此役运械至钦州海岸之原定计划早已抛弃，更不能为太炎咎也。

民元南京政府建立，孙总理遣使迎太炎至总统府。余与太炎不相见者九载，至是始复聚首话旧，互数当年亡国纪念会之十发起人，则化为异物者殆及半数。至民二十四年六月，太炎亦逝，则存者仅余等二三人耳。当民十三年春，国民党改组容共，余以反赤被谴去粤。全党骚然，太炎怒焉忧之，乃约余及马君武、田梓琴、居觉生、刘禺生、茅咏薰、周道腴、谢良牧、焦子静、管鹏、但植之等十一人，于是冬会于上海南阳桥寓所，主张集合同盟旧人商讨护党救国之策。各方老友闻而感奋，三年后遂有实行清党之举。是则太炎以德望感人之力为不少也。民二十年九一八祸作，余时居哈尔滨，仓皇去满，抵沪，具告太炎以当局不抵抗情况。太炎大愤，移书切责典兵者立功自赎。及民二十一年一二八淞沪变起，益形焦灼。以当局举棋不定，乃自北上，教北方诸将以恢复失地及备边守险之策。以主者阳奉阴违，惘然返沪，自是日以国事为念，居恒书空咄咄，如有所失。卒从李印泉言，移家吴门，以讲学自遣。民二十四年一月二日，为其六十八岁寿辰，各省同盟老友，不期而集合苏城，同伸庆祝者二百余人。咸谓非太炎之德望，不足以聚无数之破铜烂铁于一堂。宴饮时，余出示近作时事新诗若干首（略载《大风》旬刊第五十五号），太炎颇为称许，笑谓足与《饮冰室诗集》先后媲美，盖重申三十八年前在日同居梁宅时之旧话也。是日称觞后，太炎忽在礼堂昏厥，须臾清醒，众从后掖之。太炎反顾曰，我非孙凤鸣，尔非张溥泉，况又无汪精卫在前，何故抱我弗释耶。仍欢笑如故，余以太炎于病后，犹能作此雅谑，绝不料其寿之不永也。不图是年六月十四日，太炎遽捐馆舍，国丧典型，万方同慨。余时挽之曰："大军已溃八公山，怜当局责重忧深，雪耻不忘王丞相。与子昔倡亡国会，叹此日人凋邦瘁，伤心重作汉遗民。"闻太炎于未病时，已预作遗言，谓设使异族入主中夏，后世子孙，永不得受其官禄。又在逝世前一月，尝致书蒋委员长痛陈抗战御侮大计，辞甚激切。蒋委员长特覆书慰之，其睠睠于宗国之安危有如是焉。太炎殁后二年，事变丛生，果不出太炎所料。幸而敌忾同仇，举国一致，最后胜利，为期不远。太炎其或可以瞑目矣乎！

《革命逸史》第二集，商务印书馆 1943 年版

太炎先生行事记

黄 侃

先生初名学乘，字枚叔，后更名炳麟。慕昆山顾君，又易名绛，自署太炎。浙江余杭人，家世儒修。先生生而徇敏，幼读《东华录》，愤异族之君中国，即立志不仕进。年十七八，从德清俞君受经学，又尝从仁和谭仲修游，文采斐然，有所述作。治《左传》，为《春秋左传读》数十万言，始显名于世。

戊戌，撰文于上海《时务报》馆，去之台湾，又游日本。闵中国之将亡，知清室不可为治，始昌言光复之义。浙自晚村、绍衣以来，明夷夏之防，志不帝清者，世未尝绝。辄近如戴子高、谭仲修，犹有微言，载于集录，传于乡之后进。先生受之，播诸国人，发聋振聩；蒙难艰贞，曾不渝改。今革命之功克成，推厥所元，孰非斯人之力乎？

始先生为《訄书》数十篇，中多革命之论；又作《驳康有为非革命书》，又为巴县邹容序《革命军》行世，又撰文《苏报》，力主急激之说。清室既深忌之，葵卯，乃以《苏报》事，逮之上海，将致诸大辟，而租界西人不肯移送清吏，卒以为文诋诽清室故，与邹容判系租界狱三年。邹容死狱中，先生以丙午出狱，东适日本。时革命党方撰《民报》于东京，先生至，遂主其事。

《民报》之文，诸为先生所撰述者，皆深切峻厉，足以兴起人。清室益忌之，然不可奈何。后革命党稍涣散，党之要人或他适，《民报》馆事独委诸先生。日本政府受言于清廷，假事封《民报》馆，禁报不得刊鬻。先生与日本政府讼，数月，卒不得胜，遂退居，教授诸游学者以国学。睹国事愈坏，党人无远略，则大愤。思适印度为浮屠，资斧困绝，不能行。寓庐至数月不举火，日以百钱市麦饼以自度，衣被三年不浣。困厄如此，而德操弥厉。其授人以国学也，以谓国不幸衰亡，学术不绝，民犹有所观感，庶几收硕果之效，有复阳之望。故勤勤恳恳，不惮其劳，弟子至数百人。可谓独立不惧，暗然日章，自顾君以来，鲜其伦类者矣。

先生懿行至多，著述尤富。文辞训故，集清儒之大成；内典玄言，阐晋唐之遗绪；博综兼擅，实命世之大儒。今年先生裁四十余岁，造诣正未有极，仁民利物，事方在于后来。兹篇所述，但取其系于革命者，余不赘焉。弟子黄侃记。

《神州丛报》1913年8月第1卷第1册

章太炎

马叙伦

　　章太炎先生余杭人。而幼居杭州里横河桥南河岸，税王梦楼之孙小铁家寓焉。其幼病羊痫，故不能应试。长亦独慧于读书，其于人事世故，实未尝悉也。出门即不能自归。其食则虽海陆方丈，下箸唯在目前一二器而已。清末光绪二十八九年间，俄、法皆有事于我，上海爱国之士日聚张园，召号民众，以谋救止，太炎与蔡子民、吴稚晖无会不与。稚晖演说，辄如演剧者东奔西走，为诸异状。而太炎则登台不自后循阶拾级而上，辄欲由前攀援而升，及演说不过数语，即曰：必须革命，不可不革命，不可不革命。言毕而下矣。太炎时已断发，而仍旧装。夏季，裸上体而御浅绿纱半接衫，其裤带乃以两根缚腿带接而为之。缚带不得紧，乃时时以手提其裤，若恐堕然。是时，上海所谓大报者，自《申报》《新闻报》外，有《中外日报》《苏报》。《中外日报》颇能靳骖《申》《新》两报，不胫而走。至俄法事起，《苏报》社论时有激昂慷慨，言人所不敢言者。隐然为革命之言论机关也。一日，张园之会，演说者循例不过声名弈著之数子耳，乃忽有镇江钱宝仁者跃而登台，演说之时，创言主战，自鸣当毁家纾难，身有徒属可召而集者数千人。是日为法侵龙州事也，座中多两广人，钱操方语，两广人多半不悉所言，见人多拍手，则有要求译为粤语者，马君武自告奋勇述焉。于是钱名大噪。《苏报》主人陈梦坡即访钱而延之寓，便策进行，余于次晚亦造焉，钱所述如昨，并树三指，以示其徒属可召而集者三千人。余察其言夸，而举动殊鄙，归与汤尔和语，其人不可信。尔和然之。然诸公群焉信之。梦坡之妇撷芬者，尤佩敬之。既而《苏报》载太炎答新闻报记者一文，中有载湉小丑云云，清廷令苏松太道讼之公廨，于是太炎与宝仁及著《革命军》之邹威丹容并系狱。然钱卒先得脱，以系基督徒，而实乃妄人也。威丹瘐死于狱，太炎则于狱中事缝纫焉。是时，上海有所谓野鸡大王者，服西装而束发于顶，畜三绺须，貌甚奇。其夫人亦豁达，非寻常闺阁中人，一时名士皆友之。时余与王小朱同一宅住，其人时来访小宋，余因识焉。遂时造其家。其人实阴怀革命之志，而鬻书于青莲阁，四海升平楼等品茗之所，亦皆三等妓女之所聚，故拥"野鸡大王"之号，其人为谁，徐敬吾也。其所鬻书，杂《革命军》等于其中，盖以是传播革命思想也。张园之会，敬吾亦必与焉。

《太炎文录续编》有《救学弊论》，多根据过实之传闻。盖所失固有，而迹其大较，则晚近学术界颇能张皇幽眇，其人固多出于学校，不可诬也。又谓元魏金清习于汉化，以致覆亡之后不能复兴，以戒今人慕习远西文物为可虑。信如此说，则当彼诸榛杯，不必从事文明矣。余昔固与太炎共鸣于《国粹学报》，彼时乃以挤覆满洲政权为职志。以民族主义之立场，发扬国粹，警觉少年，引入革命途径，固不谓经国致治永永可由于是矣。且所谓保存国粹者，非言事事率由旧章也。而论治则以人群福利为本，以共达大同为极。岂可久滞种种区分，若种若国若贵若富而不悬一共达之鹄！夫使人尽得所，生活无歉，必不为人所亡。不然，徒守茹毛饮血之俗，则太古之族存者几何！

太炎不能书而论碑版法帖，盖欲示无所不知之博耳。然所论书丹，自谓前人所未说，亦不诬也。又谓意者古人悉能题壁，题壁有力故书丹自易，此见亦佳。韦仲将题榜，身悬百尺之上，可见当时门阙匾额，皆重墨迹，且悬之而后书也。则书丹亦犹此矣。今人不独不善题壁，亦不善题襟，余尝悬纸于壁而书之，竟失平日书体，以此知米颠书从此入，大是良法。

太炎为袁世凯幽居于北京钱粮胡同时，以作书自遣。日有大书，尝书速死二篆，大可尺五六。悬之屏风，遂趣其长女以自缢。然此二篆颇有二李二徐之笔意。计当不存矣。

《太炎文录续编》有吴彦复先生墓表，信史也。有黄晦闻墓志，亦信而少简。于晦闻之介无称焉。太炎之初被幽于龙泉寺也，晦闻亦有书致李仲轩，盖与余约共救之也。

从夏瞿禅假得章太炎自定年谱读之，其记三十一岁避钩党南渡，至台湾，谓为日本人所招。然彼时清廷实有命逮太炎，黄仲弢丈得讯以告孙颂容丈，容丈告其从妹夫朱平子先生。宋先生以告余师陈介石先生。师与宋先生皆太炎友也，即促太炎避地，乃应日本人之招耳。其四十四岁在东京时，余游日本，即往访之。太炎与其长女叕女夫龚未生局趣东京乡间一小屋中，与余谈历数时，留余饭，犹不忍别。其饭配仅大蒜煎豆腐一味也。余劝其归，愿为疏通于浙之当道。太炎亦望归，时浙以秋霖灾遍全省。浙东数不靖，而太炎故乡余杭县亦有事，恩反为太炎累。未言，而武昌军兴矣。太炎亦以十一月归上海，寓爱俪园，余日趋与划策，会章笛秋为江苏都督府总务厅长，秘书长则应季中丈也。与余谋，欲治一日报，为革命鼓吹，延太炎为社长，即《大共和日报》是也。余旋就浙江都督府秘书，而此报遂由太炎而为其所主持之政党机关报焉。其四十七岁所记为袁世凯幽锢一节，称陆建章慕爱先达，相遇有礼，可谓君子可欺以其方矣。建章所杀革命党岂胜指数，乃慕爱太炎耶？建章鹰犬也。受世凯旨，世凯不敢加害于太炎，畏人以此为口实，而又知太炎书生易与，故令建章阳为慕爱而阴实幽锢。其在龙泉寺绝食，余与黄晦闻各致书李仲轩，请其为言于世凯，释太炎之锢，仲轩不敢言也，其由龙泉寺移钱粮胡同也，先住本司胡同一医家，医即建章之属也。及居钱粮胡同，一切皆由京师警察总监吴炳湘遣人为之经理，司门以至司庖，皆警厅之侦吏，太炎惧为所毒，食必以银碗银箸银匕；盖据《洗冤录》谓银可谂毒也。其宾客往来者皆必得警厅之许然后得见，其弟子中唯朱逖先可出入无阻，余初往亦不得入，其后乃自如。盖侦吏知余与太炎所言不及时事也。其后太炎复以郁居绝食，逖先私袖饼饵以进。太炎斥之，掷其物。比为余知，已第三日矣。余晨八时抵其寓，太炎卧重衾中。唯吸水及纸烟，时方隆冬，所寓屋高且大，不置火。以太炎谓世凯有阴谋；或以煤毒致其死也。余自朝迄更起，披大衣不敢卸，不得食，规以义，劝以情，初则百方不能动之。其拒余也，则引《吕览》养生之言：迫生不若死，经余委宛譬谕，旁晚乃涉理学家言，少得间矣。及更起，余见其情可食矣，乃谓之曰：余来一日矣，未有食也，今欲食，先生陪我，可乎？太炎始诺。余乃自令其司庖者煮鸡鰕般两碗来。庖者以进，余即以一碗进太炎，而余不食。知其饿，可再进也。果然，及其食毕，乃辞出。其司庖与司门者，皆肃立以谢余。自此余出入益自如而得间告以消息。会马通伯欲以其所著《毛诗故》，得太炎之审正，余乃引通伯以交太炎。通伯故炳湘乡人，又称耆宿，而时为参政，为言于炳湘；监视得少宽。而余与太炎因谋倾袁事，余以明年即为洪宪元年，故辞北京大学教授事，将南归。时有总统府顾问廖容者，故余门人，曾率兵惠州，王和顺部也。容时时以读书来受益，余因属其归，纠旧部以讨逆。容受命，而余先行，与太炎别。太炎泫然；平生未见其若此也。自此以后，政海澜翻。太炎游说西南，不暇宁居；而余舌耕养亲，久居故都，与太炎仅二面耳。一为九年，余为外姑之丧南归，道经上海，访之于也是庐，高朋满座，皆纵横捭阖之俦也，余起居之即别。二为廿一年，太炎至北平，余一日清晨访之，以为可以叙旧语。乃太炎未起，起而盥洗事已，方相坐无多语，而吴子玉以车来速，余素不乐太炎与闻政事，盖太炎讲学则可，与政则不可；其才不适此也。徒能运书卷于口舌之间，观此所载，几若洞照无遗，亮猛复出，而其实每违于事势，然四方当局皆重其名而馆之，亦实非能尽用其言也。故观其与子玉亦若沆瀣相得，知不可谏，即辞而行。余于太炎谊在师友之间，得复一见其平安，亦无他求；而从此竟人天异域矣。今日思之，亦有黄垆之痛也。

访章太炎夫人。夫人以余与太炎旧交，述炎丈晚年以旧学不传为忧，而投贽者遂众，所进者杂，规之未能止也。炎丈既从怛化，而门下自旧日诸大弟子如朱逖先、汪旭初外，新进如潘某及某某尚可称为无忝，而率藉此标榜以为己利。尤以沈某为甚。上海太炎文学院之设，即为若辈所以为资者。及经多方经营得以立案，而若辈造为高自标榜之语，忽焉星散，如此者非一二事。未亡人以为苦也。余不详炎丈晚年事，其逝世后及门所为更未有所闻。夫人之言，必有所苦而发，记之以见学术林中亦复戈矛森立也。

三十一年四月廿二日，章太炎夫人与夏瞿禅来访。章夫人贻余《章氏丛书三编》，然皆太炎杂文，其中实多不必存者。盖酬应及有润笔之作，不免多所迁就。如太炎之文学，无此已堪百世也。及门以广搜为贵，故片纸只字，将在所必录矣。谈次，颇及炎丈往事，夫人因及炎丈被幽北京钱粮胡同时，袁世凯使其在上海之谍刺机关，多方谋致夫人于北京，自有所用意也。夫人断然不往，因以此为章氏尊卑所不谅，炎丈亦有不满之词。后虽得白其情于炎丈，而时则北京某报居然以炎丈夫妇仳离之事载矣。余乃以一事质夫人。当余十八年任教部抵都，时黄季刚教授中央大学，余于一日傍晚抵其寓，盖以与之不见数年，得一谈为快也。因询及炎丈，而季刚语余曰："章先生甚恨你。"余愕然。余思虽与炎丈近时踪迹多疏，若言往昔，炎丈与余固信义相孚者也，何事乃甚恨余？复向季刚，亦止唯唯而已，未知夫人亦曾闻及炎丈有所以恨余者乎？夫人慨然曰："北京某报之诬余，即出季刚。季刚好造生是非，其言实不可听，此人为文人无行之甚者。"因历举其事。有为余所知，有为余所未知者。季刚为人在其同门中，如朱逖先、马幼渔、沈兼士辈固习知之，会集闲谈，辄资以为助。忆其将离北京大学时，其同门者皆厌与往来，唯钱玄同犹时过之。一日，余往谈甚久，季刚若倾肺腑，且约越日午饭于其家，期早至为快。乃及期而往，则季刚高卧，久候而后出，时至午矣。余腹枵矣。然绝无会食之象。逮午后一时余，余饥不可忍，乃陈宿约。季刚瞠然曰："有是乎？余忘之矣！"草草设食而罢，余始信其同门之言。及其后为同门者所挤，而胡适之因利用以去季刚。季刚不善积，得束脩即尽。至是无以为行。复依余为周旋于蒋梦麟，乃得离北京也。不意又造作炎丈恨我之盲，殊未悉其意之所在。

《石屋余渖》，建文书店 1948 年版

我在六十岁以前（节选）

马叙伦

　　这时（1911年），章炳麟先生已由日本回到上海，同来的有他的学生，几位四川人，其中一位就是现在重庆民主运动里的斗士黄墨涵先生（他名叫云鹏）；都住在爱俪园——哈同花园。我每日都和章先生去商谈。袁世凯叫冯国璋攻破了汉阳，上海各报不敢发表，因为那时人民宁信《民立报》为宣传捏造的消息，而对于真实的如革命军失败的消息，就会打毁报馆的，《申报》《新闻报》就被打过，这是民意的测验。章先生却得了黎元洪的电报。章先生气得给我的信上竟称黄兴做逃帅。我那时就由应德闳先生给章先生和程德全拉拢了，为的是要北伐。因此，这份报纸取名《大共和日报》，请章先生做社长，杜士珍任经理，我担任了总主笔，章驾时、汪东（章先生的学生）都是主笔。（章驾时因军事关系，始终未到。）

　　……

　　这年（1915年）的下半年（四年），北京大学请我在文学院担任教课。那时，章炳麟先生被袁世凯软禁在北平东四牌楼的钱粮胡同，住宅是前清小贵族的遗产，着实堂皇。可是除他本身以外，一概由警察总监吴炳湘包办。大门口呼么喝二的便衣警察五六个，算是他宅子里的门房。可是"上房"里只有一个听差，还带司厨。客人呢，起初只许两个人进去，一个是清史馆纂修北京大学教授朱希祖，是章先生的弟子；别一个我忘记了。后来马裕藻、钱玄同、吴承仕和我都陆续可以进去了。我有时在北大上课后去看看他，有时我星期日去看他，一谈就是一天。有时他还要我吃了晚饭走。说起吃饭，可笑了，四盘一汤，菜不算坏。他呢，照例只吃在他面前的两盘菜，这倒不可笑，只是饭碗、筷子、汤匙都是银的，这是他吩咐的，因为他怕袁世凯下毒药，叫他死得不明不白。他根据了《洗冤录》的话，银子可以验毒的，所以这样。可是热气腾腾的饭拿不上手，汤喝不进口，我拿陪他吃饭，当作一件苦差了。

他在这样的生活里，自然痛苦极了。当他第一次被软禁在南下洼龙泉寺的时候，已经绝过一次食，我和黄节先生都写信给袁世凯的政治会议议长李经羲，请他向袁世凯说话，恢复他的自由，才由龙泉寺迁移过来，这时他又来这一套了。他绝食的第二日，我才得了消息，一清早由西南城赶到东北城，进了他的卧房，三条棉被裹了他的身体睡着。这是冬天不消说了，北方大家小户，都生火了，他住的房子又高又大，可是连一个白炉子也没有，因为他防袁世凯又用煤气熏死他。因此，我连一件敞裘大衣，也不敢脱，只是身上感觉沉重，两只脚几乎没感觉了，只好在他房里不停地兜圈子，一面走，一面向他种种譬解。他是九流三教无所不通的，寻常言语，休想打动他，幸而我还有几套，忽然谈孔孟，忽然谈老庄，忽然谈佛学，忽然谈理学；谈到理学，他倒感觉兴趣，原来他对这门，以往还缺少深刻的研究，这时他正在用功，所以谈上劲了。但是说到本题——劝他复食，他就另来一套。他说："全生为上，迫生为下，迫生不如死。"这是《吕氏春秋》里话，他用来说明他绝食的理由，我又用别种话支吾了他，一直说到下午八时，他的精神倒越兴奋了，我的肚子里却咕噜咕噜地叫了。我看准了他不至于坚持了，便告诉他我受不住了，要他陪我吃点东西，他居然答应了。我便做起主人来，叫那位听差兼司厨的进来。好在他本来有侦探的职务的，一晌在房门外伺候着，这天他们这些特务个个心惊肉跳，为了要担责任哩，所以我刚开口，门帘就打起来了。我吩咐他做两碗鸡子儿来，因为饭是赶不及办了，也防章先生饿的时候多了怕不方便。一忽儿两碗鸡子儿搁到他床边，我先递一碗给他，他一口一个，不消一分时便落肚了。我再递那一碗预备我吃的给他，他也不推辞，照样落肚了。我算完了今日的任务，便叫那位听差兼司厨的给他洗面，又吩咐他们好好伺候，就离开了他。走近大门，那几位特务都排着向我恭恭敬敬地说一声谢谢。有一位徐一士先生根据钱玄同先生的说话，记这件事，实在有点不对。我也不用多辩，只把我身经的情形写在这里。

此后我更不断地去安慰他，并且去访一位吴炳湘的老乡，参政院参政桐城派古文名家马其昶先生，想他能够和吴炳湘说几句话，却好马先生正要把他的著作《毛诗考》，托我请章先生批评，我就给他介绍和章先生见面，以后他的"门禁"果然松了许多。

这年寒假将近，我和汤尔和、邵裴子都不愿在袁皇帝"辇毂之下"混事，赶在他"登极"以前，我辞了北大和医专的教员，汤尔和辞了医专校长，邵裴子辞了财政部的主事，都离了北京。

……

在我要离开北京的时候，去和章先生商议倒袁的事，章先生嘱我找张謇先生商量。当我最后和他分别的时候，我很为难过，一则我好像是他的护卫，我离开了他，不晓得以后他又怎样；二则他向来送客不出客厅的，这时，他不知不觉下了台阶，看他是不愿意我走开，但是我怕特务们的注意，不得不低了头快快地离开了他。所以我为他做了一首《高阳台》词：

烛影摇红，帘波卷翠，小庭斜掩黄昏。独倚雕阑，记曾私语销魂。杨花爱扑桃花面，尽霏霏不管人嗔。更蛾眉暗上窗纱，只是窥人。

从前不解生愁处，任灞桥初别，略损啼痕，争道如今，离思乱似春云。银笺欲寄如何寄？纵回文写尽伤春，奈人遥又过天涯，断了鸿鳞。

这是我回南后一年（五年）春天写的，那时没有得到他的消息。可是隔了一个多月，他的信来了，他发信的日子，有邮政局的钢印，是"洪宪元年"五月三日，我收信的时候，邮政局钢印上没有"洪宪元年"，仍就是中华民国五年了。这个信封我认为很可宝贵，已送给浙江图书馆或博物馆了，抗战后却不晓得还在？

《我在六十岁以前》，生活·读书·新知三联书店
1983 年版

纪念太炎先生

张一麟

太炎先生捐馆后，门人征集遗著与平生言行，将载于《制言》特刊纪念专号。余惟君之治学，浩如烟海，无所不通，非末学肤受所能评论，故独述与君交谊始末以见一斑。

当清光绪甲午后，士夫恫国势之日蹙，有志于当世之务，争言维新。余亦纠合同志，为苏学会于唐家巷小学。时担任在沪购新学书者，为祝君心渊。祝君寓沪《昌言报》馆，与太炎朝夕晤。一日祝君持《訄书》稿示余，余将抄录一通，未及半而君自沪至。余乃访君于道前街逆旅，谈甚久。君是时称近世文人，推重汪容甫与王壬秋。是为余与君相识之始。《訄书》由祝君倩毛上珍刊印出版。会员邱君公恪年最少，与君甚相得，时赴沪访君，称述其言行。惜公恪不永年，旋即逝云。庚子，余往蜀中游幕，与君音问遂疏，但闻君已出狱赴东瀛，发挥民族主义。

辛亥革命，都督庄君思缄在苏。君偕唐君滨来督署，作竟日谈，旋返沪。翌年中山让位项城，君因王君揖唐邀之北上。项城以余与君雅故，令任招待之役，且聘为高等顾问。余商揖唐，谓君久无室家之乐，宜为褰脩。卒以张君伯纯介绍，与汤国梨女士结婚焉。一日君告余以边事日亟，欲为筹边使以偿夙愿。言于当局允之。君乃开府吉林，为熊成基先烈开追悼大会。又以谋垦殖，请款于财政部，不得则大怒，驰书告余。余力言于项城，汇款三万圆以济。时长江七省同盟，已有风说。君谓北方空气不佳，将图南。遂离吉往沪。未几又入都，行授勋礼。时至，余直庐纵谈，余劝其讲学以饷后进。旋以言事激切，几被幽囚。幸黄陂缓颊，事乃得解。项城既没，南北纷争。君往来兵间，列帅重其名，亦不能尽用其说，卒在沪著书讲学。

君于苏城为旧游地，尝买宅于侍其巷，以地窄未迁。李君印泉、金君松岑请君在图书馆讲学，吴中俊秀子弟，翕然从之。是为国学会之嚆矢。君乃卜筑于锦帆路，自标"章氏国学会"，以别于前会。今年春、夏之间，粤、桂已有违言。君上书当局，得报意甚厚。且令其门人告余，将谋一晤。适余小极，约以后期。乃未旬日而君已病革，趋视之则于两小时前已蘧逝矣。伤哉！

余与君相识，四十余年，近岁同住一城。故旧之情，久而弥笃；人天永隔，薄海同悲。君之学行自有千秋，固无俟余之扬榷矣。

《制言半月刊》1936 年 9 月第 25 期

悲忆太炎师

景梅九

　　回忆三十年前，予在北京大学肄业之际，所谓"《苏报》案"起，一时人心震荡，胆怯之徒，几掩目不敢正视章（太炎）、邹（慰丹）之文辞。尤以太炎《与康有为书》中"载湉小丑，不辨菽麦"两语为奇警，论者谓不啻向五千年帝王历史中，猛投以爆弹也。清吏多变色私语曰，"竟敢骂我皇上"，以载湉为光绪名故。都中士议沸腾，赞否不一。鄙人在当时已读《扬州十日记》等秘籍，隐识种族大义，而视章、邹文学为宝典焉。至今犹记邹《革命军》文中"谁食谁之毛，谁践谁之土"快语。

　　暨在倭加入同盟会，受三民洗礼。一日，闻太炎出狱，被民党扳至倭京，开会欢迎，亲挹雅度。是岁先生年已四十余矣。群推先生主编《民报》，是为民党惟一机关杂志。初登先生一篇动人文字，题曰：《革命之道德》，借以坚党人之信志，效率极大。而同志喜文学者，均愿亲承训诲（其详在拙著《罪案》中）。爰组织学会，邀先生讲文字。予亦在听讲之列，已阴奉先生为大师。但先生虽以学问独步一世，而对于革命，则以实行为重。曾一度于《民报》秘密会议席上，嗔责能文同志曰："我辈以言语鼓吹革命者，如祭祀之赞礼生，仅傍立而口喊仪节，而看他人跪拜行礼而已。"同人闻之，多为感动，于是弃笔墨而从事于实际革命者，乃接踵发现于内地。汪精卫之北谋杀清贵，粤中同志举义广州，随即激起黄花岗七十二烈士之血潮，皆由先生一言之力也。不知者，乃诬先生与同志发生意见，误矣。

民国成立，袁氏初以东三省筹边使饵先生，既而罢职返燕都，隐窥袁氏抱帝制野心。一日，予谒先生于客寓，先生拟效方孝孺故事，执丧杖，穿麻衣，痛哭于国门，以哀共和之将亡，为同人所劝阻。然"章疯子"之名，遂由此播露。民三，予避地秦中，先生已被袁软禁，因成《忆师》五律一首，云："宕海寻畸士，初逢意已降。传经伏不斗，解字许无双。严别华夷畛，允怀父母邦。新朝羞拥戴，铁锁镇寒幢。""传经"一联，机带双敲，识者推为合作；末韵自指师反袁被囚寺院事。既而予亦因倒袁被捕，送致燕狱。初，尚有狱中受经于先生之奢望，及入狱后，乃悉先生囚居护国寺，惆怅无似。袁死，先生脱狱回籍，此后南北睽违甚久。

民六，予流寓浙江镇海，时有误传"南章北景"之说者，因笑谓友人曰"我曾不敢与季刚比肩，何况章师！"旋作一绝自明云："章子声名满世闻，鲰生昔亦受陶熏。从今不用轻相拟，早愧人间咏五君。""五君"云者，乃民国初年，同志尝拟予于李石曾、吴稚晖、汪精卫、张溥泉之列，而称为"民党五君子"，予亦未尝自承，故曰"早愧"。民十五，居桓滨，又有询"章景"传说者，则用联句答之曰："函谷尽容窥紫气，西河何敢拟尼山。"浮言因之顿息。

予女倩尉生之嘉，是年持所著《中国哲学史》稿，托予转求正于先生。先生最喜奖励后进，为之详述应补修之点，手书十余简付之。尉生感激莫名，嗣即遵先生指示完成所著书。取简时，偶于先生案头见《补三字经》与《自序》，谓较胜小学教科书云云。予亟谓然。希即付刊，先生笑应之。孰知此即成为予与先生最后之一面耶？

去冬，张君新亚求予为介函，专诚拜谒先生于苏寓。值黄君季刚病殁，署名"孤愤子"之白君逾桓，亦曾及门，而先时被狙于天津。予特著数语于笺末云："由也不得其死，颜回不幸短命。虽无覆醢之悲，却有丧予之痛。"自谓能道出师最近感想，因白为人刚猛，其行事不甚为师所喜故也。先生评为知言，并赐张君一介绍函与朱君铎民，且为手写一横幅，录古诗云："韩亡子房奋，秦帝鲁连耻。本自江海人，忠义动君子。"因张曾抗日于济南被俘，乃一慷爽男儿也，诗意恰合情事。张君珍重致谢携归，为余道先生尚康强，私心甚喜。孰知此又为予与师最后之音问也！

日前忽收到苏州寄来师主编之《制言》，如闻空谷足音，喜而不寐；及次晨阅报，即痛睹吾师逝世之噩传，顿觉悲从中来，不可断绝。呜呼！何天夺吾师之遽耶！予颛蒙未能道出师生平之万一，但略叙与师交游始末，以表一时之悲思云尔。

《制言半月刊》1936 年 9 月第 25 期

关于太炎先生二三事

鲁 迅

前一些时，上海的官绅为太炎先生开追悼会，赴会者不满百人，遂在寂寞中闭幕，于是有人慨叹，以为青年们对于本国的学者，竟不如对于外国的高尔基的热诚。这慨叹其实是不得当的。官绅集会，一向为小民所不敢到；况且高尔基是战斗的作家，太炎先生虽先前也以革命家现身，后来却退居于宁静的学者，用自己所手造的和别人所帮造的墙，和时代隔绝了。纪念者自然有人，但也许将为大多数所忘却。

我以为先生的业绩，留在革命史上的，实在比在学术史上还要大。回忆三十余年之前，木板的《訄书》已经出版了，我读不断，当然也看不懂，恐怕那时的青年，这样的多得很。我的知道中国有太炎先生，并非因为他的经学和小学，是为了他驳斥康有为和作邹容的《革命军》序，竟被监禁于上海的西牢。那时留学日本的浙籍学生，正办杂志《浙江潮》，其中即载有先生狱中所作诗，却并不难懂。这使我感动，也至今并没有忘记，现在抄两首在下面——

狱中赠邹容

邹容吾小弟，被发下瀛洲。

快剪刀除辫，干牛肉作糇。

英雄一入狱，天地亦悲秋。

临命须掺手，乾坤只两头。

狱中闻沈禹希见杀

不见沈生久，江湖知隐沦。

萧萧悲壮士，今在易京门。

螭魅羞争焰，文章总断魂。

中阴当待我，南北几新坟。

　　一九〇六年六月出狱，即日东渡，到了东京，不久就主持《民报》。我爱看这《民报》，但并非为了先生的文笔古奥，索解为难，或说佛法，谈"俱分进化"，是为了他和主张保皇的梁启超斗争，和"××"的×××斗争，和"以《红楼梦》为成佛之要道"的×××斗争，真是所向披靡，令人神旺。前去听讲也在这时候，但又并非因为他是学者，却为了他是有学问的革命家，所以直到现在，先生的音容笑貌，还在目前，而所讲的《说文解字》，却一句也不记得了。

　　民国元年革命后，先生的所志已达，该可以大有作为了，然而还是不得志。这也是和高尔基的生受崇敬，死备哀荣，截然两样的。我以为两人遭遇的所以不同，其原因乃在高尔基先前的理想，后来都成为事实，他的一身，就是大众的一体，喜怒哀乐，无不相通；而先生则排满之志虽伸，但视为最紧要的"第一是用宗教发起信心，增进国民的道德；第二是用国粹激动种性，增进爱国的热肠"（见《民报》第六号所载他的《演说录》："近日办事的方法……第一要在感情，没有感情，凭你有百千万亿的拿破仑、华盛顿，总是人各一心，不能团结……要成就这感情，有两件事是最要的，第一是用宗教发起信心，增进国民的道德；第二是用国粹激动种性，增进爱国的热肠。"），却仅止于高妙的幻想；不久而袁世凯又攘夺国柄，以遂私图，就更使先生失却实地，仅垂空文，至于今，惟我们的"中华民国"之称，尚系发源于先生的《中华民国解》（最先亦见《民报》），为巨大的记念而已，然而知道这一重公案者，恐怕也已经不多了。既离民众，渐入颓唐，后来的参与投壶，接收馈赠，遂每为论者所不满，但这也不过白圭之玷，并非晚节不终。考其生平，以大勋章作扇坠，临总统府之门，大诟袁世凯的包藏祸心者，并世无第二人；七被追捕，三入牢狱，而革命之志，终不屈挠者，并世亦无第二人：这才是先哲的精神，后生的楷范。近有文侩，勾结小报，竟也作文奚落先生以自鸣得意，真可谓"小人不欲成人之美"，而且"蚍蜉撼大树，可笑不自量"了！

但革命之后，先生亦渐为昭示后世计，自藏其锋芒。浙江所刻的《章氏丛书》，是出于手定的，大约以为驳难攻讦，至于忿詈，有违古之儒风，足以贻讥多士的罢，先前的见于期刊的斗争的文章，竟多被刊落，上文所引的诗两首，亦不见于《诗录》中。一九三三年刻《章氏丛书续编》于北平，所收不多，而更纯谨，且不取旧作，当然也无斗争之作，先生遂身衣学术的华衮，粹然成为儒宗，执贽愿为弟子者綦众，至于仓皇制《同门录》成册。近阅日报，有保护版权的广告，有三续丛书的记事，可见又将有遗著出版了，但补入先前战斗的文章与否，却无从知道。战斗的文章，乃是先生一生中最大，最久的业绩，假使未备，我以为是应该——辑录，校印，使先生和后生相印，活在战斗者的心中的。然而此时此际，恐怕也未必能如所望罢，呜呼！

十月九日

《鲁迅全集》第 6 卷《且介亭杂文末编》，人民文学出版社 1981 年版

余杭章师逝世三周年追忆

余云岫

　　余始识余杭章先生，在日本东京，正先生讲学之时，执经入座，毕讲而退，先生固不知也。旋去东京，学医大阪，相隔千里，惟得先生《訄书》《国故论衡》等读之而已。归国后，寓上海作内科医。时师母汤夫人有疾，友人张君伯岸介余视之。余以所著《灵素商兑》，就正先生，乃知余为居东时听讲弟子也。自此得时时往谒，益得窥先生之樊篱矣。

　　先生之为学，不务琐碎，而抉其却窾，观其会通，绝经生党枯之习，黜末师诡诞之论，微言大义，煌煌天地间，固学士之所能称道，而门下诸弟子所能缵述者也，无俟余之赘言。余所尤心服而不能忘者，则先生之志节也。忆先生居八仙桥时，一日，余侍坐，先生忽问余曰："新药中有人口即绝、略无宛转者乎？"余默不对。嗟呼！志士不忘在沟壑，勇士不忘丧其元。先生年六十矣，胡为而有此言也？盖先生一生所奔走而忧思者，国事耳。一因于清室，再幽于项城，而为国忘身，嫉恶如仇之性，老而弥笃。议论执政，讥弹人物，不避权贵，不畏强御。当其抵掌高谈，先生方从容自若，而一座尽惊，闻者为之变色。往往触忌讳而抵时纲，金壬切齿，欲得而甘心，濒于危者屡矣。赖一二知友及汤夫人左右弥缝，得舒于难，而杀身成仁之念，未尝须臾忘也。曾涤生谓清初大儒如孙夏峰、顾亭林、黄黎洲、王而农、梅勿庵诸人，皆秉刚直之性，寸衷所执，万夫非之不能动，三光晦、五岳震不能夺，全其至健之质，身登耄耋。先生之学，远绍亭林，其志节亦相似。

先生之殁，年才六十有九，不可谓大寿。何天之不慭遗也。呜呼！依违苟偷者富贵寿考，如先生者乃不及七十而去，岂亦世运之变，异乎昔所云耶？是则可哀也已。

《制言月刊》1939 年 6 月第 53 期

回忆章太炎先生

刘文典

我从章太炎先生读书，是在前清宣统二三年的时候。那时章先生住在日本东京小石川区，门口有一个小牌牌，叫作学林社。我经朋友介绍，去拜见他。章先生穿着一身和服，从楼上走下来，我经过自我介绍之后，就说明来意，要拜他为师。他问我从前从过什么师？读过什么书？那时候，我明知道他和我本师刘申叔（师培）先生已经翻脸，但是又不能不说，心里踌躇了一下，只好说："我自幼从仪征刘先生读过《说文》《文选》。"他一听我是刘先生的学生，高兴极了，拉着我谈了几个钟头，谈话中间对刘先生的学问推崇备至。他忽然又想起来说："是了。申叔对我提到过你。"从那天起，我就是章氏门中的一个弟子了。

我天天到他那里去请教，听他讲些作经学、小学的方法，他又讲《说文》《庄子》给我听，我那时候年纪太轻，他讲《说文》，我还能懂一点，他讲《庄子》，我就不大懂。再加上佛学，那就更莫名其妙了。记得有一天下午，章先生正在拿佛学印证《庄子》，忽然听见巷子里卖《号外》，有一位同学买来一看，正是武昌起义的消息，大家喜欢得直跳起来。从那天起，先生学生天天聚会，但是不再谈《说文》《庄子》，只谈怎样革命了。

因为我忙着要回国，坐火车到神户赶一只船，来不及辞行，就先走了。

章先生不久也就回国，住在上海哈同花园里，我因为太忙，只去看过一次，是为刘先生的事。那时候，申叔先生正在端方的幕府里，端方被杀后，刘先生的下落不明。我怕刘先生有危险，求章先生打电报给四川都督尹昌衡，章先生不待我说，慨然说道：我早有电报，并且把电稿给我看。我记得电文上有这几句话："姚广孝劝明成祖：殿下入京，勿杀方孝孺，杀孝孺则读书种子绝矣。"又说："申叔若死，我岂能独生？"他又约蔡元培先生联名在上海报上登一个广告，劝申叔先生到上海来，后来听说谢无量先生把刘先生接到成都，在存古学堂教书，章先生才放了心。章先生、刘先生之翻脸，平心说来，完全怪刘先生，章先生能这样不念旧恶，古道热肠，真令人可钦可感。

后来章先生在北京被袁世凯幽囚起来，几次要杀他，章先生虽在幽囚之中，还是聚徒讲学。大师姊自杀，章先生屡次绝食。那种宁死不屈的精神，真值得后生仰慕。我觉得这一段是章先生生平最光荣的历史，或者可以说远远胜过从前在上海租界上因为在《苏报》上做文章骂西太后坐了三年西牢。

袁世凯死后，章先生住在苏州，我到北京大学教书，地北天南，师生十几年没有见过面；但是章先生晚年最喜欢我这个小学生，这决不是因为我能传他的学问，而是因为章先生最恨蒋介石，而我在安徽大学的时候，骂蒋一顿，被蒋关过两个星期。他在上海，逢人便说有这个好学生。九一八事变后，十九路军在上海和日本兵打起来，章先生冒着炮火到北京来见张学良，劝他出兵，讨伐溥仪。一到北京，就派人到清华园找我，我一听老师呼唤，赶忙进城，在西城的花园饭店，拜谒老师，章先生看见我，摸摸我的头，说："叔雅，你真好。"随后就大骂蒋介石的不抵抗主义，真是卖国军阀。张学良去见他的时候，我在楼下龚镇鹏的房里，听见他大声疾呼，声震屋瓦，那种激昂慷慨的声音，至今还留在我耳朵里。后来他迁居东城永康胡同，正请医生治疗鼻子，还扶病下床，写一副对联，派龚镇鹏送给我，对文是"养生未羡嵇中散，疾恶真推祢正平"。上联是告诫我不要吸烟，下联是夸奖我骂蒋介石。

回想章先生的一生，人格是十分伟大的，学问是十分高深的。本来汉学家做学问的方法，就是很科学的，也可以说就是很辩证的，所以研究出来的东西，多半是颠扑不破的。章先生在学术上的成就，天下后世，自有定评，无待我这个小学生多说。章先生的思想，也是个唯物论者。他虽是喜欢讲佛学，但决不迷信佛教，可以说是吸取了佛学里唯物的内核，吐弃了唯心的外壳。例如他作的讲《庄子》的《齐物论释》，是用佛教的法相宗思想来解释《庄子》，而法相宗是佛教最科学、最合逻辑的一派。章先生早生几十年，未闻马克思主义之大道。我们也不能以今天的标准去要求他。但是他在中国近代学术思想史上，是一颗光辉灿烂的巨星。就是政治史上，他也有不可磨灭的功绩。他和袁世凯、蒋介石都斗争到底，这也是值得学习的。

我从他读书的时间太短，聚会的次数也不多，关于他的遗闻轶事，知道的不多，不过，世间流传的许多话，大约十之八九都是无根之谈；因为他性情刚直，疾恶如仇，所以有人编造许多鬼话，又有些人过于崇拜他，也生出过甚之词。其实章先生的言行都是和易近人的。"章疯子"这个绰号，是无聊的小人加到他头上去的。

《文汇报》1957 年 4 月 13 日

谈章太炎先生

曹亚伯

太炎先生，长予八岁。予幼时奔走革命于两湖，即耳章枚叔维新之名。《苏报》案发，先生与邹容入沪狱。斯时予正努力于长沙日知会，谋革命。长沙日知会案破，黄兴、宋教仁辈逃。又值万福华刺卖国贼王之春于上海，未中，万福华当场被捕。章士钊往探万福华于巡捕房，捕房问章士钊住址，章以杨毓麟、黄兴之所寓对。章因扣留，而革命之真魁首皆一网打尽矣。上海租界之巡捕房，变为成汤之夏台、文王之羑里矣。太炎先生在斯时，亦可谓德不孤也。

甲辰冬，黄、杨辈俱得解脱，东渡扶桑。乙巳春，予亦亡命东京。于是结合一致行动之江浙光复会，与两湖之日知会，并中国各省留学日本之文武学生，加入同盟。适戊戌政变，亡命日本之徒，反对黄兴为首领。不得已，由冯自由辈绍介孙中山先生为同盟会领袖。然后出一《民报》杂志，鼓吹革命。予为不通秀才，为文皆不录。是年秋，日本政府受清政府运动，施行取缔留学生规则，革命大文豪陈天华投海死，以坚志士抵抗强权之心。予为激急分子之一，所愿不遂，又亡命于英国之伦敦。

是冬初，孙中山先生迁居星加坡（编者注：新加坡之旧称译名）。岁暮即太炎先生出沪狱之期，同盟会派人先至沪迎之。出狱之日，即渡日本，主《民报》杂志笔政。予知先生善文章，但予致力革命以来，不读旧书，不识《说文》正字，故于巴黎发起《新世纪［念］》周刊后，予与吴稚晖先生主张用文言以代古字，隐以对治太炎先生之汉魏体裁也。

武昌倡义，太炎先生言论益高。予于民国元年，始晤太炎先生于武昌都督府。自后过从益密，彼此不假一兵，不用一文，以直心说直言。予以口诛，太炎先生以笔伐，作救民救国之声，闻而行者自得福，违者自受恶报。因而马君武加太炎先生与予以"章疯""曹疯"之名。近十年来，举国奉苏俄，陈独秀之毒计大行，蔡元培之阴谋成熟，众生受亡国之报，非口诛笔伐可以挽回；任他四维不张，放逸过度，只好忍辱慈悲，学楚囚对泣焉。予因姓曹，相见太炎先生必以家祖曹操为戏论。有时篆一曹操名片，上款丞相魏王，下款孟德谯，予至今宝存焉。有时借曹操事功，发抒政见，谓汉末君臣，淫溺宦官，上无道揆，下无法守，以致诸侯各据一方，鱼肉百姓，汉末人种，仅存千万。若无曹操，人种灭矣。曹操用兵，不事赂敌，兵过秋毫无犯，不入民居。自奉极俭，临终遗嘱，不过皮衣数袭，粗履数双而已。待人甚厚，即陈琳之骂其祖宗，从不咎其既往。读书精博，著作等身。家教尊严，魏文帝、陈思王之才，古今奇绝。尤难能者，不盗汤武革命之名，行救国救民之实，使后世小说家名之为篡位奸雄，实即曹操之最安分处也。太炎先生之所见如是，予于太炎先生死后终身不能忘也。

太炎先生未迁居苏州以前，卖文字为生活，文则每篇千元，字则另有润格。平常习篆，皆有寄意。见举国民不聊生，即篆

《大学》末章:"孟献子曰:畜马乘,不察于鸡豚;伐冰之家,不畜牛羊;百乘之家,不畜聚敛之臣。与其有聚敛之臣,宁有盗臣。此谓国不以利为利,以义为利也。长国家而务财用者,必自小人矣。彼为善之,小人之使为国家,菑害并至。虽有善者,亦无如之何矣。此谓国不以利为利,以义为利也。"见日本以一千四百人而占领奉天,东北三十万雄兵不抵抗,又篆一立轴曰:"吴其为沼乎?"如此种种,予收藏颇多。惜太炎先生不早听其贤内助汤国梨女士之言而讲学,转移世运,遂令贼民朋兴,邦国殄瘁。太炎先生虽未负民国,恐有负其夫人焉。但愿太炎先生乘愿再来,重光汉族,予若不死,尚有无量因缘。

《制言半月刊》1936 年 9 月第 25 期

星庐笔记·章炳麟

李肖聃

　　章炳麟精通汉学，能为文章。于《春秋》主治古文，为《左传读》三十万言。为文自魏晋人手，修词典雅，训诂精确，于《文学论略》述其大凡。小学则有《新方言》《文始》，论音声对转。其友惟孙诒让、刘师培论学相同。曾为诒让传及哀词。又常与师培论学，亦以其家世旧传贾、服之学，故《国粹学报》自章、刘二家所述外，足观者少。其门人若黄侃、吴承仕、钱玄同、汪东辈，皆有著述，传于学林。近则其再传弟子方传其师说，诵义无穷。自常州诸师张大今文之绪，康有为承其绪论，缘饰政术，而经学本义以荒。自梁启超主纂新报，时杂倭气，迄于后进，语体代兴，而文章正宗以坏。自革命诸家改更国体，心迷海西谬论，以谓吾土旧艺不足复存。章以朴学巨儒，首创大义，切断众流。晚为《制言》，标举儒行，以范后生，复不附和时流，妄诋宋明先哲，可谓忧世卫教之君子矣。

　　往亡友长沙杨昌济怀中常病其《谢本师》之作为憸薄之行，谓章师事曲园八年，不当以一言之斥，遽告绝籍。丹徒柳诒徵翼谋，亦纠其诋斥孔氏，讥刺儒术为不纯正。然今观其文录，乃去此篇。而所为《俞先生传》，于师学叙述甚至。且为书以谢柳君，自承昔者之妄，亦可谓不护其非者。余独以谓章之痛斥湘乡曾公，为乖于义理。洪、杨初起，尚有纪律，逮及其后，庶孽互争，鱼烂自亡。曾公与友人书，谓即使周、孔复生，谓此贼不当平，吾不信也。章乃以洪、杨为神圣，谓曾左为大盗。见于著述，至再至三。深文犷悍，无复人理。所为《检论》，谓公死三十年，其孙广钧语人曰："吾祖民贼。"及为广钧所呵，又复易为家人。羌无主名，此不直辱其先祖，亦且诋其子孙矣。独好刘歆，谓仲尼卒后，名实足与相抗，惟有此人。其推孔子之功，惟在宣布历史，与孟子、太史公之述圣人绝异，是亦通人之一蔽也。昔在京师，尝偕叶郋园，柳白隐访章于徐医病院，时章为袁氏禁锢，不令接人，章日校医书自遣。后来长沙，复见之定王台书馆云。

《星庐笔记》，岳麓书社 1983 年版

本师章太炎先生口授少年事迹笔记

朱希祖

二十五年四月二十八日，希祖与张溥泉先生同在苏州，其夜会于锦帆路五十号本师章太炎先生宅，同问本师少年事迹。本师口授，希祖笔记如下。

本师云：余十一二岁时，外祖朱左卿（名有泉，海盐人）授余读经，偶讲蒋氏《东华录》曾静案，外祖谓夷夏之防同于君臣之义。余问前人有谈此语否，外祖曰："王船山、顾亭林已言之，尤以王氏之言为甚。谓历代亡国，无足轻重；惟南宋之亡，则衣冠文物亦与之俱亡。"余曰："明亡于清，反不如亡于李闯。"外祖曰："今不必作此论。若果李闯得明天下，闯虽不善，其子孙未必皆不善。惟今不必作此论耳。"余之革命思想即伏根于此。依外祖之言观之，可见种族革命思想原在汉人心中，惟隐而不显耳。

十九、二十岁时，得《明季稗史》十七种，排满思想始盛。

乙未（清光绪二十一年），康有为设强学会，余时年二十八岁。先是，二十五岁始居杭州，肄业诂经精舍，俞曲园先生为山长，余始专治《左氏传》。至是，闻康设会，寄会费银十六圆入会。

丙申，二十九岁，梁启超设《时务报》社于上海，遣叶浩吾至杭州来请入社。问何以知余，曰："因君前有入强学会之事。"

丁酉，三十岁，因阅西报，知伦敦使馆有逮捕孙逸仙事，因问梁启超孙逸仙何如人。梁云："此人蓄志倾覆满洲政府。"余心甚壮之。

戊戌，三十一岁，康、梁事败，长江一带通缉多人，余名亦在其内，乃避地台湾。

己亥，三十二岁，自台湾渡日本。时梁启超设《清议报》于横滨，余于梁座上始得见孙中山，由梁介绍也。越二三月，余回上海。

庚子，三十三岁，因唐才常主张一面排满、一面勤王，既不承认清政府，又称拥戴光绪皇帝，余甚非之。因宣言脱社，割辫与绝。但后唐案通缉书上仍有余名。

辛丑，三十四岁，在苏州东吴大学任教员，以避其锋。其年刻《訄书》于苏州。冬，恩铭（后为徐锡麟所杀）为江苏巡抚，问教士："汝校有章某否？此人因讲革命，故须问之。"余时因年假回杭州，教士急遣使杭州通知。

壬寅，三十五岁，春即至上海，转至日本，与秦力山交。时中山之名已盛，其寓处在横滨，余辈常自东京至横滨，中山亦常由横滨至东京，互相往来。革命之机渐熟，余与秦力山、张溥泉等开"亡国纪念会"于东京。中山请余至横滨，与兴中会同志七十余人宴集，每人敬余酒一杯，凡饮七十余杯而不觉醉。其年又回国。

癸卯，三十六岁，蔡子民等在上海设爱国学社，张溥泉、邹蔚丹自日本归，章行严自南京来，相见甚欢，皆与余结为兄弟。时蔚丹作《革命军》，余为序而刻之；余又作《驳康有为书》，痛斥保皇之非；行严又主《苏报》社，亦发挥革命。《驳康有为书》中有"载湉小丑，不辨菽麦"之语，于是清两江总督派员来查，遂成大狱，余与邹蔚丹被捕。余在巡捕房与中山书，尊称之为"总统"，博泉为余送去。遂下狱三年。

甲辰，三十七岁，在狱中。

乙巳，三十八岁，蔚丹卒于狱中。

丙午，三十九岁，夏，余监禁期满，中山自东京遣使来迎，遂赴东京，入同盟会，主《民报》社。

　　希祖于丙午秋至日本，留学早稻田大学。乙未，始与钱玄同、马幼渔、沈兼士、周豫才、周启明、许季黻等受业于本师。常至《民报》社，别在大成学校，请本师讲授经、子及音韵训诂之学。常至师寓请益。故自丙午以后事，希祖颇稔知之。本日之间，至丙午止。当时匆匆笔录，未暇修饰，别写一份赠溥泉先生，归而笔于日记。今特录出，不增损一字，以存其真，聊供撰行述之参考。本师外祖左卿为希祖族祖，今其家已衰落矣。海盐朱希祖记。

《制言半月刊》1936 年 9 月第 25 期

记凤凰山馆论学

——纪念亡友太炎先生

沈瓞民

清光绪乙未，先子回杭，葬祖考竹坪府君于邑之徐村。越半载，来上海，言杭有后进，余杭章炳麟枚叔（后改字太炎），归安崔适味琴，钱塘祝其昌凤楼。此三人者，好学之士也。枚叔于学别有会心，味琴质钝殊少启发，凤楼颖悟惜多嗜欲。是为余知太炎之始。

余以学受知于先师侯官林君迪臣。岁丁酉，先师创求是书院，乏教师，电招往。惟时以治学未精，惧蹈"好为人师"之诫，至杭谒而辞焉。先师谓"来则吾庆得人，否则汝志于学，宜从汝也"。又谓"此有一士，可兄事之"，乃作书延之，属从者肩舆以迎，未知其为谁也。时先师将出，曰"幕中高啸桐先生，索知汝，可谒之"。乃随至虚白堂，事以丈礼，询余平素治学。逾二时，先师偕一人来。啸丈谓"此余杭章枚叔也，为学渊博。杭人轻薄，以疯子呼之，是疯于学者也"。相为之介。以地偪，至凤凰山馆，围坐而论焉。先师乃曰："二生如家人，彼此勿谦。"俾余有所闻。

太炎先言治经，《易》则主费氏家法，而不喜三家之说，于《易纬》尤痛斥之。谓《说文》称孟氏，为费氏之讹。余谓《易》无今古文，刘向以中古文《易经》，校施、孟、梁丘经，或脱去"无咎""悔""亡"。唯费氏经与古文同。所谓同者，是未脱"无咎""悔""亡"而已。《说文》称孟氏，以孟校费，可证"无咎""悔""亡"脱夺外，诸字悉同，不若京房之窜隶入经，则称孟犹称费尔。至《易纬》，《五经异义》、孟、京亦有引之者，其言足以羽翼正经。如大小戴之《礼记》、《春秋》之《公》《穀》，亦纬尔。后人以六经外，将小戴《礼》及《公》《穀》传，列入十三经，始作俑者，为汉之博士。如《礼记》《公》《穀》可列入经部，则《乾凿度》等何尝不可列入经部？此诸书者，实五燕六雀，无轻重之殊尔。太炎称善，然终以纬近今文为疑，未敢深信也。余又谓《易》之大用，言人事者，为开物成务，与制器尚象而已。开物成务者，尽人事之功；制器尚象，以梓匠轮舆为贱事，偶者不屑效之，致《易》学之用，终未能大明于世也。太炎然之。

先师谓："枚叔治古文《尚书》，汝赞同古文否？"余谓古文《尚书》，传自孔安国。司马迁从安国问字，故作《本纪》，多采《尚书》。迁所据者，真孔壁古文也。许氏《说文》，《书》称孔氏，从古文也。始许从贾逵受古文，所称亦为出自孔壁之古文，非梅氏所上之伪古文也。太炎似首肯。余又谓今之所谓"统计"者，肇自《禹贡》。地志皆沿其体，如至陋之搢绅录。一府载冲繁疲难诸字，四至、地丁、钱漕、杂税、风俗、土产，犹师其意。《禹贡》治之匪易，若立表以明之，记诵自便。太炎谓能通俗，切实用，非东家丘之治书也。于是先师属余作表焉。

太炎治《春秋左氏传》，注崇贾、服。余谓杜注亦不可废。近年公羊之说盛行，以《左氏传》谓刘歆伪造，以塞人口。至杜注中凡传言卜筮者，出汲冢师春之说。杜氏《后序》，谓师春所载，与《左传》同，则刘氏伪造之说，可不攻自破。太炎谓征南有此说乎？余又谓家大人前答长素书，言《公》《榖》，条例也；《左传》，史也。君子曰，史赞也。列国之文，气息不同，左氏集诸国之史而采之，如郑至子产时，文最精密，得草创讨论修饰润色之功，岂所能伪造者耶？必欲扬公羊而抑丘明，此心之所谓伪也。学问宜从切实入手，非干禄之具，亦非趣时之物。又言《汉书·艺文志》有《左氏微》，如隐元年传，"元年春王周正月"，不书即位，摄也，似左氏微语也。杜氏增入传中，犹范宁《榖梁集解》中所谓"传例"者也。太炎谓诸语可立一说也。

太炎论今古文异同数则，又与啸丈论新方言数则，今虽均见著述中，然言之弥详焉。又论史学不下数十事，要皆切中之言。余以治史诸志为要，太炎答诚然。今之治史者，职官、地理二志，犹能及之，其次则艺文而已。继先师出，相与谈索虏入主中国，太炎愤愤，溢于言表。啸丈微笑而已，不以为忤也。

先师复入座，询浙中永嘉、金华、阳明、蕺山诸学派。太炎问余意若何。余以浙中诸学派，有功于世者，首推金华。明初刘、宋、王、章四先生守其绪，佐明祖，逐胡元。定国是，使八十余年之膻秽，一扫而廓清之。虽曰天意，然微四先生之力不为功也。太炎谓刘则似可尔，余子不足道也。

先师又询金华学派之胜人处。余谓东莱之变化气质，能使粗卤者为精密，拘泥者为通达。太炎谓余此言颇合。余叩先师闽中延平学派，犹有流风余韵否？曰："久绝响矣。"又叩石斋一派若何？曰："亦无矣。"先师询《三易洞玑》若何？曰："此野狐禅之《易》也。"太炎莞尔而笑，谓闽人洪承畴、李光地辈，无耻之尤，何一无石斋之气节耶？盖受延平一派之毒而已。

太炎言浙省文字之狱，如南浔庄氏、塘栖劳氏、汪查之狱、齐召华之狱，如数家珍。次询余家之狱，余曰："与汪、查为姻娅而株连者，其事则不详。惟是案罪及全浙士子，雍正五年上谕浙人停止会试。"太炎谓此浙人一时之不幸，日后当以此为荣也。

太炎问余："应拙谦住何处？"答曰："大方伯。"大方伯即应之先人也。"沈昀住何号？"曰："住临平。""杭大宗住何处？"曰："在运司河下。""宋咸熙家在何处？"曰："不可考。宋官桐乡教谕，有人云其后人住桐乡。丁氏八千卷楼辑《杭人里宅考》，想必有考证。"太炎谓"丁氏书，殊不易借睹也"。

先师询浙先正之能文者，有宗桐城者乎？太炎未对。余曰："族曾祖椒园先生，讳廷芳，著《隐拙斋文集》，灵皋谓其文，体法具合，与畊南、冠南敌。畊南弟子姚惜抱，能传其学，遂以桐城鸣。椒园先生弟子如汪容甫辈，则文师汉魏，不就桐城轨辙。"啸丈谓："读《灵皋集》，见椒园先生所作《灵皋传》，非大手笔不能为也。正欲考之，今知之矣。"乃呼侍者取书来，以示太炎。读竣，谓可为容甫之师矣，文气渊深，岂畊南辈所能抗衡哉！

太炎言吏治，至三时许，滔滔不绝，真雄才大略也。又言省制，督抚跋扈，似唐节度使，当废省制，而用明之分守道。余以为节去胡元行省为省，名不正也，不若用唐制分一省为数州，州直隶于枢府。如今杭州府三字，不通甚矣。州，即地之区域；府，即沿唐府兵之名。州、府二字，实不相连属。改为州，义始通。设州既多，非枢府耳目所能及，则有不能综核之弊。每州视事繁简，设同知州事数人，凡本籍人居官有政声者，及曾任大官自愿乞郡者充之。不干预州吏政务，地方重要大事，均得顾问。州官有不善者，可奏劾之。将旧日之省，沿唐制名道。道设监察使，考察州吏之贤否，得报于枢府。唐行州制，吏治称最，且人民之风俗习惯相同，则布政优优矣。太炎以州制区域过小，惟同知州事，则以为然也。

纵谈自日午至夜半，兴犹未尽。归次，则鸡既鸣矣。此后于上海，于日本，以至前年寓苏，虽时相过，人多宾逊，从未有抵掌雄谈，如当日者。每见太炎，回思先师、啸丈，爱士之切，必黯然伤心。今太炎又逝，问字无从。胡天不慭遗一老，既丧邦国典型，又失后进楷模，伤哉！

《制言半月刊》1936 年 9 月第 25 期

中国教育会之回忆

蒋维乔

我国最早之革命团体，应推中国教育会。是会之历史，今人鲜有能言之者。其间可悲可泣之事，颇足动人观感。爰草此篇，以供史家之采择。然已不能详，仅就目见耳闻者追记之，名曰回忆云尔。

教育会之创立时期

当民元前十年壬寅，正值义和团乱后，清廷亦知兴学之不容缓，明令各省开办学堂。而国中志士，鉴于清廷之辱国丧师，非先从事革命不可。但清廷禁网严密，革命二字，士人不敢出诸口，从事进行，更难着手。是年三月，上海新党蔡孑民（元培）、蒋观云（智由）、林少泉（獬）、叶浩吾（瀚）、王小徐（季同）、汪允宗（德渊）、乌目山僧宗仰等集议发起中国教育会，表面办理教育，暗中鼓吹革命。议既定，即驰函各地同志赴沪，开成立大会。时钟宪鬯先生，在江阴南菁高等学堂为理化教员，于课外密谈革命意义。某日，钟师接蔡、蒋诸君公电，嘱其赴会，并介绍会员。钟师接信后，赴会与否，意尚未决。而余与常熟丁芝孙，无锡黄子年，皆意气甚盛，怂恿钟师，愿随之赴会。即日渡江趁轮船，值江中大风，浪高丈余，舟小几覆。然诸人皆整襟剧谈，殊不为意。及抵江北，适是夕无轮船，屈计赴会之期，已赶不及，乃发电覆蔡、蒋诸君，同时入会。

教育会成立之日，蔡子民被举为会长。时会员人数稀少，经济尤为竭蹶，发展殊难。暂从文字方面鼓吹，实行办学，尚未有具体计划。

适是年之夏，徐家汇南洋公学五班生沈步洲（联）、胡敦复（炳生）有闹学风潮，堂中处置失当，致全体学生，皆表同情于五班生；蔡子民为特班教员，从中调停，不得要领，毅然与学生俱退。遂成自来未有之退学大风潮。

斯时内外多故，吴稚晖（眺，后改敬恒）率领男女学生数十人，赴日本留学，中有九人，志在陆军，拟进成城学校。向例，自费生学陆军者，须驻日公使保送，以示限制。时公使为蔡和甫（钧），秉清廷意，不肯出保证书。稚晖与之力争。公使给之。令学生五人，合保一人，即以原保给径送日本参谋部，公使绝不负责。参谋部以与例不符，不许。蔡公使左右推诿，百般卖弄。稚晖不得要领，乃直入使署诘问，不期而集者二十六人。跪求终日，誓不得请不出署。公使乃召日警至，逼令解散。稚晖愤然云："出使署不能，入警署则可。"遂与孙叔方（揆钧）二人，同时被拘。越数日，日本内务部下令，解吴、孙二人回国。吴在中途，自投于河，为日警救起。全国志士，东望扶桑，目眦皆裂。七月初十日，吴、孙二人到沪。教育会同人，在张家花园海天深处，发起欢迎大会。到会者百余人。稚晖登坛，备述颠末，慷慨激烈，淋漓尽致，述及政府腐败，丧失国权，听者皆为之愤怒；述及蔡和甫举动乖谬，出语荒唐，又令人失笑。鼓掌之声，震动屋宇。

十九日，张园安恺第开协助亚东游学会。是会，乃由安徽姚石泉召集。姚系我国第一次送学生至日本留学者，时适道过沪上，闻学生不得进成城学校事，颇热心赞助，故召集是会，商议向日本交涉之法。首由姚氏演说，如有妥善之方策，渠愿极力赞助之意。有戢元丞主张，拟请中国有名誉之人，赴日本与参谋部商议，此后游学生归中国教育会保送，不归公使。而叶浩吾则言中国无地方自治之制，海上社会，未必为日本政府所承认，不如中国教育会自设学堂，自教子弟，不必赴日本留学。讨论结果，即公举姚君根据戢君之议，赴日本办理此事，不论成否，俾知中国未尝无人。一面仍本叶君主张，积极自办学校。

爱国学社及爱国女学校之先后成立

中国教育会，本拟自办学校；而南洋公学退学生百余人，无力自组学社，遂推代表请求于中国教育会。会中特开会议，决定接受退学生之请求，予以经济及教员之赞助。推蔡子民为总理，吴稚晖为学监，于是年十月十七日，在南京路泥城桥福源里，租屋开办，定名爱国学社。

至于爱国女学校，虽亦为中国教育会所办，其性质与爱国学社，完全不同。最初拟办女学者，为上虞经莲三。适林少泉偕其妻及妹林宗素，自福州来沪，亦提倡女学。蔡子民亦赞成之，因此偕其夫人黄仲玉，在白克路登贤里寓所，邀集诸人，开会讨论。到会者经、林二氏外，尚有吴彦复偕其女亚男、弱男及其妾夏小正，陈梦坡（范）偕其女撷芬及二妾，复有韦增佩、增英两姊妹。开会时蔡、林、陈三氏，均有演说。会毕，在里外空地摄影。而吴彦复夫人，凭窗望见之，肆口大骂，深不以其女参与此会为然。未几，薛锦琴女士到沪，蒋观云设席欢迎，乃请蔡夫人与林氏姑嫂作陪，而自身不敢入席作主人，盖其时男女界限尚严，避嫌如此。壬寅之冬，即由蒋观云、宗仰提议，设立女校。蔡、林、陈、吴均列名发起。租校舍于登贤里，名曰爱国女学校，推蒋观云为经理（当时尚无校长名称）；经常费由宗仰介绍罗迦陵女士独任之。未几蒋观云赴日本，蔡子民继任为经理。所有学生，即发起人家中之妻女，有因年龄长大家务分心不久退学者，故学生只十人左右。

教育会之全盛时期

民元前九年癸卯，为中国教育会之全盛时期。时爱国学社学生，皆入会为会员。社中春季开学，各地闻风来学者甚多。校舍不能容，即添租左邻房屋，又添租右面空地为操场。爱国学社社员，原以南洋公学之五班生沈联、胡炳生、俞子夷等为中坚人物，而推戴特班生贝季眉（寿同）、穆恕斋（湘瑶）为领袖。学社组织，分学生为四班级，与今之中等学校相当。社中自总理学监以下教职员，均自行另谋生计，对于学社，纯尽义务。如蔡子民则任商务印书馆编译所长；吴稚晖则任文明书局之事；三四年级之国文教员为章太炎（炳麟），一二年级国文教员，则由余任之。章则为人译《妖怪学讲义》，余则为《苏报》馆译东报，均藉译费自给。历史地理教员吴丹初亦然，理科教员则由科学仪器馆中人分任之；英文教员，除高级请一西洋女教员，为有给职外；至普通英文，均由社员分任义务；体育方面，则为何梅樵、山渔兄弟二人任义务教员，梅樵系海军学生，山渔系浙江陆师学堂学生。学社既由退学风潮而产生，故学生极端自由，内部组织，分全部学生为若干联，每联二三十人，听学生自行加入某联，公举一联长，凡有兴革，多由学联开会议决，交主持者执行。故自总理学监以下，社内外人对之，均有媚学生之批评。盖官立学堂，极端压制学生，此则反其所为，不啻听命于学生也。迩时既以退学为美举，各省官立学堂学生之反抗退学风潮，乃相继以起，学社中遇此事，必发电以贺之。

爱国女学校，于是年开始招收外来学生。由吴稚晖提议，亦迁校舍于福源里，并运动学社社员，各劝其姊妹就学；学社之教员，亦多兼女校功课，余之为爱国女校义务教员，亦于是时为始。由是女学校学生，亦渐增多。

春季，中国教育会开会，重行选举。稚晖暗示各社员，举宗仰为会长，其意以会中缺乏经费，若选宗仰，则可借其力，向哈同、罗迦陵方面，捐助巨款。会员多不以为然，以为宗仰是方外人，以长教育会，不甚适宜。稚晖持之甚坚，且会中社员，占绝对多数，皆依稚晖意，宗仰卒当选为会长。然宗仰亦甚乖觉，于经济方面，并未有甚大助力。

中国教育会每周率领学社社员，至张园安恺第，开会演说，昌言革命，震动全国。而顽旧之辈，皆极端反对。上海各大报如

《申报》《新闻报》等亦持反对论调。吴稚晖提议，必须有机关报，以为对抗，后乃利用《苏报》为机关报。

军国民教育会之组织

是年三月，忽得东京留学生电：桂抚王之春，借法兵法款，以平内乱，应揭其阴谋，公同阻止。教育会乃开临时大会，公电攻击王之春。嗣得东京续电，留学界已组成义勇队，从事训练，养成军国民资格，国家有事，即准备赴前敌效命，希望海上响应。由是爱国学社社员，亦拟组织义勇队，但缺乏教练之人，无从积极进行。

时各省官立学堂久受压制之学生，反抗风潮之最为激荡者，应推是年四月南京陆师学堂之退学风潮。稚晖抚掌曰："我们之义勇队，不患无教练之人矣。"发电贺之。而陆师退学生，亦推代表林力山、章行严二人，来沪接洽。会中表示欢迎，增租房屋以容纳之，且一切费皆免收。代表归后，全体学生四十余人，皆来沪，编入爱国学社学籍。

于是由林力山、章行严等，合社中原有体育教员，分任教练，改正名称，为军国民教育会。自蔡孑民、吴稚晖、宗仰等重要会员，及年龄较长之社员，志愿入会者共九十六人，分为八小队，早晚训练。余亦加入小队，又兼任初级之教练员。

是时东三省俄事日警，日本留学界义勇队，推举钮惕生（永建）、汤尔和（槱）归国，谒见北洋大臣袁世凯，请求发给饷械，至前敌与俄人决战。袁氏实未之见，而沪上则谣传钮、汤二人，被袁杀害。而驻日公使蔡和甫致电鄂督端方则云："东京留学生结义勇队，计有二百余人，名为拒俄，实则革命，现将奔赴内地，务饬各州县严密查拿。"端方即转电各省督抚。由是拿办新党之风声，日益加紧。而张园每周开会演说，鼓吹革命，及《苏报》登载之言论，愈益激烈。

《苏报》之革新

《苏报》者，陈梦坡所主办者也。其持论较他报为新。去冬以来，官立学堂，先后风潮迭起，乃在报端，辟学界风潮一栏，大为世人所注目。至是，与中国教育会携手，会员及社员担任供给每日材料。《苏报》馆每月出费百元，资助爱国学社。由蔡子民、吴稚晖等六人，按日撰论说以酬之，于是《苏报》遂为革命之机关报。排满兴汉之激烈议论，高唱入云。全国骇目，引起官场之忌。

然陈梦坡之为人，亦至奇突。当时张园每周开演说会时，有钱葆仁者，登坛演说，且言某处有矿产，年可收入巨万，革命事业，非可空言，必须有经济之助，渠自愿加入教育会，将财产供革命之用，流血于中国地面，亦所素愿云云。新党最缺乏者是经济，闻此演说，皆为所动。然会中领袖，皆未敢深信此人。独梦坡别有会心，即日往见葆仁，且延之入居于女报馆中。《女报》者，其女撷芬所办也。梦坡思得钱葆仁之财产，而葆仁之意，亦似另有所属。双方利用，交谊日密。某日，伪谓梦坡曰："我乃孙文，假名钱葆仁耳。唯可告汝，汝应守秘密。"时章行严作一论说，送登《苏报》，措词极端激烈，因篇幅长，只载半篇。梦坡奔告行严曰："此论既出，我报馆必被毁矣，下半篇不能再登。"翌日复谓行严曰："此文钱葆仁说可登，故仍续完，彼孙文也，彼以为可，当然无可虑。"逾时葆仁出一小瓶示梦坡，谓之曰："此中贮绿气。"梦坡益信以为真，以为非孙文，那得有绿气，其愚鄙可笑之言动多类此。余曾居《苏报》馆半月，见梦坡之行为，乃亟去之。

《革命军》与《驳康有为论革命书》

尔时有蜀人邹尉丹（容）留学日本。因陆军学生监督姚某，有奸私事。容乃偕五人，排闼入其寓，执姚某，榜颊数十，且以利剪断其发辫。姚某被殴辱，尚不识为何人。后事觉，邹乃潜遁归上海，与章太炎见于爱国学社，因留焉。容见爱国学社员，多习英语，诮之曰："君等皆堪为买办耳。"社员皆怒，欲殴之。然容绝暴悍，卒莫敢撄。容尝自称西帝，而推太炎为东帝。其箧中携有小册子，曰《革命军》，凡七章，二万余言，宗旨在驱除满洲，光复中国，文极犷悍犀利。太炎为之序，宗仰出资刊行之。此书流传迅速，唤起国人种族思想。同时章太炎因康有为在海外组保皇党，作书痛驳之。文古义奥，持论极坚，亦由宗仰为之刊行。二书既出，大触清廷之忌，密谕拿办，乃由风传而成为事实。

爱国学社与中国教育会之分立

中国教育会，接受南洋退学生之请求，办理爱国学社，社员全体，加入教育会。会与社，二而一，一而二，原无畛域之分。但学社开办之初，会中筹措经费，会员任义务教职，确受社员之爱戴。至本年以来，会中经济，已形竭蹶，除义务教职员以外，未有大宗款项，资助学社。在社员眼光中，似乎中国教育会，反借学社收入之学费以生存。社员之褊激者，即对教育会有后言。而教育会领袖诸君，吴稚晖则阴祖社员；蔡孑民虽不以社员为然，而态度温和，不露圭角；章太炎则坚决主张，不与学社合作。当时会中人，戏言此会社颇类似梁山泊，因为点将录，有人以稚晖拟宋江，亦有以足智多谋拟为吴用者。某日，开评议会。议及教育会与学社分合事。稚晖恃其滑稽态度，出语尖刻，偏祖学社方面。太炎当众，拍桌大骂云："稚晖，你要阴谋篡夺，效宋江之所为，有我在此，汝做不到。"稚晖向来口若悬河，当者辄靡。但对太炎之疯头疯脑，不得不让步，默然无语。从此每遇集会，若有太炎在座，稚晖必避席。太炎恒谓人曰："稚晖妄人也，乌足与语。"太炎之服装举动，亦至离奇。恒服长袍，外罩以和服，断发留五寸许，左右两股分梳，下垂额际，不古不今，不中不西。余与之共一卧室。某日，见其写一字条与汪允宗云："今已不名一钱，乞借银元两枚，以购香烟。"余笑曰："既已向人借钱，曷勿多借几元。"则答云："此君只有两元之交情。"其言动大率类此。

教育会会员中有"野鸡大王"徐敬吾者，曾开雉妓花榜，故得此雅号。是时忽与新党往来。新党提倡平等主义，又以敬吾可供奔走，故亦近之。敬吾即日与新党狎，得为爱国学社之庶务员。遇张园开会时，亦能登台演说。其演说态度，则戟其右指，自台前一跃而上，以自表异，人皆目笑之。结果，学社之会计员，与敬吾之账目，发生弊窦。会计员去职，敬吾之账目，始终交不出。此亦为学社与教育会发生裂痕之一因。

宗仰对会与社两方，始终从事调停，卒归无效。五月二十四日，爱国学社遂宣告独立。发布《敬谢教育会》一文，揭之报端。宗仰乃以教育会会长名义，发布《贺爱国学社之独立》一文以答之。当时论者，莫不叹息我国民族之缺乏团结力。学社独立未及两周，而《苏报》案之外祸作，亦遭波及而解散矣。

《苏报》案及章邹二人之入狱

清政府严谕两江总督魏光焘有"爱国党在上海张园集众开会，昌言革命，该督形同聋聩"等语。魏奉谕后，惶急无措。乃遵谕密电上海道拿办蔡元培、吴稚晖、章炳麟、邹容、陈梦坡、宗仰等六人。领袖领事已签字，而工部局以保护政治犯为文明各国通例，不允执行，压搁多时。魏不得已，谋于南洋法律顾问担文，用其计，乃以政府名义，控爱国党六人于上海会审公堂。闰五月初，复特派道员俞明震，来沪查办。

此案既依法起诉，工部局自不得不办，出票拘人。事前，工部局屡传吴稚晖等六人去问话，表示保护，亦即示意令各人出走，并无严办之意。而俞明震之侄大纯，在日本与稚晖有旧，密约稚晖，往见明震。明震以拿办六人即行正法之公文示之。且曰："此等举动，真是笑话。"并留吴吃面。恐吴怀疑，即举箸先食。食毕，谓吴宜速去。吴乃即日遁往法国。事后，章炳麟矢口

断定，稚晖自诣明震处告密；且献《革命军》以求脱祸云云。稚
晖至今，莫能自明也。蔡孑民之胞兄，闻此事，自绍兴赶至，促
孑民离沪，孑民初无去意，其兄逼之。孑民无奈，以爱国女学校
委于余。余允维持至暑假。孑民即悄然赴青岛，习德语，预备出
国。宗仰避于哈同花园。梦坡亦遁至日本。独章炳麟不肯去。谓
邹容曰："吾已被清廷查拿七次，今第八次矣，志在流血，焉用
逃为。"且戒邹容亦勿去。闰五月初六日，西捕持拘票，至爱国
学社，问谁是章炳麟？炳麟正危坐客室。自指曰："我是也。"欣
然随之去。邹容毕竟年少，心志不定，自后门遁去。炳麟至狱
后，复驰书劝之。越日，自行投到。而搜查《苏报》馆时，梦坡
之子泰生被拘去。同时办理国民议政会之龙积之，亦被拘。

  闰月十四日，第一次开审。原告为中国政府，代表者为魏光
焘，所聘律师为英国人担文。被告为章炳麟等六人。而裁判官则
为会审委员，英国领事。原被两造，不伦不类，至为可笑。所控
罪状，则摘取《苏报》中之论说，及《革命军》《驳康有为论革
命书》之语句。但须翻译英文。有我国视为大逆不道之文句，一
经英译，反平淡无奇者：如《苏报》论说中有"革命之宣告，殆
已为全国之所公认，如铁案之不可移"。当时译者并不高明，此
数语译成之英文，失却原意，乃为"我等之意，欲逐去满洲，以
表示中国国民之意"。指控《革命军》则重第一第二两章。指控
《驳康有为论革命书》，重在中间排除满人之文字，内有"载湉小
丑"一语，译者不得其义，译作"载湉小贼"。在中国观念，目
皇帝为小丑，是大不敬；在英领事闻小贼之称，亦殊不以为怪。

  二十七日，第二次开审。章炳麟正色辩论，滔滔不竭，会审

委员，无以难之，英领事以拳击桌，禁止其发言，乃止。担文律师起而言曰："此事已成交涉重案，须候北京公使与政府商妥后，再讯"，云云。所谓交涉者，盖欲设计引渡章、邹二人，予以正法也。案遂搁置。而陈泰生、龙积之，以无直接关系，得释出。泰生素有神经病，释出后，即失踪。

章、邹既被羁，教育会在沪同人，每周以二人轮值，往狱中探问。太炎索阅《瑜珈师地论》，此书沪上尚无处可购，唯蒋观云寄在会中之书篓中有之。因设法取出，送交太炎，故太炎在狱三年，研究相宗，大有所得。《苏报》案起，爱国学社社员星散，一部分往西洋留学，多数则至日本，时孙中山先生适自南洋来日本创立兴中会（是会至乙巳年，改名同盟会），社员多数入会，从事秘密工作。

中国教育会之中衰时期

《苏报》案起，中国教育会本身，未遭解散；惟会员大部散去。至六月十八日二十日，迭次在余庆里本会事务所开会，到者仅十人，公议爱国女学校仍继续办理，推钟宪鬯为义务经理，而以余佐之。惟会中已不名一钱，节省开支，每月经常费，不过一百五十元，分作三十股，每股五元，由会员分任一股或数股，以半年为限。然当时认者，只及半数，余再分任募集。钟先生借得开办费一百五十元，租屋于白克路德华里，于七月初十日开学。分学级为本科，预科。叶浩吾、虞含章二君及余，均任义务教员。

教育会虽不能如上半年之公开鼓吹革命，然内地之运动革命者，皆以教育会及爱国女学校为秘密接治之机关。是年冬，日俄战争，风云紧急。蔡子民已自青岛回沪。于是共同组织对俄同志会，发行《俄事警闻》日刊，警告全国，一致起而抵御强俄。内地同志，多有集款定购此新闻，送茶坊酒肆，供人阅看者。此亦教育会事业之一。

十一月二十六日，在俄事警闻社开教育会议，决议爱国女学校明年仍继续办理，盖以会员分任之款，仅以半年为期也。经费则由到会诸人，再分认募集，仍推钟先生为经理，以余辅之。并决定明年聘常任教员一人，为有给职。添设妇学速成科，教育已嫁女子。

民元前八年甲辰，爱国女学校，因学生渐多，乃迁校会于蓬路。正月二十五日，开学。

是时日俄既已开战，俄人屡败，对俄同志会，已无目标。然因中国以后受各国欺侮将益甚，公议改组为争存会，改《俄事警闻》为《警钟》，仍按日出版。

三月，张竹君女士，自南洋来，提倡女子自爱自立，应学习女工，能自生产，不依赖男子。斯时办女学者，初未知有手工，钟先生闻其议，大为赞成。因停止各项功课，设女工传习所，请张竹君来校，专授手工，以三个月为期。然张实有野心，未及一月，即暗中运动职员及多数学生，突然离校，自行组织育贤女学校。爱国女学校正在发展中，遭此打击，几于破坏。

中国教育会开春季大会，公举蔡子民为会长。

是年四月，章、邹之狱判决，章炳麟监禁三年，邹容监禁二年。均罚作苦工，监禁期满，逐出租界。

暑假时，钟先生因公私交困，对爱国女学校，无力维持，向教育会辞职，会中仍推蔡子民续任经理，余仍被推为义务教员。

教育会之复兴时期

民元前七年乙巳二月，《警钟报》揭载德人经营山东密谋。上海德领事，致函申辩，报端加以反驳，措词犀利，适中其忌，遂提出交涉。我国官厅，本恨《警钟》，多革命论调，遂于二月二十一日，突然出票拘人，主笔刘申叔，得信较早，避去。馆中有五人被拘。二十三日，开审。中有一人，交保释出。余四人，仍被押。然因非重要职员，以后皆陆续开释。

二月二十九日，邹容病毙于狱中。叶浩吾有函告蔡子民，已由中外日报馆备棺殡敛。十日之内，即须埋葬，嘱会中觅地及筹葬费。

三月初一日，教育会同人，在愚园开邹容追悼大会。到会者五十余人。

初二日，在爱国女学校，会议邹容善后事宜。拟将枢暂停于会馆，一面择地，一面通知其家属，后有义士刘东海愿以其宅畔空地，为邹容墓穴。会中乃就此地，开始经营葬事。

四月，教育会决议开办通学所，系补习性质，早晚上课，以便有职业者，前来肄业，学科有拉丁文、德文、法文、英文、日文、初级理化、高级理化、博物、代数、几何、名学。来学者共百数十人。担任教科者，除会员外，多一时知名之士，如马相伯之拉丁文及名学，钟衡章之博物，龚紫英之代数，寿孝天之几何。会内则钟先生任高级理化，余任初级理化。斯时陈英士从湖州来，进通学所，对于初级理化，特感兴味。

五月下旬，开会重行选举。蔡子民以多数当选正会长，钟宪鬯当选副会长。暑假，蔡子民因接办爱国女学校满一年，无力支持。教育会新入会会员，吴书箴、徐紫虬二人，锐意接办；即由蔡子民委托吴君任庶务，徐君任教务，接续办理，不设经理名义。蔡子民先生常言云"余长爱校，前后数次。凡革命同志，徐伯荪、陶焕卿、杨笃生、黄克强诸君到上海时，余与从弟国亲及龚薇生等，恒以本校教员资格，借本校为招待接洽之机关。其时较高级之课程，亦参革命意义，如历史授法国革命史，俄国虚无党故事；理化则注重炸弹制造等。又高级生周怒涛等，亦秘密加入同盟会"云云。

民元前六年丙午。邹容遗骸，既葬华泾。因公议建立纪念塔，造塔工程，托黄任之转请杨斯盛之营造厂，代为办理。

五月初八日，章炳麟监禁期满，将于是日出狱。事前数日，会中先行预备，购定船票，送往日本。是日之晨，蔡子民、叶浩吾及余等在沪会员十余人，均集于河南路工部局门前守候。十时，炳麟出，皆鼓掌迎之。遂由浩吾陪乘马车，先至中国公学。即晚，登日本邮船。炳麟在狱三年，容颜反见丰润，绝无憔悴之状，盖得力于内学也。

五月，邹容墓前纪念塔落成。乃于十二日，开纪念会。是晨，余偕蔡子民、严练如至南市大码头，则黄任之及中国、健行两公学学生共三十余人，皆已齐集。乃乘舟行三小时，抵华泾。

登岸，行二里许；至刘东海家。午餐毕，群赴墓前开会。首全体行鞠躬礼，次纪念塔除幕，次报告，次演说。蔡先生是日之演辞，特别警策。因此，陈英士闻而感愤，回里变卖不动产，从事实际革命工作，后来成就伟大事业，发端乃始于此。

《苏报》案中，拿办六人，除章、邹入狱外，徐四人，或逃或避，惟陈梦坡虽逃而受祸最酷。《苏报》馆产业，被没收，儿子失踪，家破人亡。民国二年，梦坡回国，欲运动发回报馆产业而不可得，卒穷死于海上。

民元前五年丁未，前六年戊申，爱国女学校学生众多，同时接受江南财政局及上海道署两处津贴，学校性质，始渐渐脱离革命党秘密机关之关系，而入于纯粹的教育事业。然盛极而衰，校中积欠新沙逊洋行租金一千八百元，吴书箴避匿不见，终在戊申年冬，校舍被封，校具亦遭拍卖。斯时教育会已无形解散，在沪会员，不过数人，不复能开会，虽校舍被封，听之而已。

民元前三年己酉，徐紫虬以名誉关系，令书箴了旧欠，另行组织，租屋于北河南路鸿安里，草草开学。而学生皆观望不前，只有十余人。至暑假后，无力维持；徐君并拟于九月出洋。

昔者中国教育会会员，本有激烈温和两派：激烈派主张以学校为革命秘密机关，蔡孑民等主之；温和派则以名实应求相副，不如纯粹办教育，培养国民，叶浩吾等主之。余之见地，小比较的偏于温和派。至是，眼见中国教育会之事业，仅留此女校，听其消灭，于心不安，遂毅然接受徐紫虬之请求，正式出任校长，仍租赁校舍于蓬路。同时以学校已无主体，组织校董会，遂成今日之制。民元余赴北平，由宋侠公接办；民十由季融五（通）接办；民二十一，由孙翔仲（远）接办；现任校长季达即融五之胞弟。此校于艰难困苦中，绵历至今，已三十余年，乃中国教育会事业之岿然独存者也。

附：蔡孑民先生函

竹庄先生大鉴：

奉五日惠函，并大著《中国教育会之回忆》。所记旧事，半为弟所不能忆及者，非有先生此文，中国教育会之陈迹，不免湮没矣。弟所怀疑者三点，志于上方请酌之。大稿奉璧。并颂

著安。

弟元培敬启　八月八日

章太炎先生轶事

蒋维乔

余在癸卯之春，与太炎同在爱国学社，任国文教员。此学社乃以南洋公学退学生为主体，中国教育会予以赞助而成立者。社中学生分四级，略似今之中学。太炎授三、四年级，余授一、二年级。社中教员，除供膳宿外，皆纯尽义务。太炎与余，皆卖文以自给，渠为普通学书室译《妖怪学讲义》，余则为《苏报》馆翻译东文。学社学生，皆自视为主人翁，视教职员为公仆，待遇极菲薄。余与太炎两人，合居后楼上小披屋，仅堪容膝，其下即为厨房，一日三餐时，烟焰迷目，故常携笔砚稿件，至会客室中写之。

教育会每周至张园，公开讲演革命，讲稿辄在《苏报》发表，遂为清廷所忌。太炎持排满革命之论尤激烈。会蜀人邹容，留学日本，以陆军学生监督姚某，有奸私事，偕五人闯入其室，痛殴之，持利剪剪去其辫。事觉，遁至上海。与太炎会于爱国学社，一见心钦，互相期许，容称太炎为"东帝"，而自称为"西帝"。容箧中有小册《革命军》稿，太炎为之作序。宗仰出资刊行之，复将太炎之《驳康有为论革命书》同时刊出。不及一月，数千册销行殆尽。太炎行动奇诡，剪发分梳，垂于额际，恒

追忆章太炎

着长袍，外面裹以和服，不衫不履，不中不西。人见之，皆匿笑，而太炎自若也。嗜烟卷，吸不绝口。一日，余见其写一条与友人汪允中云："今已不名一钱，乞借大洋两枚，以购纸烟。"余曰："既已借钱，曷勿多借几元？"太炎笑曰："与彼不过两元交情，多恐不应也。"尝谓国文文法周密者，莫过于公文，故写信札时，往往喜用"等因据此""须至照会者"字样。又云："吾辈文人，手无缚鸡之力，要实行革命，甚难。文学之毒人，与鸦片无异。治朴学者，如吸大土烟；治诗古文辞者，如吸小土烟。瘾有重轻，为毒则一。"时爱国学社，与中国教育会，内部分裂，会员有从中竭力调停者。太炎甚愤愤，痛诋学社之不合，主张教育会与学社分离。社员章陶严者，行严之弟也，本学陆军，性甚暴烈，与太炎一言不合，竟当众批其颊。太炎端坐不为动，曰："我颊可批，我舌不可断也。"事为行严所闻，急出而呵止其弟，向太炎道歉。邹容既与太炎莫逆，则亦调笑社员，谓"君等舍国学而专习英吉利语，将来不失为洋奴"。社员怒，群起欲殴之。然容性暴戾，常怀手枪，卒莫敢撄也。

《苏报》为爱国学社言论机关，持论过激，清廷乃有拿办上海爱国党之密谕。上海道商诸总领事，总领事已签字矣。而工部局以政治犯例应保护，不肯执行。被拿者六人：蔡元培、章炳麟、邹容、宗仰、吴稚晖、陈梦坡。工部局屡传吴、蔡前去，告以尽力保护之意，实则暗示被拿诸人，从速离开上海也。既而两江总督魏光焘，派道员俞明震来沪查办。蔡赴青岛，吴赴欧洲，陈梦坡赴日本，宗仰避居哈同花园，独太炎不肯去，并令邹容亦不可去，曰："革命必流血。吾之被清政府查拿，今为第七次矣！"清政府严谕魏光焘，有"上海爱国党倡言革命，该督形同聋聩"之语。魏惶恐，以工部局不肯拘人，乃问计法律顾问担文律师。担文以为只有诉诸法律，于是魏光焘代表清政府为原告，控诉章炳麟等六人于会审公堂。工部局乃于是年闰五月初六日，出票拘人。西捕至爱国学社，进客室，问谁为章炳麟？太炎正在室中，自指其鼻曰："我乃为章炳麟。"欣然随之去。邹容胆怯，则自后门逃逸。太炎自狱中作函告诫之，令自行投到。翌日，邹容乃自首。当时《申》《新》各报，多持反对论调，《新闻报》尤讥笑太炎之不去为愚。太炎自狱作书答之，有"志在流血，性分所定。"……"休矣《新闻报》记者，请看数百年后，铜像巍巍高出云表者，为我为尔，无待预决"等语，惜余不能全忆矣。五月十四日第一次开审，原告为清政府，律师为英国人，被告章炳麟等六人，而裁判官则为会审委员、英国领事，不伦不类，至为可笑。所控罪状，则摘取《苏报》中之论说，及《革命军》《驳康有为论革命书》中语句。顾此类语句，在中国视为大逆不道，译成英文，亦平淡无奇。二十七日，第二次开审后，案遂搁置。盖清政府欲用外交手段，在京与英国公使交涉，引渡一二人，予以正法也。二人初系于福州路工部局，禁令尚宽，每周可容亲友前去探视一次。中国教育会在沪同人，约定以二人轮值，前往探问送食物。太炎索阅《瑜珈师地论》，是书当时上海尚无处可购，唯蒋智由寄存于会中书箧内有之，乃设法取出，送与太炎。翌年四月，此案判决，章炳麟监禁三年，邹容监禁二年，均罚作苦工，监禁期满，逐出租界。移禁西牢，即不许接见亲友。闻狱中所作之工，以太炎为文人，故免其力役，令作裁缝。所缝者，类皆巡捕之制服。作工偶不力，印度巡捕辄持棍殴击。迨太炎出狱后，言及印捕，犹觉可畏。邹容年少性急，不胜压迫，未及一年，即病毙狱中。而太炎素有涵养，又研究佛学，及丙午五月初八日期满出狱时，容颜反见丰润。当太炎将出狱前，中国教育会留沪会员，已为购定船票，预备送往日本。届期，余与蔡子民、叶浩吾等共十余人，于上午集于福州路工部局门前守候。盖自西牢释出后，仍须经工部局执行逐出租界之罪也。十一时，太炎出，诸人鼓掌欢迎，一一与之握手。即由浩吾陪乘马车，至吴淞中国公学，即晚登日本邮船赴日本。

太炎既至日本，留东学生，在神田锦辉馆，开大会以欢迎之。太炎有极长演说，且云："人谓我有神经病，我是疯癫，我不以为异而反觉欣幸。……大凡非常可怪之议论，不是神经病人，断不敢说。遇艰难困苦时，不是神经病人，断不能百折不回，孤行己意。所以古来有大学问成事业者，必有神经病，方能做到。……故我承认有神经病，并愿传染诸位同志，俾皆有一两分神经病"云云。太炎在日本，即偕汪精卫、胡汉民共主《民报》笔政，与梁启超之《新民丛报》笔战。一主立宪，一主革命，连篇累牍，文皆犀利，令读者兴奋。然太炎后与同盟会宗旨，亦有微异，遂别创光复会。会中健将，即陶成章、徐锡麟、秋瑾、龚薇生诸人。徐志在实行，得许诵清巨资捐纳为道员，成章知府，薇生同知，其余知府、同知者若干人。锡麟在安徽办警察，刺死满抚恩铭，徐亦遇害。秋瑾亦在浙见杀。于是陶成章改变方针，以为运动军队，当假一种麻醉手段，遂在日本学习催眠术，思利用之。乙巳，中国教育会，在上海办通学所，陶亦来沪，传授此术。辛亥革命，太炎返国，陶亦先后返，与太炎集光复会会员，组织中华民国统一会。及陶在广慈医院，被人暗杀，而光复会亦无形消灭。

民国元年，南北统一后，正式政府成立于北京，太炎应袁世凯之招而往。余适自天津赴北京，在火车中遇之，则衣服甚都，面部及指甲亦清洁，不若十余年前之垢腻，嗣知乃经汤夫人之训练使然。袁氏初以东三省筹边使羁縻之，不过虚名，并无实权。太炎则时至总统府，索巨额开办费，必欲实行筹边之事。始而语言不逊，既而大事哄争。袁氏憾之，遂软禁之于龙泉寺。太炎愤甚，而无可如何，不能如昔日在西牢之致命遂志。盖受屈于袁氏个人之淫威，不若革命流血之大义凛然也。太炎既被软禁，积思成幻。某日入睡，梦中有差官及舆马，迎之前去，至则仿佛一大衙署。太炎升公座，即有判官持公文一叠，置其前，请太炎署名牍尾。公文之内容如何，可勿问，与世间官吏之画黑稿无异。事毕，仍由舆马送归，则霍然而醒，已天明矣。自后每夕皆然。太炎在梦中，询问之，则知是阴间请去代理阎罗王职也。日久，太炎厌恶，决定不去，然一入梦，则又无自主之权，必为差官挟去。此事在科学家闻之，必断为幻觉、错觉。然何以日日入梦，且至半年之久，及太炎恢复自由南下之后，方无此梦，则诚不可解者。太炎固未与余亲口说及，但曾函告宗仰，言其故，请宗仰以佛理判断。余闻诸宗仰，故知之。

太炎被禁时，袁氏所以不敢置之死地者，一则不愿居杀士之名；一则以其文人，非有枪阶级，究不足畏；而副总统黎元洪之维持调护，亦至有力。故太炎终身感激黎氏。昔年黎氏国葬，尚拟亲赴湖北吊祭，且以明太祖比黎氏，而自居于刘青田也。

《制言半月刊》1936年9月第25期

回忆蒋竹庄先生之回忆

吴稚晖

读蒋竹庄（即蒋维乔）先生《中国教育会之回忆》，诚如蔡孑民先生所谓"不能忆及，非有此文，陈迹不免湮没"之感，并亦有"怀疑之点"不能不略求更正者。今知凡涉他人之事，非但不易忆及，即忆及亦不免于使本人怀疑。盖关涉本人之事，略有苦乐者，记忆必稍真切，如蒋先生以爱护教育会为乐，教育会受损为苦，故于教育会之兴亡，能忆之缕缕。其关涉蔡先生及敬恒者，即痛痒较不相关，致使有疑可怀矣。我对蒋文，关涉我之部分，除琐细虽亦多疑点，可以听呼牛马外，而略较难堪者，不能不据回忆而怀疑，贡献三点如左：

一　对蒋先生应当道歉者

我初不知中国教育会为最早之中国革命团体，直到现在，读蒋文，经其说明，始郑重考虑，觉其说可信。故于当初未早注意，不能不向之道歉。因为我在甲午以前，一懵不知革命为何物，但慕咬文嚼字之陋儒。经过甲午惨败，始觉中国不能不学西方工艺，学了西方工艺，才能造大炮机关枪，抵抗敌人，所谓

"兴学之不容缓"，乃开始冒充为维新派小卒。以后逐渐受了许多激刺，才一步一步地浪漫起来。到如今，自吹为烧了灰亦是国民党党员，同时烧了灰又是无政府主义者，实在可笑得很。为国民党党员，党义不了了。戴了无政府主义者的头衔，又未研究过无政府主义学说。仅仅许了三千年后可以没有政府，当前则不敢做官，算作小人之忌惮，故当爱国学社开始的时候，加入中国教育会，我自己便不是一个革命党。直到彼时明年正月起，在张园演说，演高兴了，才开始称说革命。今将我加入中国教育会以前略史，及加入中国教育会的缘由，回忆了，约略说明，方叫蒋先生明了我对教育会的抱歉，出于无心的。

我走第一步，因为中国吃了甲午的亏，觉悟非维新不可。维新的名词便是日本明治维新了，才打败我们。故我们也想自强，就你也维新，我也维新，这种人绰号为维新党。当时却也颇遭守旧的正人君子所疾视，算作一种怪物。他们所做的事，当然十分可笑，无非鼓吹白话，运动不做八股，不缠小脚等等。我自然也跟着吾乡如裘可桴先生等起紧，曾做了一章白话的《女诫注释》，裘先生又叫人续成全篇。诸如此类，叫人惊怪，走到第二步。

第二步丙申那年张之洞允许康有为做《强学报》，为用了孔子纪年，第一期出版，即停刊了。我们也不大相信康有为，因为他叫康祖诒的时节，传说他年纪未满三十，已留了长胡子，做的《孔子改制考》等，当时却骇怪得厉害。他自号长素，意思是长于素王，孔是老二，他才是老大。此时他又用起孔子纪年，所以他虽在乙未年号召公车上书，终疑心他不伦不类，是江湖一类的人物。是年五月《强学报》停刊，七月《时务报》又在上海出版。梁启超的议论，大家方惊异是闻所未闻。才承认康、梁都是了不起的维新党。我也受了些少暗示，再走第三步。

第三步丁酉冬天我在北洋学堂教书，放了年假，到北平去看廉南湖，其时火车尚停在永定门外马家坡。于十二月十七那天，南湖约了绍兴陶杏南，同我三人，到米市胡同去看康有为。大家论到最重要的问题，还是八股，小脚，鸦片三害。我说，八股，我们可以自动不赴考，小脚，可以不缠，鸦片，可以相戒不染。康就用两只手伸了两个大拇指狂喊"好极了呀，好极了呀"，那种气概，现在是三四等政客都优为之；当时我们却从未见过，不觉惊异是天人。当日夜间，吾乡许静山先生就告诫我们，这种叛逆，少去亲近。又听见吾乡恽薇生要参奏，把他正法。我们心虽不以为然，但从此也不乐去见他。明年戊戌会试，我真自动地从此不赴考，而梁启超却还去入场，更暗惊他们说话不大当话，更懒得亲近他们。据蔡子民先生告诉我，章太炎在壬寅年与宋燕生吃馆子，宋骂我是康门，章就在答覆我的信中，宝为奇货。我在南洋公学教书，盛宣怀是面长面短，我也无缘识荆，章又说我是盛宣怀的洋奴，真太无聊罢。那年见康之后，我又曾发点小疯，写了一个三千字的折子，要叫光绪皇帝如何变法，在戊戌年的元旦，候左都御史瞿鸿祎朝贺回宅，我就在彰仪门大街，把他轿杠拉住，本来京官都坐大安车，他却坐的四人轿。他见我穿戴衣冠，命轿夫打截，我送上折子，他竟看了一个大概，说道，"唉，时局到了如此，自然应该说话，但你的折子，还有可以商量的地方，我带回去细看再说。你后面写有地址，我有话，可通知你，你们认真从事学问，也是要紧的。"轿即如飞而去。元旦很早，围看的止有几十人，大家都说，喊冤枉，为什么在年初一。过了一天，我出京，吴观岱先生送我到永定门。这从第三步更上第四步。

第四步，我戊戌春天仍在北洋学堂教书，其时北洋校长，名曰总办，是宁波王菀生先生，是一个透新的人物。他与夏穗卿、严又陵、孙慕韩、潘子静等，正做《国闻杂志》，译载《天演论》，做《国闻日报》，讲新政治。夏先生也招我替日报作文，我自以为新得利害。然因为学生都说皇帝是公奴仆，我班上的学生是王建祖、徐田等，隔班是王宠惠、薛仙洲等，常常这末议论，我却以为康、梁过激的空气迷着他们，我就在批改卷子里矫正他们，而王校长却帮了他们批驳我。他们虽替我感情很好，我同陆炜士先生却恨恨地说道，枉是个翰林，不应该鼓舞学生发狂，就辞职到上海南洋公学教书了。刚值戊戌六月，康、梁在北京大变法，我自以为毕竟是个维新党，当然也大兴奋，也在无锡怂恿朋友，在崇安寺立了一个学堂。能立学堂，自然是当时认为进步，然矫正皇帝是公奴仆之后，还闹笑话。在无锡，那已造铜像的胡雨人先生，他来商量辫子，我又怫然曰，我们所以维新，就为要保住辫子，他吐舌而去。惟后来剪辫子，我却先他数年，所以又上第五步。

第五步受了庚子的激刺，我听了钮惕生同陈冷血的话，要给学生枪枝，练成军国民，当局不许而罢。明年辛丑，我又主张校长教员应与学生同组一会，处理校务。只种幼稚病的大进步，就现在人也要好笑。中国教育会与爱国学社的冲突也未始不暗受此等要求之支配。今读蒋先生之文，显然有教育会摆起先生面孔，该享服从，学社也自吹学生是未来的主人翁，老朽应该迁就。我彼时虽止进步到师生平等，我在加入中国教育会之先，却已又进一步，有三句口号，叫作皇帝与百姓打官司，我助百姓；先生与学生打官司，我助学生；老子与儿子打官司，我助儿子。只是新近说给蔡先生听，他一口承认，是我当时常说的。那末，当时我即注意中国教育会是革命团体，我认爱国学社更是革命团体，倘有冲突，我自助学社。只是主义错误，我不承认有何私曲。我至今以为当时章太炎望四十的人，与头二十岁的人讲主义，就不像一个革命党。大约蒋先生当时年龄，止与胡敦复等相若，当然有权计较彼此，我至今原谅。为了师生同理校务的主张，既然通不过，就又离了南洋公学，东渡日本，这是辛丑的三月。同年的冬天，广东招我同惕生，一个去办广东大学堂，一个去办黄埔武备学堂。动身到广东之先，由范静生、蔡松坡二人，介绍梁启超到我寓中谈话。我生平见梁三次，第一次就在此时。第二次我在东京被警察解上神户火车，梁来车站送我。第三次民国五年袁世凯倒了，在上海康脑脱路梁的寓中，大家去议事，又见一面。我在广东计画开办广东大学堂的时节，有一庚子罪魁江西洪某，谪官到广州候补的，他告诉许静山，说我与惕生，都是革命党。这是第一回送这革命党头衔与我们，我们那里敢当。到许先生面前去求他原谅，替我们辨白。我在广东同胡展堂至少相聚过二十二回，虽曾讲着史坚如被杀，十分愤悯，他尚未会过孙总理，说不到革命。第一回招考学生，却有汪兆铭，而复试又被摈了，当然彼时的精卫，更还提不到革命。然其时革命的名词，好像已经不甚刺耳，故我亦能不知不觉再进第五步。

　　第五步我在广东看见了官场内容，觉得格格不相近，故明年壬寅招考完毕，便带了留学的亲友，共二十六个少年，一同再上日本，未满三个月，就出了因为送陆军学生，被蔡钧叫日本警察把我同孙叔方驱逐回国之事，是乘法国邮船三等舱走的，陪我们走的是蔡孑民。这回章太炎笑我跳在阳沟里，诚然。我预藏在身上的绝命书，尚说孔曰成仁，孟曰取义，词气之间，还忘不了忠君爱国，仍去革命党尚远。止有被日本警察捕去之前夜，范静生招我宿在他牛込区的寓中，他算约我去密谈。他说："有个山东姓邓的秀才，在热河赤峰，据有土地七百方里，已立共和国，派人来约梁任公，任公走不开，你若能去，保管有大事可成。保清派的领兵提督是杨皙子的叔祖。皙子说过，他能帮忙。"这是一件造反的事，我却不曾摇头，回说想想再谈。不料是夜日警已候于范寓左右，出门即跟着，甫回我寓，立被又一警察捕去。后在八九月的上海报上，见那山东秀才，已被清政府杀却。一日遇杨皙子于四马路客栈，谈起此事，他说："笑话笑话。"大约这一事的暗示，便跑出明年癸卯正月开始昌言革命的第六步。但壬寅十月加入中国教育会时，虽然此一暗示，已潜伏于下意识，我今自写亲供，却丝毫不曾以革命党心理，加入中国教育会，并也不理会中国教育会，是个什么东西。就我回忆的加入中国教育会，则有如下文之所云云。

　　我在日本回国，便租寓在垃圾桥北一间小馄饨店的楼上。十月知道南洋公学全体学生罢学，要自成学校，家中不给钱，要求自给之法，我就以为非译书不可。能译西文的，止有少数。要多数能以速成法译书者，止有译东文。我听见蔡孑民替他们到南京去向蒯光典筹措五千元，适其长子病殁床上，不顾棺敛而行。感他的风义，我也情愿一同来商量东译之法，乃由垃圾楼迁居他们福源里楼上的亭子间内。这座房子，至今不曾翻造，就是泥城桥新世界后面周君常医室的房子。闻他们的组织，南洋公学的退学生，与非南洋公学的年长者，合起来支持。把年长者旧有的中国教育会，叫非公学的来助之人，皆加入教育会，公学生亦加入教育会，仿佛这个算是现在的校董会。这是我加入教育会，直到现在，未读蒋文时，我一人之观念。而一向也未有人来矫正我这个观念。又这个校董会的学校，便叫作爱国学社。校董会的年长者，也有做学社的教员的，例如孑民之类。也有不做教员的，如宗仰之类。公学生也有自学而兼教员者，例如敦复之类。也有绝对止是上课者，则有大半。他处罢学加入者，或兼教员，或否，皆如公学生。复有少数来学之人，则直学生而已，绝不加入中国教育会。至于蒋先生所说孑民为总理，我为学监等，恐少数人有此不成文之名目观念，即我并不曾知我为学监，而我当时亦恶用此等名义。即如教员之名目，亦事实有之，在我与公学生之心理中，并不曾承认。老实不客气，除他们佩服蔡先生的人格，除小学生间有需听中文者外，大多数并不需要我们去教什么中文，且并不承认我们是个教员，只就是教育会个人，与学社个人，交恶之暗潮。到如今，教育会少数人说起学社，终是不乐意，学社人说起教育会，也是不乐意，真相乃是人与人，并非会与社。我个人亦倒霉，被人不乐意，称我暗助何人，乃是我自吃了谬妄主义之苦。我早晓得中国教育会久已是中国最早的革命团体，并非校董会，我也与蒋先生步调一致了。故今不能不向蒋先生道歉。

二 蒋先生上了一个大当

蒋先生大文有如下一段之记载：

> 某日开评议会，议及教育会与学社分合事。稚晖恃其滑稽态度，出语尖刻，偏袒学社方面。太炎当众拍案大骂云，稚晖，你要阴谋篡夺，效宋江之所为，有我在此，汝做不到。稚晖向来口若悬河，当者辄靡。但对太炎之疯头疯脑，不得不让步，默然无语。从此每遇集会，若有太炎在座，稚晖必避席。太炎恒谓人曰，稚晖妄人也，何足与语。

我想这段记载，止是据他人谰言，随笔羼入。但显出蒋先生止从西八乡里上城，并未到过学社，且从未看见过章太炎及吴稚晖。

先以理论言之：若见过章太炎的人，所谓"有我在此，汝做不到"，及"何足与语"，未免太可怜，章先生岂屑作此等语。至于吴稚晖，他若肯"默然无语"，早已一生受用。因为"恃其滑稽态度，出语尖刻"，他到了应该默然无语，还发出出语尖刻的毛病，就一生吃亏。所以说蒋先生采用那传来的谰言，恰被人疑是西八乡上城，这是上了大当之一。

复以事实言之：学社从壬寅十月中起，到癸卯闰五月初散局，一共七足月。初期是专门鼓吹罢学。从正月起，由"野鸡大王"徐敬吾先生接洽了张园安恺第会场，公开演说。一面又正式就《苏报》为机关报，即鼓吹罢学，与夹带革命，双方并进。据我所知，癸卯三月以前，会与社同心一致对外。三月以后，社员便添印《童子世界》，稍稍语侵会员。据说因为章太炎无事，终日在账房聚二三会员闲谈，有所批评，其有力分子，即金松岑与某某等。金松岑者，有天在张园演说方罢，有朱葆三欲与余谈话，适蒋先生介金相晤，余忙迫，仅一点首，当时即见其怫然。是晚知金系名士，竭意补救，彼终落落。故彼等剧谈于账房，余从未参加。止觉账房与《童子世界》，颇有暗潮而已。但我终日忙接外客，彼等双方作何云云，皆无眼理会。截至五月十八夜间，从前每半月一月开会，从未说到会与社之异同。

癸卯五月初一起，《苏报》编辑，改请章行严。第一篇就登载章太炎之《客帝篇》。于是次第登出《驳康有为书》《革命军序》等。革命的旗帜鲜明，一时欢迎如狂，清官震骇，捕房传讯，侦探密诱，亦络绎不绝。五月十八预定在现在泥城桥华安保险公司等房屋的基地上，开运动大会。十六日尚有上海已革举人童迵来诳我们进城。他说，他们将开设一文鞭学校，暗寓文人更革之义，叫我与子民等都去讲演，其实他受上海道之使，要诳我等去就捕。五月十八那个运动会，却也可吹为中国第一个运动会。是日围观者不下万人，等于看跑马之热闹。其中最出色之一幕，即何君梅士将两足倒勾在高架之铁杠上，口中将一十五岁薛仙洲胞侄，衔其腰带于齿头，悬空至一分钟，观者鼓掌如雷。当然是日我往来照料，疲倦不堪。夜色既下，会散入社，张溥泉在门内授余一纸。曰："你看看看。"我接了纳入日本式洋服之袋中，曰：我洗了面细看。溥泉忿然曰："你不看，算了"，一面在我袋口，将其纸抽去。且曰："夜间再说。"溥泉当时，希罕到社，我见其举动如此，大诧。但他是少年，我即平和首肯曰，夜间再说罢。

夜八时，据说要开评议会。到的人是，会方有蔡孑民、王小徐、汪允宗、宗仰、章太炎、张溥泉等。社方有穆杼斋、贝季眉、敖梦姜、胡敦复、曹惠群、沈步洲、何梅士等。余亦当然出席。坐定，溥泉即出一纸传观，所说的，便是确定主体。于是双方发言，或说会是主体，社是附属品；或说号召皆用社，会是附属品。余恃其滑稽态度，久久无言。心念此时房钱已欠两月，外款不再有，官场刻刻捕人，尚争主属，真是可笑。大约尚存数百元之校具，即为可争之目的物。（即蒋先生朋友告诉他，章太炎要骂吴稚晖阴谋篡夺者。）各人支吾已久，余不耐，即出其尖刻之语曰："大家争什么，其内容不过一副校具而已。"语甫毕，蔡先生变其向来和平之态度，鄙余言之无聊，即忿然曰："何至于此呢？"立即起去曰："我本要上德国留学去，我辞去会事社事。"语罢，即出。余却颇怀惭，遂各散。从此二三日后，蔡先生即上青岛，临行皆送别。其时我的妻女从日本归，赁屋在水月电灯公司楼上，即现在泥城桥东大马路兆芳照相店之旧屋。（今已翻造过。）余于五月二十四，亦从爱国学社亭子间，迁回余寓。那末，就事实言，章太炎那两句效宋江之所为的说话，在什么地方说？又"从此每遇集会，若有太炎在座，稚晖必避席"，会在何时集？岂非海外奇谈，白昼见鬼。这位朋友把谰言来欺蒋先生，的确形成蒋先生日日在学社的人，变成偶从西八乡上城，从未到过学社，这个当，真上得不大不小。

三　感谢蒋先生之爱我

蒋先生大文，说到章太炎对我之诬妄，又有如下之一段记载。

> 事前工部局屡传吴稚晖六人（蒋所谓六人，谓蔡元培、吴稚晖、章炳麟、邹容、陈梦坡、宗仰，稍误，在下文述事实时正之。）去问话，表示保护，亦即示意令各人出走，并无严办之意。而俞明震之侄大纯，在日本与稚晖有旧，（也待事实改正。）密约稚晖，往见明震。明震以拿办六人，（亦误。）即行正法之公文示之。且曰，此等举动，真是笑话，并留吴吃面，恐吴怀疑，即举箸先食。食毕，谓吴宜速去。吴乃即日遁往法国。（更大误。）事后章炳麟矢口断定，稚晖自诣明震处告密，且献《革命军》，以求脱祸云云，稚晖至今莫能自明也。

蒋先生一句结语，不知者以为"莫能自明"，是助章太炎为有力之证明。其知者郑重其"至今"二字之慨想，实是哀人受诬，催人自明，此为蒋先生之爱我。但蒋先生并未见我之自明，及人之代明，大约止见章太炎文钞？章太炎文集，我则无有一字流布人间。然我有章太炎集外文之收藏，其稿将代为问世，即我之自明，亦可借之而传。且我即不自明，而事实亦能为我代明。

故今回忆事实如左，聊先告慰蒋先生。

当时事实，有待乎曲折叙来，方更明白。自行严从五月初一，在《苏报》上开始登了章太炎的《客帝篇》，次第又登载章太炎的《驳康有为书》《革命军序》，当然官场格外震动。所以在未捕章太炎以前，虽未如蒋先生所说魏光焘密电上海道，拿办蔡元培、吴稚晖、章炳麟、邹容、陈梦坡、宗仰六人，或者密电已在三四月间早有之，在五月后想更加多。故就余所知，捕房传讯，凡有六次。好像两次在五月前，四次在五月后。传去者，有蔡孑民、宗仰、徐敬吾、章太炎、及我。我则被传四次：第一次与宗仰、敬吾，第二次与孑民，第三次与太炎，皆至四马路老巡捕房。第四次已在五月二十后，传余一人，至老巡捕房后面三间两厢房石库门内，（今已翻为大石厦。）见余者，即英国"中国通"濮兰德是也。每次所问之话，大略相同。终说，"你们止是读书与批评，没有军火么？如其没有，官要捕你们，我们保护你们。"我们回说没有军火，即点头而别。这等交涉，宗仰、敬吾死矣，章太炎、蔡孑民皆在。

五月《苏报》声浪一高，官场恐慌。约在五月十四五，上午十点钟，余尚卧在爱国学社亭子间里。余堂弟柳甫在床前桌上看书。闻有少年客在门外问余，余急托言伤风，嘱柳甫见告。其人乃自揭余帐，探头入。见为二十许青年，留黑胡两疋。彼言，我乃俞慎修，惕生之友。闻惕生与尔和，至天津被害，有之乎？余曰，初十左右，盛传被袁世凯杀害之说，且言头已解来南中号令。昨已证明为谣言。彼乃作喜慰之状曰，如此好了，你安息保养罢。是日午后在客堂又见此少年，且偕数少年及一老官僚，在座中与人周旋。余即缩出，因胡子少年未见我，朝方托病，不便此时即健好也。客去，始知老官僚者，即道台陶森甲。胡子少年俞慎修，片子上名大纯，即章行严等前在南京陆军小学，其校长道台俞明震之子。尚有数少年，内有魏光焘之子。皆前时送往日本留学，今因日本留学生方组义勇军，故魏命陶森甲赴东，强彼等归国也。

五月十八即开中国第一次之运动会。其夜即开中国教育会评议会，论争会与社之主体。吴稚晖说到校具，致蔡孑民愤慨其言之鄙琐，即席脱离关系。两三日后即赴青岛。五月二十四吴稚晖亦离学社，归其大马路水月电灯公司楼上之沪寓。直至是月三十日，曾未闻学社一点消息。因亦不乐闻，正拟编书也。

五月三十日傍晚，何梅士、沈步洲突来余寓，且告曰，今日不了。章枚叔连日与大家争吵，今日被数人执其手，行严之弟陶年，脱鞋皮击章嘴巴，渠亦无可奈何。余即暗想，此次举动，难免不疑我指使。即戏二人曰，他是打过梁启超嘴巴的，（据说在《时务报》社。）你们敢在老虎头上弄虎须么？共一笑而罢。现在敦复、陶年皆健在，曾否受我指使，请问彼等可矣。

闰五月初二早上七点钟，有人上余楼，家人告以尚卧未起，彼传一柬人，且曰，你去给他看。余在帐中，见门外有五十许矮老人，长袍蓝呢马褂，不似下人。余看柬上写道：

有要事特来沪，与公商办。乞即惠临英大马路石路公兴里第八家进士第杨寓一叙。纯患病不能奉谒，乞恕之。此上即请台安。俞大纯顿首，初二日。笃生、铁生、尔和，已否东渡？

余嘱家人告之曰，余当即来。余即起床，适余友朱仲超来访，我与彼同出门。同至盘汤衔桥下送孙叔方回无锡，因孙在沪买一风琴而归也。孙船启碇，余即向仲超曰，又有俞明震之子俞大纯，约余去谈话，何以一到即病，恐有蹊跷。但在租界上，我们不怕他。你能同去么？朱说甚好。公兴里者，即现在大马路石路口同羽春茶馆背后一弄堂。衔门东出石路，西出湖北路，从前皆为一上一下之石库门屋，今已翻造。从前大半是堂子，现皆商号住宅。余等进衔至第八家，果见门标进士第杨。入门却甚诧。则一青布长衫少年，中坐为教师。室内共三四桌，分坐年皆十一二之女学生五六人，一律蓝竹布衫，均甚清秀。诧者，诧在此时中国尚少女学生。心念此为堂子中之养女，欲其识字习歌唱也。我等入室，教师即起立，问来意。余问有姓俞者在否？彼曰，你贵姓。我对姓吴，他即指身后扶梯曰，上楼可矣。余前朱后，升至楼上，即见靠外窗前坐一老者，面目如俞大纯，年则近五十。猛念此必俞明震，无疑是捕人而来，托其子名，诓余至此。然清晨屋浅，可以叫唤，且有仲超，彼止一人，不惧其如何下毒手也。说时迟，那时快，此人即来迎曰，是吴稚晖先生么？我曰，不敢当。他又与仲超招呼毕。我问曰，先生想即恪士先生，世兄何在？

（俞）实未来，吾有事欲商，请坐。上海近来风潮太利害了，你们学社果做何事？

（吴）没有什么风潮，因为政治不良，惹起一点愤激的谈话罢了。学社乃是讲学，别无什么事。

（俞）当然止是些愤激的话，但不知者都惊怪。

（吴）但如近日钮、汤等的谣言，官场方面，也有惹起惊怪的责任。

（俞）中国向多谣言，而谣起亦必有因。

（吴）这个因，也不尽为了文字语言的激烈罢。

他支吾了半晌，突然地问道：

（俞）龙积之是什么一种人。

（吴）我们初见面，他尚与我说起年谊不年谊，我想他不是愤激一派的人。

（俞）原是。但近日他在国民议政会内，也算重要分子，政府中人却很注意他。

（吴）这真可笑。国民议政会我们是不赞同的。他们是很平和的，官场还受不了么？那末我在张园的激烈，那更受不得了。

他笑了，停一停，又开口道：

（俞）这当然。喂，我请问你，近来《苏报》的话，不也太过分了一点么？

（吴）时局到如此，恐怕说话过分，将日甚一日。

（俞）诚然。但我不主张激烈，以为无益中国。自己闹翻了，徒惹起外人的干涉。学最要紧，大家有学问，自有法改革。

（吴）有法改革么？造反造反，止要不在那里造，便也反不起来。

（俞）我们且不讲闲话，有法子叫《苏报》和平点么？梦坡也是熟人。

（吴）如果没有可说，人家也就不说。不然，像《苏报》的，还要多起来。

他止作不听见，略停又说道：

（俞）目前必要有个办法才好。

我看他，将要托我向梦坡商量。那是我怎好去叫他不说话，我去说，一定疑我得了好处才去说的。我答道：

（吴）梦坡是先生相熟的。

（俞）梦坡他的脾气，我知道的。昨日我到《苏报》馆，遇不见他，太过分了，叫官亦难下台。

（吴）唯。（且微笑。）

（俞）鹤卿在上海么？

（吴）去青岛已有十天。

是时那早上送柬的蓝呢马褂的矮老老，已捧了一根水烟袋，坐在上面一张有蚊帐的卧铺上，似听非听的，对着我们谈话留神。他是我们讲了一半话，才上楼的。又见下面青布长衫的教师，托了一只木盘，也上楼来。向中间一张小圆桌上陈设。我们停了话，看他将两只碟子的面交头，三碗面，一齐放好。蓝呢马褂人又在小桌的抽屉里开出象牙筷，放到桌上。俞就跟手立出来，坐到圆桌边。本是四张椅子，叫我们也移正了椅子，围了小圆桌坐。他举起面碗，呷着汤。随即在两只碟内，各夹一点，送到嘴里。一面道，请用点小点心，不要客气，随意吃菜。这种举动，一若要表明菜内并未下毒，故不让客先取。吃面时谈些留学艰难。我新受了赵仲相的暗示，立劝他的儿子送往法国。他摇头不赞成，说法国容易讲革命，最好是美国。面罢，他起立，邀我至窗前桌边。随于靠窗书堆上，取下一件东西给我看。我一看，是件公文。揭开来，第一项官衔，钦命头品顶戴右副都御史两江总督部堂魏为等，是刻现成的，以后便写

照得逆犯蔡元培、吴敬恒倡说革命，……着候补道
俞明震，会同上海道……即行就地正法。……

看到这里，他又夺了去，夹入书堆。说道笑话笑话。我自然耐住
了，面不改色，因为改也无用。随即道，请公事公办好了。他说，
笑话笑话。请坐，你要到外国留学吗，还是美国好。我说，美国
贵，法国最便宜。他终不以为然。我也不与他抬杠，即起身辞出。
我说，公事公办好了。他又说，笑话笑话。送到我楼梯口，他说，
我们可以常通信，我住在南京芝麻营三号，你来信写吴谨，谨慎
的谨，我回信写俞燕罢，安燕的燕。我亦莫名其妙，止好唯唯，
即下楼。这个吴谨俞燕，就在那两天告诉董茂堂、许吕肖、钮惕
生。董说，只是一个暗示，叫你谨慎些，躲起来，他是不发觉，
安然不向了。我就说，官倒也同巡捕房一样，恐怕他就要拿，巡
捕房不答应，他也没法。大家因为这种传讯之事，当时司空见惯，
都笑笑，没有当一回事。我又在寓中编我的书，两天没有出门。

闰五月初五傍晚，又是何梅士、沈步洲两人到我寓楼。说
道，不好了，今天上午，巡捕拿了一张捉人的票子，票子，上据
说有六个名字，陈范、陈梦坡本是一人，今作两人。又有程吉
甫，是《苏报》馆账房。听说，还有章枚叔。可怪的是，上午巡
捕到来，一见程吉甫，便问你是程吉甫么？回说是的，即被铐
去。请文明书局出保状，捕房要五千元保，书局不肯。上午我舅
（梦坡是步洲的亲母舅。）亦在馆，且巡捕也认得他，然问到陈
范、陈梦坡，均回说不在，他们就算了。究不知什么一回事？我
便说，我们且到《苏报》馆去。其时《苏报》馆就在三马路近河

南路，在现在《新闻报》馆稍西一两家。当时左近屋宇，均是一层楼，故与老巡捕房好像望衡对宇，大家朝夕见面的。

三人出门，跑到现在的先施公司相近。对面章太炎同了敖梦姜从东来西。这是我五月十八开了评议会后，第一次又见面。我便告诉他如是如是，还有你在内，你高兴到《苏报》馆去问问么？他们二人答应了，五个人一同到《苏报》馆。才问清票拘六个人，是七个名氏，陈范、陈梦坡、程吉甫、章炳麟、邹容、钱宝仁、龙积之。有一个官模样的人，初一来过，不曾见到我。（梦坡自谓。）止与程吉甫谈几句话，问他职务。据说只是南京派来的官。细想情形，下午巡捕又来一次，对我问陈范在否，我对不在仍即走去。他们不应不认识我，可怪之至。梦坡的女儿撷芬，急急要问我，还是躲好，还是让他捉去好。章见此态，两眼直注我们。我也不肯示弱，一时不好说躲，就支吾其词。撷芬也在支吾。章即忿然对敖曰，我们走罢，扬长而去。

待章、敖二人走了，我便响口地答道，官要捕，我们即让他捕去，那不如刚上演说台讲革命，下台便将脑袋割下，送与官好了。我想躲起来亦好。我当时心想，捉一账房，见馆主不捉，便是一幕官场惯做的把戏。办几个小官，了一件大案，终是这末胡涂了结的。然在《苏报》馆里，没有工夫讲近几天的历史。到安全地方再讲。于是我与梅士先出门，梦坡带上风帽，算有病，遮了面目，同步洲同行。他的小老婆已在爱国女学校读书，拿了铺盖，最后走。相约到爱国学社后门斜对过，学社放家具于楼上，楼下住徐敬吾家的房子内暂避。到那房子的门口，大约已有十一点钟。敲开门，出来开的是徐敬吾，他正与《苏报》馆人不乐意，故一见即将门闩掷下，自去内室。我们就叨了第一个没趣。也管不了什么，直奔楼上，所存床架铺垫纵横。已搁好的有三铺，一卧章太炎，一卧王小徐，一卧俞桐伯。我们五人上楼，当然有声，又去搁铺等，使睡者不安。章太炎即在被中骂曰："小事扰扰。"小徐起坐，平视我等，绝不作声。桐伯透出被头，看了看，仍复睡去。我们又算叨了第二个没趣。止剩梦坡住下，我们四人出门。敬吾又从热被里出来闩门，又被他骂了几句。步洲在门外说，只不是好地方，明日迁到吴彦复的家里去罢，便各散。

闰五月初六早上七点，我到学社等候步洲，在前门闯来一个叶浩吾。且走且言曰，稚公，留此身以有待。（此言因上海已哄传拿人。）枚叔先生何在？我说在后头。他是常去的，急急奔往。其时步洲亦到，我们亦往那里去。浩吾已奔出，一句对章说的留此身以有待，余声又隐隐在空气中。彼即匆匆仍穿学社前门而去。我与步洲入门，章太炎在楼梯下一张桌子上独自吃粥。他见我们上楼，作鄙夷不屑之态曰："赫赫。"我亦不让步，一而上楼梯，一面对他作鬼脸曰："哈哈。"即飞奔上楼。及扶梦坡下楼上车，章已不在。三辆车直奔新闸吴寓。彦复往天津。其家老太太骇慌了，使家人出语曰，速他去，不然，止有唤巡捕来。又叨了一个大没趣。止好转到派克路登贤里汤中汤爱理所设的人演译社去暂躲。汤先生欣然容纳。我亦回寓去躲着。到了晚间，仍是何梅士、沈步洲来说，章枚叔已捉了去。我问如何捉去的呢？他们说，他正在学社账房里，巡捕拿了拘票，指名一一问着。章回说，余人都不在，章炳麟是我。巡捕便将他上了手铐，带了就走。要求取一点东西，都不曾肯。这正是他的求仁得仁，倘使他那种小事扰扰的气焰，事前要去劝他躲避，不是要挨他大骂的么？况且到了巡捕房，马上写条子，劝邹慰丹、龙积之自首。龙连夜到案，邹则本由张溥泉把他藏在虹口一位西教士家里，为要听从章的慷慨，七号便自投捕房。

我到这里，先要插几句事实为我代明，不必自明的话。章太炎的《驳康有为书》《革命军序》，五月初已由章行严替他登在《苏报》。邹慰丹的《革命军》，已在五月十五以前出版，上海满街都是。为什么要在闰五月初二，才由吴稚晖的袖子管里送与俞明震？此其一也。慰丹且勿论，若有人说当时的章炳麟，是一个无名小卒，他如何能甘心。那末俞明震的耳朵里，何待吴稚晖去说章炳麟的重要。此其二也。从闰五月初五上午，出了拘票，我们夜间同去《苏报》馆，说有他在内。明天早上叶浩吾奔告有他在内。捕房到学社，不是遥远，却隔着两天不捕。吴稚晖若要害人，不好在领逃陈梦坡的夜间，就叫巡捕来捉去么？此其三也。不是事实已为我代明得清清楚楚，本不需要什么"有能自明"。若说我事前不应该将会过俞明震不告诉他。一则他那种小事扰扰的气焰，谁愿意来叨他的赫赫。二则从前我们到巡捕房里去问话，没有那一次算大事，去警告同人，当时见捕房如此松办，以为事同一例。

闰五月十二日，知道前闻拘票上的六个人，除陈梦坡止将他儿子捕去充数外，余五人，程吉甫是第一个捕去，章炳麟是第二个，龙积之是第三个自首，钱宝仁是第四个在一客栈捕去。邹慰丹是第五个自首。陆续审过了，现都押在老巡捕房候审。余于是日乘照例放人探监之时，就走到他们一间沿着甬道的屋子边，隔着铁棚去看视他们，六个人一齐站到栅边来讲谈。我因为要宽慰他们，事情并不严重，便告诉我初二会晤俞明震的历史。我并说他们先捕拿账房，缓了三十六小时，停止不拿人，此中或有用意。我却不好说到你们为什么不逃，为什么自首。故说话是不能畅。且对程吉甫当面，也不好猜想官是止要捕账房。他们六人皆可怜地苦笑。看守的来催我，就叫他们宽心而出。并没有邹慰丹问我："为什么有我与章先生，我面色顿时青黄之事。"这是章太炎因为后来慰丹死于狱，彼作《慰丹传》，即讳去函嘱自首之事，变为"闻余入狱，即徒步自首"，被我反诘，故编此鬼话，以为抵制。现在钱宝仁尚生存在镇江，可以问之。他后来又在公堂上攀供，说《苏报》主笔是我。也被我诘问，问他何以革命党好在公堂上攀供同党？他说，因为你探狱时已告他们出国行期。只又是呓语。我的要出国，一因探狱出门，恰有所遇。二即因他在公堂供攀及我，故朋友劝我离开上海。

闰五月十二，我在老巡捕房走出，适遇从前南洋公学的旧账房某，他常替学生买物落钱，被学生窘诘，我或说他不对。他看见我在老巡捕房出来，就两眼凶视着我，绝不与我招呼。立定，熟视我远走。我知道必有花样。明天又闻公堂上已为章太炎攀供，吾友许吕肖，正同几个朋友，在盛杏生公馆里帮福开森译文件。他来告诉我。说，昨天某账房，他到盛公馆来对福开森大鸣不平。他说，别人都捕去，什么吴稚晖倒逍遥自在地在街上跑。他怂恿福开森，替盛杏生说了，叫上海道捉捕。许又劝我，公堂现又提起你的名姓，恐免不了要捉，不如既想出国，早点走罢。

是夜，我们家中也劝我先躲到虹口朱仲超阿哥伯雷开设的石灰店楼上。他们一面替我去买船票，先到香港。

闰五月十四，本有广利轮船可乘，但来不及。到十六一早，就去乘龙门轮船。相伴同行者，为何梅士。送行者，有朱仲超兄弟、王君宜、章行严、俞子夷、胡敦复、沈步洲等。十九日上午到香港。梅士到广州借川资，被其六舅扣住。二十二日陆炜士亲送来六百元，云他二百，方子顺二百，庄思缄二百，劝我赴英国，不要赴法国。我听了他的话，直到六月初二，才登日本丹波丸西行，所以蒋先生记我见了俞明震，就赴法国，也要改正的。

本来尽有事实可以代明，然而章太炎吃了这番巡捕房官司，当然不比跳在阳沟里，他又能扯几句范蔚宗的格调，当然他的文集，可以寿世。他竟用一面之词，含血喷人。于是又他人代明呀，自己自明呀，却忙了几次。毕竟他的高文典册的魔力，足以惊动后人，所以又使蒋先生伤我"自明"，终是"莫能"。不得不再糟蹋可宝刊物的篇幅，誊刊一次，聊慰蒋先生，且希冀章太炎能本着良心说话。

四 邹慰丹传之交涉

癸卯是公历一九〇三年，章太炎出狱后，在一九〇七年三月二十五的《革命评论》上，登了一篇《邹容传》，有如下之一段。

> ……时爱国学社教员吴眺，故依附康有为。有为败，乃自匿，入盛宣怀之门。后在日本与清公使蔡钧不

协，逐归，愤发言革命排满事。而爱国学社生多眺弟子，颇自发舒，陵轹新社生如奴隶。余与社长元培议欲裁抑之，元培畏眺不敢发。余力驳康有为政见书事，侵寻闻于清政府。欲逮爱国学社教员，元培微闻之，遁入青岛。而社生疾余甚，问计于眺。会清政府遣江苏候补道俞明震穷治爱国学社昌言革命事，明震故爱眺，召眺往。出总督札曰，余奉命治公等，公与余昵，余不忍，愿条数人姓名以告，令余得复命制府。眺即出《革命军》，及《驳康有为书》上之，曰，为首逆者，此二人也。遽归告其徒曰，天去其疾矣，尔曹静待之。初铅山知县陈范，以事免官，欲报仇清政府。设《苏报》馆于上海，颇诋诹政府丑事。后闻有言革命者，喜甚，乞文录之《苏报》。明震亦列陈范名以上。英租界巡捕承命至《苏报》馆，范遁。命其子诣余告警，余谓诸教员方整理学社未竟，不能去，坐待捕耳。巡捕至，遂入狱。面容亡匿英教士所，巡捕不敢诘。闻余被系，即徒步走赴狱自首。……

这一段文字，因经过我对他自明的交涉，后来他文集中刻的《邹容传》，就稍变了话头如下：

……会虏遣江苏候补道俞明震检察革命党事，将逮爱国学社教习吴眺。眺故慭容、炳麟，又幸脱祸，直诣明震自归。且以《革命军》进。明震缓眺，眺逸。遂名捕容、炳麟。……

删了归告社生，天去其疾矣。上明震者，亦少了《驳康有为书》。我的康门弟子，陈范的报仇清政府，不复言，并讳去邹先生如何自首，只都是打了几次笔墨官司的效果。故今姑且先把所打的笔墨官司，先写出来。

他在一九〇七年三月，登《邹容传》于日本《革命评论》，我在法国，是冬天方见到。故于一九〇八年的一月，便很平和寄他一书如下：

枚叔先生执事：去年恒来巴黎，见君所作《慰丹传》，登诸第十号《革命评论》者，中间以恒旧名，叙述恒与俞君相晤事，满纸孔子若曰，孟子以为作优孟之声口。文品如斯，恒乃大奇。恒与俞君相晤，恒亲告诸君。君与恒现皆存世，非如慰丹之既没，岂当由君黑白者？当时方拟东归，欲当面就问。今因事滞留，计归未定，故先函问左右。如《慰丹传》所云，有所原本，请将出诸何人之口，入于君耳，明白见告。恒当向其人交涉。如为想当然语，亦请见复。说明为想当然，则思想自由，我辈所提倡，固不欲侵犯君之人权，恒即置之一笑。倘不能指出何人所口述，又不肯说明为想当然语，则将奴隶可贵之笔墨，报复私人之恩怨，想高明如君，必不屑也。敬候惠覆，附颂撰祉。寓址别陈。

八年一月一日吴敬恒谨白

他不久就在东京寄来一覆书如下：

稚晖足下，吴脁、吴朏、吴敬恒，皆足下也。昨得手书，以《革命评论》所述足下与俞明震交涉事，来相诘问。案仆入狱数日，足下来视，自述见俞明震屈膝请安及赐面事。又述俞明震语，谓奉上官条教来捕足下，但吾辈办事，不可野蛮，有释足下意，愿足下善为谋。时慰丹在傍问曰，何以有我与章先生？足下即面色青黄，嗫嚅不语，须臾引去。此非独仆与足下知之，同系者尚有钱葆仁、程吉甫辈，可覆问也。仆出狱后见汪君允中。允中曰，前与俞明震赌骨牌为戏，微及《苏报》案事，明震亦于邑，有自悔状。仆是日亦往东京，不复多语。至最后，足下献策事，则张鲁望言之，鲁望语不知得自传闻，抑亲闻诸俞明震者。但仆参以足下之屈膝请安，与闻慰丹语面色青黄，及允中所谓明震自悔者，有以知鲁望之言实也。足下既作此鬼蜮事，自问素心，应亦惭惶无地。计穷词屈，乃复效讼棍行径，以为造膝密谈，非人所晓，洶洶然驰书诘问。足下虽诘问，仆岂无以答足下哉？适扬之使愈彰明耳。是非曲直，公道在人。无则言无，有则言有。仆于康、梁诸立宪党，诋诬未尝过甚。今于无政府党如足下者，摘发奸回，如彼其至。盖主义之是非，与心术之是非，二者不可同论。且以败群之羊，不可不挨。普天同志，犹未分明。故不得不明著表旗，以示天下。岂以个人之私怨而诬足下哉？呜呼，外作疏狂，内贪名势，始求权籍，终慕虚荣者，非足下乎？康长素得志时，足下在北洋拜其门下，而称弟子，三日自匿。及先生既败，退而喋口不言者，非足下之成事乎？为蔡钧所引渡，欲诈为自杀以就名，不投大壑，而投阳沟，面目上露，犹欲以杀身成仁欺观听者，非足下之成事乎？从康长素讲变法不成，进而讲革命。从蔡子民讲革命不成，进而讲无政府。所向虽益高，而足下之精神点污，虽强水可浣涤。仆谓足下当曳尾涂中，龟鳖同乐。而复窃据虚名，高言改革，惧丑声之外露，则作无赖口吻以自抵谰，引水自照，当亦知面目之可羞矣。足下始学批尾家当。中则葆爱对策八面锋之伎俩。最后效村学究，持至简且陋之教科书以自豪。今者行役欧洲，已五年矣。仆以为幡然如锐，当有以愈于畴昔。及观足下所著，浮夸影响，不中事情。于今日中国社会情形，如隔十重云雾。有所记叙，则犹二簧之历史也。有所褒贬，则犹儿童之说是非也。盖襄日之以《经世文编》《校邠庐抗议》，汲汲然求术于众者，今则变相如是。吾于是知纵横捭阖之徒，心气粗浮，大言无实，虽日日在欧洲，犹不能得豪毛之益也。足下恶言国粹者，利人之愚。利人之愚者，将以掩已之失。如以讲国粹属张之洞，讲吏治属曾国藩，此纯是门外语。张之洞以前，达官之讲国粹者多矣。张之洞提倡国粹，亦非甚力。但今之大吏，半起白徒，故名犹归于张之洞耳。曾国藩惟善行军，岂尝讲求吏治。稍远者何不举林则徐、陶澍。稍近者何不举阎敬铭、刚敬。而牵一绝不相干之曾国藩耶？此等议论，若稍知近事者观之，有覆酱瓿而已。幸而人皆蒙昧，得任足下恣意妄言。私心暧昧，灼然可知。而复虚桥议人，不自知其庸妄。指孔、孟以酿嘲，举奴隶以相劫，此足下吓素无学术，随逐波涛之子耳。仆则素志已定，愿自署为守旧党、顽固党矣。岂新党鹜名之士，腾其绝无根据之谤辞，遂足以相慑耶？足下自慕虚荣，以为人亦幕之，曾不自量，所处何地。康有为门下之小吏，盛宣怀校内之洋奴，不屑为者众矣，未知足下屑此否也？书此敬问撰祉。章炳麟白，一月三十一日。

我的去书，是登在巴黎《新世纪》报。他的覆信，这篇是登在《民报》。当时刘申叔夫妇与他不睦，尽发表他的丑历史。故于此篇加了小注，骂他不要脸，特寄于我。我今且从缓批露，当于他的章太炎集外文上，替他一一注上。当时我接到他的覆信，又规规矩矩地再寄他一信，冀他悔悟。仍寄东京。特录如下：

枚叔足下，覆我之书已读悉。又在第十九号《民报》中重读之。书中答俞事，除"张鲁望言之"一语外，皆想当然之词，可不辨。仆今但闻张鲁望君，果有其人否？何以屡询留欧同人，无知之者。新从东方来之人，亦不之知。请再明示。并请问明张君彼又闻诸何人？此次足下覆书引他人语，知用引号，则慰丹传中涉及俞事者，献策为一事，则云，为首逆者此二人也。（《驳康书》等，五月初出版，五月一月中，上海市上人人争购。至闰五月初二矣，尚待出诸吴眺袖中，所造情节亦奇。）归告又为一事，则云，天去其疾矣，尔曹静待之。皆未容随便填写，足下必已知之。献策谓有张君言之矣，归告又何人言之，并希告我。仆愿正告足下，君既年少于我，又自信知识胜我，不应自终于书院课生之结习，与人三日居，稍不如意，即忮狼忌刻，随意入人以死无葬身之地之罪名。若覆书中所谓屈膝请安，龟鳖同乐，为康有为弟子等，不过可笑之漫骂，足下不自爱惜其笔墨，此可任君之自由。惟献策一事，明明诬以事实，诚如足下所谓有则言有，无则言无，岂能供足下泄忿之资料者。足下自适己意，不问他人之能受与否，必穿凿附会以实之，则我虽极知同党之不内证，又深谅足下近日心绪之恶劣，然以足下之逞心妄谈如此，终不能不求一最后之解决也。俞君固亦生存，我实泄其见释，彼岂能为我讳者。既汪允中君习与斗骨牌为戏，足下即可丐汪君亲叩之。何必多引影响之言，作支吾之词者。足下既重提往事，我今亦请略质数言矣。

癸卯闰五月五日之夜，我陪陈梦坡君避地徐氏，足下亦居其楼上。早知逮捕中并有君名，足下呵我等曰，小事扰扰。明早又有人流汗走告，劝君引避，君又哂之以鼻。六日之夜，巡捕执票来拘，君与同去。可谓求仁得仁矣，又何怨乎？其时君尚未遇所谓张鲁望君，则吴敬恒固明明为足下完全无过之同党。足下乃在公堂上供我之名，此载上海各报，千人皆见，因致捕我之信覆亟。十五日我始西行。公堂上可供同党，公德已非所顾，岂足下以己度人，故疑他人从同，此愿足下之自省者一也。

《慰丹传》者，即足下借以摈败群之羊，著表旗以示天下者。乃不登于当日流行方广之《民报》，仅登诸罕入中国国门之《革命评论》。插表旗于幽巷，已可诧矣。吴脁、吴胐、吴敬恒皆我，则章绛、章缁、章炳麟皆君。假我记君之丑事，将以明示天下，乃书章绛之僻名，我意何居？献策之事果实，罪人实为当日阳沟案哄传之吴敬恒，与隐晦之旧名何与？如以为足下行文，有其前例。则足下尝诟康有为矣，何不日康祖诒。尝诟严复矣，何不日严宗光？故或者曰，吴脁云尔者，欲使近数年之人，不急急于知其为谁氏。与登诸《革命评论》之僻报，用意正同。传说乃不易入于尔耳，欺谬之摘发，可以不速。三年五载之间，恨吴脁者有人，鄙吴脁者有人，凡一事在中国人脑中，有刊本而又耳熟稍久者，遂末许轻易置辨。又或尔适流离客死，则将来知吴脁之为吴敬恒者，自亦有人，皆将目笑存之。而章先生之术遂售。人言如此，我固不谓其必然，然僻名之与表旗，二者不同物，我亦岂能为足下讳？是诚何心乎？章炳麟固自信内外疏狂者，必无人疑其夹带渣滓者。此愿足下之自省者又一也。

　　曩年自三月迄于闰月，捕人之事六七见，今日传甲乙，明日招乙丙，此足下居爱国社亲见之面熟记之者。我则四次被招。有云官虽名捕矣，我等不见听，汝等讲学耳。对曰唯唯，诚讲学也。有云官捕汝等，以张园昌言革命，顾口舌罪人，姑再说。对曰昌言革命于张园者，诚为我也，见释与否，皆彼等意耳，岂我丐之耶？我卧家中，招我者皆彼等以函牍来耳，岂我请之耶？特最后一次邀往者，非西人，为华官。今日为甲者有我，明日为乙丙者有足下等。我则未捕面见释，足下等则隔夜闻程君吉甫先被捕，有五千金取保之说，知息耗甚恶。陈梦坡、邹慰丹二君皆避地。足下意不屑，既静待引拘，复于捕房作书招邹、龙二君，遂留赫然之《苏报》案于人间。于是我之见释于前夜者，致为足下之口实。于公堂上以《苏报》主笔供之，不见效，复于慰丹传以卖友诬之，稍抒其积忿。虽然，吾为足下思之，果何所憾耶？足下为《慰丹传》，则曰整理学社未竟，坐待捕，则似欲逃不获耳。于事实，又以手札邀邹、龙，使已逸者自投。矛盾若是，爱他人以德耶，抑落水求侣乎？慰丹瘐死，足下递讳书邀之事实。而曰闻余被系，将矜君之名德乎，抑有所中歉乎？足下箴他人以阳沟，诚可感篆。我闻君子之风，当亦还以相箴，愿君纵极周张，常直勿曲。我辈鄙陋，提过考篮，曾戴黄铜顶以自豪，若他人必且圈豚于入笠，不为葑菲之采，则我辈一丘之貉。虽翘其橐橐之履声，终不能肖文天祥。则足下辄以逐归愤发言革命，清铅山知县免官欲报仇，始随某人，继随某人等词，轻薄其同党，亦正所以自谑。（有如无谓之诟讥，康有为之小史，徒为可笑之谰言。而梁启超之助手，适为调侃之实事也。）岂足下以为革命党亦有如翰林衙门，有前辈之可叙也。革命者，不过为道理上人人应为之一事。观足下相遇同辈之词气，直认革命为一种功业。足下自视，则为大革命国之尚可喜、孔有德辈，他人皆洪承畴、钱谦益，应编大革命国贰臣传以入之。果尔，是足下即将来大革命国之汉军贵族，以吾一日长乎尔，愿忠告曰，强子勿过鄙陋也。（非如君之常以辈行自矜也，因多吃了三斤草，尽其摇本铎之责任耳。）此愿足下之自省者又一也。至于关系公益之事，惟愿足下为道理爱惜，万不可以个人之私恨，有所横决。想此义足下尚能知之，故皆略而不答。……四月十七日吴敬恒白。

他不但不悔悟，又来狂骂。下面第二次的覆信，且把他载在《章氏文钞》。今录之如下：

稚晖足下，前得手书，造次作覆。今见足下复以此函登诸《新世纪》中，故复详疏本末以报。仆始终视足下非革命党也，非无政府党也，非保皇党立宪党也，曰康有为门下之小吏，盛宣怀校内之洋奴云尔。足下辄以陵轹同辈为言，谁视足下为同辈者。乃牵涉陈范事，摘仆所著《慰丹传》之言，云"清铅山知县免官欲报仇"者以相语。陈范素以赃得名，淫昏欺诈，至免官后尚然。凡人书札封面与范，题云大老爷则怒，题云大人则喜，（范曾捐升知府。）此得为真革命党乎？至云提考篮，戴铜顶，二者吾幸脱焉。少小未尝应试，至今犹是汉族齐民也。足下尝中式乡试，私臆他人非举人即学官弟子，盗跖以余财污良家，何足与辩。仆意固非谓应科举者即不得为革命党，亦非谓曾入仕途者即不得为革命党，要在观其行事而已。陈范以赃吏免官，发愤而言革命，其心诈伪，非独仆一人知之。若如香山陈景华者，杀岑春煊差官，因被拘劾，遂入革命党中，当其攻杀差官时，已有鲠直犯上之气，故其言革命为可信，亦谁得以陈景华为免官报仇者？如范之伦，固远非景华比矣。民族革命，光复旧物之义，自船山、晚村以来，彰彰在人耳目。凡会党，户知之。凡妇女儿童，亦户知之。非自仆始，仆安得以革命党前辈自居哉？世有材骏，或沈沦科举仕官之间，与昌言立宪变法，而卒自悟其非，豹变龙挐，以归于革命者，吾方馨香顶礼，以造其门。独于足下则异是，要以行事推知耳。昔闻康子有日月二侍者，怪而问其徒党。则曰，林旭者，吾师之外嬖也。吴脁者，吾师之外嬖也。此所以赫然留吴，脁之名也。前次作《慰丹传》，由《革命评论》社人，属仆疏记，以充篇幅，书此相付。草次操觚，录其事状，所以发扬芳烈，酬死友于地下者，无过豪末痛心之事，言之能无切乎？慰丹而外，死友复有秦力山氏，欲为作传，至今未成。诚以二子之提倡革命，收效至宏，与仆交义亦最挚。悲痛惨怛，度越恒情，故欲记其事而不能措诸文辞，若无《革命评论》社人之请，斯传虽至今不作可也。而足下谓以此为表旗，足下思想自由，仆亦岂能干涉？但自述素心，如是而已。足下语仆云："张鲁望君果有其人否，何以屡询留欧同人，无知之者，新从东方来之人，亦不之知。"今告足下，张鲁望乃一幕友，前岁来此游历，与仆相见而说其事。至其语所从来，仆何必问。度金陵皆已知之。足下虽以死抵调，赐面请安之事，卒不可讳。且足下既见明震，而火票未发以前，未有一言见告，非表里为奸，岂有坐视同党之危，而不先警报者。及巡捕抵门，他人犹未知明震与美领事磋商事状，足下已先言之，非足下与明震通情之的证乎？非足下献策之的证乎？仆辈入狱以后，足下来视，自道其情，当是时，足下亦谓仆辈必死，以此自鸣得意，故直吐隐情面无所讳。（即赐面请安等。）及今自掩，奈前言不可食何。乃云"何不匄迁君亲叩俞氏"，足下既自述，又得二子证明，证据已足，又安用复叩为。又云"献策语与对学生语，未容随便填写"，足下试念仆作《慰丹传》，非法庭录供之爱书。有其事，则略记其语，宁能适与声气相肖？非独仆然，自来记事者皆然。足下自命为无政党，与法律相攻，顾于寻常记叙之言，欲以法吏录供为例，岂足下不知文体耶？抑攻击法律者所以自便，而挟持法律者所以御人乎？足下以直供《苏报》主笔让仆，抑足下入狱省视时，已自述行期，仓猝告别，既为遁逃之人，无从捕录，又何隐焉？足下复以简邀邹、龙让仆，抑仆岂愿入网罗，以珠抵鹊者？徒以学社未理，是故守死待之，犹军吏之死城塞。不然，何苦而不自藏匿耶？学社之争，仆与慰丹发之，《革命军》为慰丹所著，仆实序之，事相牵系，不比不行。仆既入狱，非有慰丹为之证明，则《革命军》之罪案，将并于我，是故以大义相招，期与分任。而慰丹亦以大义来赴。使慰丹不为仆事，亦岂欲自入陷阱者？龙氏虽以他事见捕，而人证未具，则狱不速决。狱不欲决，则仆与《苏报》馆中三子，将永系于捕署之中。是故亦以简邀龙氏。昔吕安、嵇康，辞相引证，吾但知汉土先贤，有此成例而已，安知所谓落水求伴者哉。文辞记载，自有详略，但说慰丹入狱，义不负心可也。纵自述简邀事，于仆何损，而当深讳其文也。爱国学社先进诸生，忿于社中，抵慰丹之门，抛砖骂詈云，"章某已入狱，尔不入狱为无耻"，此非足下教之乎？仆于此事，盖亦未及详载也。足下睚眦报仇，与主父偃、朱买臣辈异世同术，而外以博大之语自文。且前在学社，目中惟有南洋退学生。今在巴黎，目中亦惟有法国留学生。自此而外，四千年四百兆之士民，一切与犬羊同视，党见狭随，并世无双，而反以心量过狭议人，此固足下所当自省者也。足下本一洋奴资格。迩而执贽康门，特以势利相缘，非梁启超、陈千秋辈从之求学者比。先生既败，文武道穷，今日言革命，明日言无政府，外骜大阉，忘其雅素。一则曰吾年长，再则曰君年少，则明以革命先辈自居，而反以是议人，何其自戾？足下果年长耶？保耄艾者不在多言。善箝而口，勿令舐痈，善补而裤，勿令后穿。斯已矣。此亦足下所当自省者也。章炳麟白，五月二十九日。

章炳麟靠了止有他的刊物流行，我的答覆，少有人看见，所以蒋先生以为词屈理穷，我已默认。实则我也曾不客气地答覆如下：

枚叔足下，始吾以为足下虽庸妄，未至过自鄙衰。今与足下书疏三往复，乃甚为悲痛。哀哉章炳麟之末路。《慰丹传》中语，仆本谓足下有想当然之自由，足下不自足辄更造伪证，重为罪孽。今既见哀于无政府党，谓不当以法律见绳。已矣，恕足下无过。然足下应知无政府时代，但无法律内所定之赏罚，未尝可无法律内所含之是非。愿足下自爱重。好言莠言，此后加意慎之。即如此次外骜日月之见诟，又逞足下之胸臆，虚构故实。一即以抵遮吴朓僻名之辨，一以词成鄙谚，易于扬丑，作伪之势，用心之险，足下纵不吾爱，岂不自爱，何至于此。章炳麟发之，吴敬恒受之，康有为听之，捷若传电。仆于康有为，可谓素昧平生。足下为如此绝无影响之谰言，不过表明章炳麟工于造谎，岂不为康有为所好笑。有人告我，仆为康有为弟子，足下在上海时，曾与宋燕生其人者，坐四马路九华楼上，作为有味之快谈，仆真为之喷饭。故前次答书，仅略致调侃，未加深辨，以其无价值也。不谓足下再费许多之幻想，又扯一大名鼎鼎之林旭，用算命先生之拆字诀，配合而成丑秽之故实，借以为倾排。可悲哉，足下亦已四十见恶之年，粗涉书史，何其不自爱重如此。倘仆又欲问所谓徒党相告，吾师有日月二姬，徒党究为何人，则必又闹一张鲁望伪名之笑柄。否则仍将谓无政府党不当学法吏之穷诘，如是而已。仆以为足下如欲谩骂，则龟鳖曳尾吮痈补裤，一切秽词，已足泄野蛮之忿恨，何以辄造可笑之事实，为反问之自累。西方对于诳言者，齿之盗贼之下。纵无政府党必能怜君之愚，不加谴责。然足下方二三其德，诋排无政府党，从新崇拜有政府之道德，则足下必将为世俗实加以盗贼之丑罚，复何面目，仰首伸眉，司报馆之撰述乎？故仆甚为足下心痛也。足下又劈空谓爱国学社诸君，抵慰丹之门，抛砖骂詈，其词则曰，章某已入狱，尔不入狱为无耻，且加以引语之括号，如此漫空之鬼话，虽平日至亲爱于足下者，亦为之皱眉太息，抵书不欲观。足下愚谬至此，是直欲以善诳为生活。纵不恤道德与是非，独不虑信用一失，必至不齿于人数。欲快意于见仇者耶，抑反为见仇者所快乎？

至于足下谓则《革命军》之罪案，将并集于我。仆闻此言，毛发俱竦，倒退三匝，吐吾之舌，久不能缩，疑有慰丹之鬼，附君而言。如此，慰丹之死，不惟为公义，并为私交。海内知识慰丹者，自愈敬悼，而足下则自居何等耶？岂曾慑于会审委员之威，或曾拍案怒目相向曰《革命军》之罪，该监生岂能当此重咎，故足下即援世俗之例，一身将为妻妾之赡养者，故不得不以大义丐友而自活？不然，所谓大义者，何义乎？吕安、嵇康，词相引证，不伦不类，援古自恕，故有人激言，好以中国古书为野蛮门面语者，其中绝少良士，其言信乎。已矣勉之。足下所自留之余地，最可取者，莫如尚有虚娇之气，辄称不欲与人同党，显露其崭然之头角。（此所谓载角也欤，而不知尚载毛，一笑。）果能扩而充之，不嗜虚名，不说鬼话，庶尚可进于道乎？已矣勉之。顺颂撰祉，西七月二十三日吴敬恒白。

　　当然替章炳麟打笔墨官司，他那里肯罢休。他随即神速地，好像脱了裤子似的，连珠地放着，寄到最后一复。我却真正止好逼住了理屈词穷，不再对牛弹琴了。没有别的法子处这种人，止有得了机会，学章陶年，脱下鞋皮，打他十七八个嘴巴。他答我最后的一书，想他也不曾留稿，故不曾入《章氏丛书》。反正我要替他刻章太炎集外文，毕竟此文也要收入的，所以不妨先替他对我出气；录之如下：

稚晖足下，足下愂忘乎，醒醉乎，梦语乎，病热乎，耄荒乎？为女伎所蛊惑，因而丧其神守乎？不然，以执贽康门，明白如黄河白日事，犹复强辞抵谰，即何事不可抵谰者。吾意尔吴敬恒，惟一藏身之固，恃巴黎窟中耳。此地与旧日天津、北京诸新党，相去万里，而东京亦无此辈踪迹。足下以为无人能发其覆，虽有，亦不能当面质证，有恶宾而无故人，不患其尽情摘发，故便于说诳耳。凡为人仆役者，脱籍以后，必慎之讳之，恶人道之，人之情也。吾为足下计，亦不必引西方风俗以自卫，但云在盛宣怀所设公学中办事无也，拜康门无也，送学生至日本无也，跳阳沟无也，书孔曰成仁，孟曰取义等字于怀中无也，办爱国学社无也，见俞明震告密无也，种种事状，一切以无字了之。过去之事，既无照相为征，亦无留声机器为征，且目击者亦已星散，谁得证其有者。如是为足下计，不最便乎？若徒以空言辩驳，欲挽日月二待之诮，即试引一成例，以告足下。且如沈××者，昔为洋奴，后宦于金陵，金陵人称之曰邦有道，或直曰縠道，谁见阴私事，而作此丑诋乎？然既尝身为洋奴，即其事十可信九。足下在盛宣怀部下作奴最久，非沈××之比欤？转而执贽康门，非需次金陵之比欤？他人固未尝入此奴籍。任足下以甇言相谴，亦犹沈××之转谴他人，如鹅羽衣，终不受水耳。以足下世为洋奴，得见幸于康有为，宛尔称公羊弟子，犹不失脱籍自新之道。譬若倡妇鬻身，尚作良家侧室。无如数

年以后，仍复洋奴故态，正恐康有为者未必目笑他人，
而当目笑足下。所笑云何，曰足下评帝国宪政会总长之
宣言，使康有为见之，必将效张同敞嘲孔有德语曰，昔
日为吾辈持溺器，今乃以野蛮语詈人哉。至爱国社生抛
砖事，足下亦谓慰丹已殁，幸而灭口，故任意指为虚
诬。不知同时闻者，实繁有徒。足下岂能以一手遮天下
耳目耶？仆召慰丹一节，本以大义相招。大义云同，事
既同谋，名既同署，甘苦即当同受，自顾素心，皎如
白日。且租界警察网密难漏，假令匿而被获，罪或加
重，乃又彰其怯懦之名，为慰丹计，亦无算矣。然仆召
之即可，而足下令社生迫之即非。是何也，仆已入狱，
非置身事外，以其祸勉予他人。足下即身逃其祸，而欲
其仇敌当之也。若谓内顾室家者，仆当时已无妻妾，复
何赡养之有。欲赡养妻妾者，惟足下跳阳沟时怀此陋念
耳。所引嵇、吕故事，情节本有相同，如此者亦不止
嵇、吕。足下不能持论，但云有人激言，好以中国野蛮
古书为门面语者，其中绝少良士，此激言者为何人耶？
以中国古书为野蛮，其亦洋奴之类耳。夫东西洋道德伦
理，根本不同，固不容是丹非素。惟醉心欧化，恨不
得为白人牧圉者，乃往往以彼蔑此。虽然，使出诸严、
马、辜、伍诸家之口，彼其濡染欧洲文化已深，犹无怪
耳。足下特一租界置办之材，略能作一二旁行书，驴非
驴，马非马，而引此语以自蔑乡邦，是谓不知耻，是谓
不知分量，是谓龟鼋不知日月光明，是谓盲龟跛鳖不知

天地高厚。故仆之所惜于足下者，在始终为洋奴，未能纯为康门小史。若一往作康门小史者，言虽悖谬，或未至如是甚也。足下谓仆以一切秽词泄野蛮之怨恨，仆见足下所作《新世纪》，以秽词排斥异己者，南山之竹，不可罄书。仆亦非好学他人不是也，但以足下所用秽词，上者施于一般社会，其次施于古明哲，其次施于近代士人，其次施于官吏，犹为未当，而以此施之足下，即为适当。何也，牛襟马裾之洋奴，人格在一切圆颅者下，纵腐败如今之污吏劣绅，其人格尚在洋奴上也。书此以覆。

章炳麟白，阳八月十三日。

我怀着用野蛮法子打他一顿，不料辛亥回国，他方记得污蔑了中山先生，不好意思到南京去得意。别立一党，自命在野党。不久，他的同党陶成章先生又被人暗杀在广慈医院，我再与他相打，好像仗势欺人。所以隐忍了下来。后来他得了袁世凯的宠眷，在北京拼命猎官。我想机会到了。但一天见他一篇大文，登在报上，我又冷了半截。心想贵重的鞋皮，打他的贱嘴巴，也可以不必。他这篇叫《致王揖唐书》，今录于后，供大家欣赏：

揖唐中将左右，行期已迫，不及待民国第二年也。元日恐有一番发表，如稚晖辈决意辞勋，彼自无政府党，亦未尝艰难困苦。弟则不为此矫情干誉之事。盖赏功论罪，政理所先。图一己之名，使他人亦不得不相牵而去，此乃于德道强人。失政治之理，负志士之心，必不为也。但二等勋位，弟必不受。中山但有鼓吹，而授大勋。吾虽庸懦，鼓吹之功，必贤于中山远矣。当庚辛扰攘以来，言革命者有二途。软弱者与君主立宪相混，激烈者流入自由平等之谬谈，弟《驳康有为书》一出，始归纯粹。因是入狱，出后至东京，欢迎者六千人。后作《民报》，天下闻风，而良吏宿儒，亦骎骎趋向矣。此岂少年浮躁者所能冀，亦岂依违法政者所敢为耶。又中山本无人提挈，介绍中山，令与学人相合者，实自弟始。去岁统一告成，南都之说，不可抵御，弟始大声疾呼，奠都燕蓟。纵不敢自比子房，亦庶几等夷娄敬。当时若缄默不言，则今之外患，岂独库伦，虽东三省、内蒙古亦已为他人所有。如上数端，自谓于民国无负。二等勋必不愿受。孙、黄之间，犹自谓未满也。然同功者亦非一人。其间或有性情暴乱，举措不当者，要之功烈必不可没。由我而推，有五人焉。弟则首正大义，截断众流。黄克强百战疮痍，艰难缔造。孙尧卿振威江汉，天下向风。段芝泉首请共和，威加万乘。汪精卫和会南北，转危为安。如是五人，虽不敢上拟黎公，而必高于孙前总统也。其蔡子民首倡光复会，宋遯初运动湖南北，功亦不细。其余乃可二等耳。与弟同事死者，有邹容、陶成章。与汪精卫、黄克强同事死者，有俞培伦。与段芝泉同功死者，有彭家珍。建祠旌表，亦当在诸烈之上。盖闻内举不避亲，外举不避仇者，祁奚所以为直。小辞曲让，非大人所为。故为君道其梗概如此。弟章炳麟白，十二月二十三日。

算了，到民国二年夏天，章行严在同孚路黄克强寓所，将二次革命的宣言，对众取出。在其先，他以为民党应当一致对外，所以他于六月二十四致我一柬，替我与章太炎释嫌。其柬云：

吴先生，奉访不晤为怅。二十六号晚六点半钟，请至敝寓沧洲别墅二号晚餐。以有要谈，并非寻常酬应，务祈勿却。手颂即安。士钊留字，二十四号。

其实二十六晚餐，一句要谈未提。止大家心照不宣，我与章俱大家客客气气。当日同座有胡瑛夫妇及熊秉三的夫人朱其慧等。从此偶与章见面，有时也说说笑笑。等到袁世凯倒后，在中山先生处，李协和处都曾一同议事。我终以为他的《邹容传》必已改作。不料民国十二年在北京，看见人家有《章氏丛书》。一翻他的文集，《邹容传》内的呓话，依然存在。后回上海，有小学生给《章氏文钞》我看，还载着一封秽信。我存在心里，以为非相打不可。后在十三年见了行严给他上寿的大文，触着愤恨，决意替他编集外文。又在《民国日报》自明一下。行严亦在《新闻报》上替我代明一下。我以为所谓"能"者，止有如此。不料蒋先生依然伤为"莫能"。姑先将最后《民国日报》与《新闻报》之件发表出来，再向蒋先生解嘲一次。

五　他人的小小代明

说到代明，我是初心不愿带累他人的。所以章炳麟的伪《邹容传》登在《革命评论》之后，我在巴黎，蔡孑民在德国的延那，他就仗义地愿意替我剖白。他剖白的稿子寄来时，附有一书，有如下方：

> 稚晖先生鉴，久欲驳章氏《邹容传》语，而苦无暇。顷始勉强脱稿，然亦甚不惬意也。所以托为他人之笔者，因弟此时方专意就学，无暇与人打笔墨官司。而章君方闲暇，思作文而甚苦无题目，彼见驳论，必又有驳驳论之文。应之则无暇，不应则人将以为理短而不敢辨矣。然使纯是假托之名，则又将不足以取信于人。故于后半篇仍出弟名。未知如此办法，先生以为然否？又弟意驳辨之言，最好亦寄登《革命评论》中，始为针锋相对，亦请酌之。李石公均此。弟民友顿首。

我想这种罪孽深重的臭官司，贻累他人，是抱歉的。孑民苦心孤诣，篇中仍出其名。那章文豪必然来得正好，将他亦拖入毛厕。蔡先生明明因为听了我在评议会中说及校具的琐屑，灰心了，马上出校，遄赴青岛，相距苏案之发，约前半月。章在《革命评论》的《邹容传》内，已有"元培微闻之，遁入青岛"之语。老实不客气，他的秽肠中，也以为俞明震预先通知。因为孑民的纯洁，一时不好意思胡说。若替吴稚晖驳辨了，必定悍然不顾的，造起空中楼阁来浇粪。那末当时德文也学不成了。故我不愿意马上拖累他。现在也藏起了，附刻在章太炎的集外文里罢。因为现在蔡先生，也不空闲。当时我不曾登他稿子，就自己写那八年一月一日的信寄去，且登在《新世纪》报上。孑民见了，又来书云：

> 稚晖先生足下，得廿五日手书，于驳章枚叔事，不以第三人代辨为然，甚善。且所要求于枚叔者，不过欲其承认为想当然语，此真和平正当之至。虽以神经病自负之章枚叔，恐亦不能不感服也。先生第一要求在证人，然证人必不可得，故以承认想当然语为最确之目的。凡积怨有以发舒，则其气渐杀。先生既以极尖刻之言十余易稿矣，亦稍稍足以舒受诬之恨。亦必不至有三批其颊，骂为狗屁之事矣。……

此外尚有多书，今不悉刊，皆当附章氏集外文中。余既不欲累他人，何以于民国十三年，又累章行严。因章先生实为当时《苏报》真正之主笔。《驳康有为书》《革命军序》，均是他亲手登出，用不着我去交给俞明震。我闰五月十六登舶时，他又亲自送我。他与俞大纯，又是最熟的人。（现在俞尚住南京头条巷二十四号。）故尔我向他发牢骚。他仍持调和态度，顺便也说几句公道话。我暂时又把气压了下去。从十三年到今，我是在党里走动，人家看了好像得意。他不愿意投青天白日的旗帜之下，好像失

意。我若此时去同他相打，终好像我仗势欺人。今后他也鼎鼎大
名地在苏州讲学了。党里的报纸也盛赞他的读经主张了。说不定
他也要投青天白日旗的下面来，做什么国史馆总裁了。那末，我
也准备着鞋皮候他。知道什么自明代明终是没有用的。现在姑且
把行严先生的公道话写在下面，不过想减少蒋先生的悲伤罢了。
先抄我的发牢骚书如下：

行严先生，读一月五日《新闻报》代论，先生说，
"吴稚晖为《袁报》作《新年杂话》，中有吾兄观蠡之
称，谓遵愚例"。弟喜欢游戏，承蒙先生素来知道。那
个杂话，本是游戏文章，借着时下名贤之故实，叫他涉
笔成趣罢了。……先生应知人各有能有不能。先生所寿
之夫己氏，彼之抱残守缺，当世除已死之刘申叔外，几
无与抗手。先生虽转十八世人身，依然仍在门外。便是
此番不伦不类之寿文，先生自以为援诔墓之例，不嫌说
得肉麻一点。然一个倔强新式书生，要他干那无骨头的
勾当，到底僵硬的，先生所谓

执谊而固，临节不夺，在兄而已。

那里有他集外文钞里，他寿别人的说得圆劲。（章
太炎集外文钞，与附录一卷，是吴稚晖拟编，将要出
版。）他东倒西歪，一转便转，他说：

**今大总统圣神文式，咸五登三，簪笔而颂功德者，
盖以千亿。**

（这是章太炎上袁世凯第二书中语，欲袁允给二十四万

元一年，给他立考文院。故章太炎不与刘申叔同列六君子，使他做出后来的可怜乞命，袁真无识。）

岂知不效，就改口道：

昔乐毅佐燕，以报强齐。故鼎返乎磨室，大吕陈乎玄英，蓟丘之植，植于汶篁。谗人间之，亡奔于赵。以炳麟之愚戆，诚不敢自比古人也。若大总统犹以为恨，未能相释，虽仰药系组，以从天命，势亦足以两解。而惧伤大总统之明耳。如可且隐忍以导出疆，虽在异国，至死而不敢谋燕，亦犹乐生之志也。（这就显出故训文的好处。穿着好了，打扮打扮，虽无盐也像西施。若变白话，便要变成我是出过力的呀，大老爷明见，倘若饶了我性命，小的再不敢作恶为非。那就还像局面么？）

他"临节"，便是大老爷明见，小的再不敢作恶为非。大度如此，宜先生谓

不夺而已，其于吾兄犹未得仿佛一二也

了，他的"报齐"，也有好文章。他说：

克强萧然解职，果能无觖望否，夸者死权，壮士常态。……南北军之不敌，意计所知。以令拒命，亦为无名。……王采丞、沈幼兰习于吏事，善察物情，而皆为彼股肱，能建谋议。此可为长太息者也。必将特虚左位，以待二君，庶凡耆秀归心，不为敌用。

于是故训的效果又来了，接下去说道：

盖四皓来归，戚氏之谋日戢。马周见擢，陇西之业以昌。……公处今日，羽毛未满，不可高飞。

您想，照此看来，若袁皇帝万世一系，刘申叔才算焦头烂额而已，曲突徙薪，尚大有元勋在。宜乎他致书王揖唐说道：

但二等勋位，弟必不受。中山但有鼓吹，而授大勋。吾虽庸懦，鼓吹之功，必贤于中山。

后来又在菩萨面前烧香，居然勋一位，做了公爷。可惜还比龙王低一级。于是吃得体貌丰腴。（此亦寿文语）而刘申叔那位痴太太：所谓"志剑小妹"者，现在竟锁在扬州家宅的铁窗里，以矢涂壁。

他得了性命，却又"谋燕"起来。便说，**晋阳之甲，庶几义师。**

一般人又将手掌击碎，欢迎他。自然，我亦一个。其结晶，成了**学问德操，灵光巍然以存。**俗语所谓大难不死，必有厚福。一个东倒西歪的人物，炼到如此乒乓硬，实在是一件不容易的事。先生是个贾谊，倒要想同刘歆、扬雄夺起坛席来，岂不是白送了精神的呀。先生之所学，夫己氏亦转了一百八十世人身，止能做梦，无法窃先生之毫末。……至涉及夫己氏者，亦因先生提起癸卯当年之事，弟倒霉，偏是先生的真令弟陶年先生，去打了假令兄十几个嘴巴，（这是何梅士、沈步洲两先生在那年五月三十日告诉我。）我触上他那只臭笔，便权做了卖友贼。刻入别人千秋的文集里了。虽经先生好意劝说，仍旧无效。所以我止好在别人集外文钞后面，做了一个附录，附他以传。说不定脱了稿，也要师法令

弟,处置他一下。(猪相打后狗相打。)故因先生之寿
文,我先说一句不吉利的话,报告左右,死罪死罪。弟
吴敬恒顿首,十三年一月八日。

这封信,是登在十三年一月十一的《民国日报》,上面略去的,
是劝他不要以农立国的话。他做一篇《农治述意》答覆我,登在
《新闻报》上。我今也把不关本事的农治略去,把答覆狗相打的
事,抄在下面。

　　……此外则稚晖自序其与吾兄太炎相恶之事。自
癸卯迄今,巨细金载。恐读者不察,妄议吾党之巨人长
德,两有所伤也。请不转述其词,而惟以鄙意悬附于
后,俾论世者考览焉。(中涉农治略。)吴、章交恶,为
革命党中一大不幸事。至今迹仍未泯,不幸尤甚。钊于
两方,皆有厚谊。曾以调人自居,俾成和解。札中所谓
沧洲别墅二号之会者也。今犹是此意。且知吾兄饱经忧
患,悁急不似曩日。故请恕钊无状,即不传述先生自白
之词,而惟以己所及知者,两无颇偏,略为证左。先是
癸卯夏间,上海党事甚急,江苏候补道俞明震,奉檄来
治斯狱,名捕吾家兄弟,(太炎、威丹。)先生及蔡孑民
诸人,而不及钊。盖俞是时总办江南陆师学堂,钊先一
年习军旅于是。以英年能文,为彼激赏。后虽离校而言
革命,彼此情意未衰。故当时以革命党面与俞道有通款
之嫌者,应先属钊。而吾兄顾疑先生,以为己与威丹被

捕，乃由先生出《驳康有为书》，及《革命军》，上俞
告密。微论先生忠亮，不为此事。而是二书时已流布江
湖间，并非奇谋阴计，何待有人密陈，俞始晓洽。吾兄
身在狱中，张琴饮醨，不无闷损。言偶不检，本可相
原。先生旷达，早未介意。不谓吾兄不检之文字，弟子
辑录《章氏丛书》，未即削去，致先生疑其故相刍狗，
意大不甘。今按来翰，知将编著一书，计五六万言，以
明癸卯党事始末。愤闷之词，宜所不免。权概如此，诚
为遗憾。夫入民国来，党中文士，数典自忘，不肯著
录。至今伯先、笃生，死状无人明之，以此讯钊，即有
大罪。得先生发愤为此，凡属吾党，所当顶礼。钊又何
言。惟阋墙之迹，丑诋之词，张之只益吾羞。委细记
载，未敢附和。承不见外，为钊道及。辄陈愚虑，以备
圣择。天下之士，无贤不肖，俱以先生巉然不淬，失之
太过，宁待白状，始有千秋。窃愿宏达，更加审处。士
钊谨状。

我这种人，那里敢望千秋，亦却不愿万年。行严先生说宁待白状
便指章太炎文集由他去好了。然莫能自明，即常常相聚的朋友蒋
先生，且为我伤之也。故我今又损失万五千字矣。噫。

章太炎先生在狱佚闻录

张伯桢

　　余杭章太炎先生庚辛之际以文字鼓吹革命，功勋至伟。当辛亥前，言革命者有二途，软弱者与君主立宪相混，激烈者，流入自由散漫之谬谈。自先生在《苏报》刊布言论，使此两种思想，始归于纯粹，先生亦因是以入狱。洎出狱后，遂至东京，欢迎者，五六千人，其为世所推服如此。辛亥九月归国，余与晤谈往事，援笔记之，用备他年修革命史时之参考。

　　前清光绪二十九年癸卯五月，先生在上海爱国学社被逮，先是湖南陈范办《苏报》，大声倡革命，无所讳。蔡子民办爱国学社，与群弟子，大声讲革命，四出演说，亦无所讳。适先生在《苏报》发表覆康先生书，于是官场乃发难。在未被逮先数日，先生已先得消息，未几《苏报》被封，陈范逃。蔡子民与先生议，谓舍走无他法。子民出走，先生独留沪观变，遂被逮。

　　被逮后，拘至会审公堂，英领事出先生所作覆康书，问先生此书是你作的不是，先生答是，遂送至英捕房，不准出。先生住捕房十个月，甚闷。某日会审公堂，忽传先生，谓上海道有文书来，北京外务部，与各公使会议，定监禁西牢三年，是夕移入狱。先生谓此事真奇，外部掌外交，民刑事自有主管衙门，定罪乃烦外部，判定中国人事，乃烦外国公使判决，真奇。

先生在狱他无所苦，惟不准与人接谈。附耳一二语，尚可，多则巡捕来干涉。在狱中不许可读书，有时向主者要求，间亦可得旧书，惟洋装书不许入狱。

在狱中无从得笔墨，故无从作字。然欲作家书时，或写信与朋友时，亦能要求得之，写好，须交主者阅过，乃肯代递。

先生在狱，罚作裁缝，缝袜底，亦有时缝衣裳，所缝者为犯人所着之衣，草草缝去，不能工也。此等衣服，为粗布单衣单裤，犯人着之，先生亦着。此外在狱中工作，尚有多种，如击石子为最苦，大抵牢中派事，亦视其人之能胜与否而任之，商人多派粗工，老犯人又欺侮之，故商人最苦。先生所作皆轻工，盖已在优待之列矣。先生担任者二，缝袜底一也，犯人衣上，编号写字二也。最后先生升一美缺，曰烧饭。

烧饭一缺，牢中人以为甚美，厨房派八犯人，各司其事，混言之曰烧饭，先生职实称饭也，每犯每顿各得饭重一磅，一律无多少，惟烧饭者之权利，可偷饭，先生之权利亦然，故先生此缺，他犯人皆极羡之。

牢中时间有限制，每日作工八小时，作工多少无限制，先生缝衣写字，任随多少，未尝限也。在狱中，每星期日有肉吃，非星期日吃素菜。牢中星期日停工，各犯得稍稍游行，惟有巡捕监视之。星期日必有教士来讲道，劝犯人改过。有数教士，恒至先生室中慰问，或作长谈，与教士谈，虽久，巡捕弗来干涉。先生在狱中，有不相识之西人，亦时来视。

犯人入牢时，换犯人衣，原有衣服，悉使脱去，有人代为收藏，俟出狱时，给还，此事多有笑话。有冬月入狱，夏月释出者，脱去犯人衣，仍着皮袍而出。犯人衣分冬夏两副，一副单衫单裤，一副棉袄棉裤，皆粗布为之，三月底一律脱去棉衣，着单衣，九月底一律脱去单衣着棉衣，此时最苦体弱者，中寒成病，或竟死，邹容亦死于此牢中。

计狱中五百人，每年死者约百人，比牢外人死较多。每犯一室，室深八尺，广四尺，廊外装电灯，衣服居处，还算洁净，卧无被褥，每犯各线毯一条。每日用餐麦六分米四分，初时粗粝难下咽，后亦习之。邹容下狱，与先生同时，又与先生同在一室缝衣。邹容与先生非索相识者，先生在上海时，邹容以作《革命军》一书来请先生改正，因是相识，先生谓文字当使人易解，此作尚好，故未为改也。邹容在牢时，容色甚悴，若疯若癫，夜不寐，大声骂人，先生问之，渠似不知，人谓渠有精神病。牢中每星期必有医生来察视，犯人有病，则为之治病，甚者由医报告，送入病院。邹容病急时，已许某日某时出狱矣，先一夕服医生药，遂死，故外间生疑，多谓遇毒。

先生在狱中无忧容，自谓忧亦无益。自邹容死，外论颇哗，因是先生颇受优待，或竟不敢毒害先生，亦未可知。然先生身体甚健，进药亦无因也。

在牢中三年，期满释出，先数日即送先生至捕房，先生定罪虽三年，然扣去捕牢十个月，实住牢中二十六月也。

先生之出狱也，在丙午五月，是月即东渡。方出狱时，官判三日内出租界，不准停留。又出狱日，友人邀往巴支路中国公学，公学之人，皆惴惴，且虑有害先生者，迫先生走，故先生留三日即去。此时孙中山曾遣人来迎，先生至日本东京，任《民报》笔墨事。《民报》为同盟会所设，胡汉民、汪精卫为主笔。方先生将出狱时，胡、汪先有书来招，故欣然往就。在《民报》约三年，其后《民报》为东京巡警总厅禁止出版。

《民报》之被禁也，以前清方遣唐绍仪赴美，时盛倡联美主义，日人忌之，借禁《民报》以为见好清政府起见，亦未可知。但禁止毫无理由，竟诬以扰乱秩序，妨害治安，谓报中登有《革命之心理》一文故也（山西汤某所作）。不容置辩，遂传先生，适先生方出，及归，知有此事，即赴地方裁判厅起诉，彼邦辩护士五六辈，亦来相助。最后理胜，而事不胜，先生语裁判长曰，扰乱治安，必须有证，若谓我买手枪，我蓄刺客，或可谓扰乱治安。一笔一墨，几句文字，如何扰乱？厅长无言。先生又言，我之文字，或扇动人，或摇惑人，使生事端，害及地方，或可谓扰乱治安，若二三文人，假一题目，互相研究，满纸空言，何以谓之扰乱治安？厅长无言。先生继而又曰，吾言革命，吾革中国之命，非革贵国之命，吾之文字，即鼓动人，即扇感人，扇惑中国人，非扇惑日本人，鼓动中国人，非鼓动日本人，于贵国之秩序何与？于贵国之治安何与？厅长无言。先生又言，言论自由，出版自由，文明国法律皆然，贵国亦然，吾何罪？吾言革命，吾本国不讳革命，汤武革命，应天顺人，吾国圣人之言也，故吾国法律，造反有罪，革命无罪，吾何罪？厅长无言。至最后开庭，彼仍判禁止出版数字，判后不容人辩，惟对先生曰，若不服者，可向上级官厅起诉，闻彼承内务省之命令，弗能违也。

《民报》既停，先生乃以讲学为职志。中国留学生，师范班法政班居多数，日本人亦有来听者，先后有百数十人。先生所授以中国之小学及历史，此二者，乃中国独有之学，非共同之学。旋即归国矣。

《筤溪文存》稿本，录自中国史学会主编《辛亥革命》第 1 册，上海人民出版社 1957 年版

记太炎先生学梵文事

周作人

太炎先生去世已经有半年了。早想写一篇纪念的文章，一直没有写成，现在就要改岁，觉得不能再缓了。我从太炎先生听讲《说文解字》，只想懂点文字的训诂，在写文章时可以少为达雅，对于先生的学问实在未能窥知多少，此刻要写也就感到困难，觉得在这方面没有开口的资格。现在只就个人所知道的关于太炎先生学梵文的事略述一一二，以为纪念。

民国前四年戊申（一九○八），太炎先生在东京讲学，因了龚未生（宝铨）的绍介，特别于每星期日在民报社内为我们几个人开了一班，听讲的有许季黻（寿裳），钱均甫（家治），朱蓬仙（宗莱），朱逷先（希祖），钱中季（夏，今改名玄同），龚未生，先兄豫才（树人），和我共八人。大约还在开讲之前几时，未生来访，拿了两册书，一是德人德意生（Deussen）的《吠檀多哲学论》英译本，卷首有太炎先生手书邬波尼沙陀五字，一是日文的《印度宗教史略》，著者名字已忘。未生说先生想叫人翻译邬波尼沙陀（Upanishad），问我怎么样。我觉得这事情太难，只答说待看了再定。我看德意生这部论却实在不好懂，因为对于哲学宗教了无研究，单照文字读去觉得茫然不得要领。于是便跑到

137

丸善，买了《东方圣书》中的第一册来，即是几种邬波尼沙陀的本文，系麦克斯·穆勒（Max Müller，《太炎文录》中称马格斯·牟拉）博士的英译，虽然也不大容易懂，不过究系原本，说得更素朴简洁，比德国学者的文章似乎要好办一点。下回我就顺便告诉太炎先生，说那本《吠檀多哲学论》很不好译，不如就来译邬波尼沙陀本文，先生亦欣然赞成。这里所说泛神论似的道理虽然我也不甚懂得，但常常看见一句什么"彼即是你"的要言，觉得这所谓《奥义书》仿佛也颇有趣，曾经用心查考过几章，想拿去口译，请太炎先生笔述，却终于迁延不曾实现，很是可惜。一方面太炎先生自己又想来学梵文，我早听见说，但一时找不到人教。——日本佛教徒中有通梵文的，太炎先生不喜欢他们，有人来求写字，曾录《孟子》逢蒙学射于羿这一节予之。苏子谷也学过梵文，太炎先生给他写《梵文典序》，不知怎么又不要他教。东京有些印度学生，但没有佛教徒，梵文也未必懂。因此这件事也就阁了好久。有一天，忽然得到太炎先生的一封信。这大约也是未生带来的，信面系用篆文所写，本文云：

"豫哉、启明兄鉴。数日未晤。梵师密史逻已来，择于十六日，上午十时开课，此间人数无多，二君望临期来赴。此半月学费弟已垫出，无庸急急也。手肃，即领撰祉。麟顿首。十四。"其时为民国前三年己酉（一九〇九）春夏之间，却不记得是那一月了。到了十六那一天上午，我走到"智度寺"去一看，教师也即到来了，学生就只有太炎先生和我两个人。教师开始在洋纸上画出字母来，再教发音，我们都一个个照样描下来，一面念着，可是字形难记，音也难学，字数又多，简直有点弄不清楚。到十二点钟，停止讲授了，教师另在纸上写了——行梵字，用英语说明道，我替他拼名字。对太炎先生看着，念道：披遏耳羌。太炎先生和我都听了茫然。教师再说明道：他的名字，披遇遏耳羌。我这才省悟，便辩解说，他的名字是章炳麟，不是披遏耳羌（P.L.Chang）。可是教师似乎听惯了英文的那拼法，总以为那是对的，说不清楚，只能就此了事。这梵文班大约我只去了两次，因为觉得太难，恐不能学成，所以就早中止了。我所知道的太炎先生学梵文的事情本只是这一点，但是在别的地方还得到少许文献的证据。杨仁山（文会）的《等不等观杂录》卷八中有《代余同伯答日本末底书）二通，第一通前附有来书。案末底梵语，义曰慧，系太炎先生学佛后的别号，其致宋平子书亦曾署是名，故此来书即是先生手笔也。其文云：

"顷有印度婆罗门师，欲至中土传吠檀多哲学，其人名苏蒁奢婆弱，以中土未传吠檀多派，而《摩诃衍那》之书彼土亦半被回教（编者注：此为伊斯兰教旧称）摧残，故恳恳以交输智识为念。某等详婆罗门正宗之教本为大乘先声，中间或相攻伐，近则佛教与婆罗门教渐已合为一家，得此扶掖，圣教当为一振又令大乘经论得返梵方，诚万世之幸也。先生有意护持，望以善来之音相接，并为洒扫精庐，作东道主，幸甚幸甚。末底近已请得一梵文师，名密尸逻，印度人非人人皆知梵文，在此者三十余人，独密尸逻一人知之，以其近留日本，且以大义相许，故每月只索四十银圆，若由印度聘请来此者，则岁须二三千金矣。末底初约十人往习，顷竟不果，月支薪水四十圆非一人所能任，贵处年少沙门甚众，亦必有白衣喜学者，如能告仁山居士设法资遣数人到此学习，相与支持此局，则幸甚。"杨仁山所代作余同伯的答书乃云：

"来书呈之仁师，师复于公曰：佛法自东汉入中国，历六朝而至唐宋，精微奥妙之义阐发无遗，深知如来在世转婆罗门而入佛教，不容丝毫假借。今当末法之时，而以婆罗门与佛教合为一家，是混乱正法而渐入于灭亡，吾不忍闻也。桑榆晚景，一刻千金，不于此时而体究无上妙理，遑及异途问津乎。至于派人东渡学习梵文，美则美矣，其如经费何。此时祇桓精舍勉强支持，暑假以后下期学费未卜从何处飞来，唯冀龙天护佑，檀信施资，方免枯竭之虞耳。在校僧徒程度太浅，英语不能接谈，学佛亦未见道，迟之二三年或有出洋资格也。仁师之言如此。"此两信虽无年月，从暑假以后的话看来可知是在己酉夏天。第二书不附"来书"，兹从略。太炎先生以朴学大师兼治佛法，又以依自不依他为标准，故推重法相与禅宗，而净土秘密二宗独所不取，此即与普通信徒大异，宜其与杨仁山言格格不相入。且先生不但承认佛教出于婆罗门正宗（杨仁山答夏穗卿书便竭力否认此事），又欲翻读《吠檀多奥义书》，中年以后发心学习梵天语，不辞以外道为师，此种博大精进的精神，实为凡人所不能及，足为后学之模范者也。我于太炎先生的学问与思想未能知其百一，但此伟大的气象得以懂得一点，即此一点却已使我获益非浅矣。民国二十五年十二月二十日在北平记。

《秉烛谈》，北新书局 1940 年版

民报社听讲

周作人

　　假如不是许季茀要租房子，招大家去同住，我们未必会搬出中越馆，虽然吃食太坏，鲁迅常常诉说被这老太婆做弄（欺侮）得够了，但住着的确是很舒服的。许季茀那时在高等师范学校已经毕业，找到了一所夏目漱石住过的房屋，在本乡西片町十番地吕字七号，（伊吕波是伊吕波歌的字母次序，等于中国千字文的天地玄黄，后来常被用于数目次序。）硬拉朋友去凑数，因此我们也就被拉了去，一总是五个人，门口路灯上便标题曰"伍舍"，近地的人也就称为"伍舍样"。我们是一九〇八年四月八日迁去的，因为那天还下大雪，因此日子便记住了。那房子的确不错，也是曲尺形的，南向两间，西向两间，都是一大一小，即十席与六席，拐角处为门口是两席，另外有厨房、浴室和下室一间。西向小间住着钱家治，大间作为食堂和客室，南向大间里住了许季茀和朱先，朱是钱的亲戚，是他介绍来的。小间里住了我们二人，但是因为房间太窄，夜间摊不开两个铺盖，所以朱、钱在客室睡觉，我则移往许季茀的房间，白天仍在南向的六席上面，和鲁迅并排着两张矮桌坐北，房租是每月三十五元，即每人负担七元，结果是我们担受损失；但因为这是许季茀所办的事，所以也

141

就不好说得了。

往民报社听讲，听章太炎先生讲《说文》，是一九〇八至九年的事，大约继续了有一年少的光景。这事是由龚未生发起的，太炎当时在东京一面主持同盟会的机关报《民报》，一面办国学讲习会，借神田地方的大成中学定期讲学，在留学界很有影响。鲁迅与许季茀和龚未生谈起，想听章先生书书，怕大班太杂沓，未生去对太炎说了，请他可否于星期日午前在民报社另开一班，他便答应了。伍舍方面去了四人，即许季茀和钱家治，还有我们两人。未生和钱夏（后改名玄同）、朱希祖、朱宗莱，都是原来在大成的，也跑来参加，一总是八个听讲的人。民报社在小石川区新小川町，一间八席的房子，当中放了一张矮桌子；先生坐在一面，学生围着三面听，用的书是《说文解字》，一个字一个字地讲下去，有的沿用旧说，有的发挥新义，干燥的材料却运用说来很有趣味。太炎对于阔人要发脾气，可是对青年学生却是很好，随便谈笑，同家人朋友一般。夏天盘膝坐在席上，光着膀子，只穿一件长背心，留着一点泥鳅胡须，笑嘻嘻地讲书，庄谐杂出，看去好像是一尊庙里哈喇菩萨。中国文字中本来有些素朴的说法，太炎也便笑嘻嘻地加以申明；特别是卷八尸部中"尼"字，据说原意训昵，即后世的昵字，而许叔重的"从后近之也"的话很有点怪里怪气，这里也就不能说得更好；而且又拉扯上孔夫子的"尼丘"来说，所以更显得不大雅驯了。

《说文解字》讲完以后，似乎还讲过《庄子》，不过这不大记得了。大概我只听讲《说文》，以后就没有去吧。这《庄子》的讲义，后来有一部分整理成书，便是《齐物论释》，乃是运用他广博的佛学知识来加以说明的，属于佛教的圆通部门；虽然是很可佩服，不过对于个人没有多少兴趣，所以对于没有听这《庄子》讲义并不觉得有什么懊悔。倒还是这中国文学的知识，给予我不少的益处，是我所十分感谢的。那时太炎的学生，一部分到了杭州，在沈衡山领导下做两级师范的教员，随后又做来教育司（后改称教育厅）的司员，一部分在北京当教员，后来汇合起来，成为各大学的中国文字学教学的源泉，至今很有势力。此外国语注音字母的建立，也是与太炎有很大的关系的。所以我以为章太炎先生对于中国的贡献，还是以文字音韵学的成绩为最大，超过一切之上的。

《知堂回想录》，香港三育图书有限公司 1980 年版

章太炎的北游

周作人

北伐方才告一段落，一二三四集团便搞了起来，这便是专心内战，没有意思对付外敌，予敌人以可乘之机，于是本来就疯狂了的日本军阀闹起"九一八"事件来了。随后是伪满洲国的成立，接着是长城战役，国民党政府始终是退让主义，譬犹割肉饲狼，欲求得暂时安静，亦不可得，终至卢沟桥一役乃一发而不可收拾。计自一九三一以后前后七年间，无日不在危险之中，唯当时人民亦如燕雀处堂，明知祸至无日，而无处逃避，所以也就迁延的苦住下来。在这期间也有几件事情可以纪述的，第一件便是章太炎先生的北游。

北京是太炎旧游之地，革命成功以后这五六年差不多就在北京过的，一部分时间则被囚禁在龙泉寺里，但自从洪宪倒后，他复得自由，便回到南方去了。他最初以讲学讲革命，随后是谈政治，末了回到讲学，这北游的时候似乎是在最后一段落里，因为再过了四年他就去世了。他谈政治的成绩最是不好，本来没有真正的政见，所以很容易受人家的包围和利用；在民国十六年以淔绅资格与徐伯荪的兄弟联名推荐省长，当时我在《革命党之妻》这篇小文里稍为加以不敬，后来又看见论大局的电报，主张北方交给张振威，南方交给吴孚威，我就写了《谢本师》那篇东西，在《语丝》上发表，不免有点大不敬了。但在那文章中，不说振威孚威，却借了曾文正、李文忠字样来责备他，与实在情形是不相符合的。到得国民党北伐成功，奠都南京，他也只好隐居苏州，在锦帆路又开始讲学的生活；逮"九一八"后淞沪战事突发，觉得南方不甚安定，虽然冀东各县也一样地遭到战火，北京却还不怎么动摇，这或者是他北游的意思，心想来看一看到底是什么情形的吧。

他的这次北游，大约是在民国二十一年（一九三二）的春天，不知道的确的日子，只是在旧日记里留有这几项记载，今照抄于下：

"三月七日晚，夷初招饮，辞未去，因知系宴太炎先生，座中有黄侃，未曾会面，今亦不欲见之也。"

"四月十八日，七时往西板桥照幼渔之约，见太炎先生，此外有逖先、玄同、兼士、平伯、半农、天行、适之、梦麟，共十一人，十时回家。"

"四月二十日，四时至北大研究所，听太炎先生讲《论语》。六时半至德国饭店，应北大校长之招，为宴太炎先生也，共二十余人，九时半归家。"当日讲演系太炎所著《广论语骈枝》，就中择要讲述，因学生多北方人，或不能懂浙语，所以特由钱玄同为翻译，国语重译，也是颇有意思的事。

"四月二十二日，下午四时，至北大研究所听太炎先生讲，六时半回家。"

"五月十五日，下午天行来，共磨墨以待，托幼渔以汽车迓太炎先生来，玄同、逖先、兼士、平伯、亦来，在院中照一相，又乞书条幅一纸，系陶渊明《饮酒》之十八，'子云性嗜酒'云云也。晚饭用日本料理生鱼片等五品，绍兴菜三品，外加常馔，十时半，仍以汽车由玄同送太炎先生回去。"

　　太炎是什么时候回南边去的，我不曾知道，大约总在冬天以前吧。接着便是刊刻《章氏丛书续编》的商量，这事在什么时候由何人发起，我也全不知道，只是听见玄同说，由在北平的旧日学生出资，交吴检斋总其成，付文瑞斋刻木，便这样决定了。二十二年的日记里有这一条云：

　　"六月七日下午，四时半往孟邻处，于永滋、张申府、王令之、幼渔、川岛均来，会谈守常子女教养事。六时半返，玄同来谈，交予太炎先生刻续编资一百元，十时半去。"因为出资的关系，在书后面得刊载弟子某人覆校字样，但实际上的校勘，则已由钱、吴二公办了去了。后来全书刊成，各人分得了蓝印墨印的各二部，不过早已散失，只记得七种分订四册，有几部卷首特别有玻璃板的著者照相，仍是笑嘻嘻地口含纸烟，烟气还仿佛可见。此书刻板原拟赠送苏州国学讲习会的，不知怎样一来，不曾实行；只存在油房胡同的吴君，印刷发兑。后来听说苏州方面，因为没有印板，还拟重新排印行世，不久战祸勃发，这事也就搁置，连北京这副精刻的木板，也弄得不知下落了。

　　当时因为刊刻续编的缘故。一时颇有复古或是好名的批评，其实刊行国学这类的书，要说复古多少是难免的，至于好名那恐怕是出于误会了。在这事以前，苏州方面印了一种同门录，罗列了些人名，批评者便以为这是攀龙附凤者的所为，及至经过调查，才知道中国所常有的所谓事出有因查无实据了。恰巧手头有一封钱玄同的来信，说及此事，便照录于下，不过他的信照例是喜讲笑话的，有些句子须要说明，未免累赘一点：

"此外该老板（指吴检斋，因其家开吴隆泰茶叶由）在老夫子那边携归一张'点鬼簿'（即上边所说的同门录），大名赫然在焉，但并无鲁迅、许寿裳、钱均甫、朱蓬仙诸人，且并无其大姑爷（指龚未生），甚至无国学讲习会之发祥人，董修武、董鸿诗，则无任叔永与黄子通，更无足怪矣。该老板面询老夫子，去取是否有义？答云，绝无，但凭记忆所及耳，然则此《春秋》者断烂朝报而已，无微盲大义也。二十二，七，四。"

民国二十五年（一九三六）太炎去世了，我写了一篇文章纪念他，讲他学梵文的事。梵文他终于没有学成，但他在这里显示出来，同样地使人佩服的热诚与决心，以及近于滑稽的老实与执意。他学梵文并不专会得读佛教书，乃是来读吠檀多派，而且末了去求救于正统护法的杨仁山，结果只得来一场的申饬。这来往信札，见于杨仁山的《等不等观杂录》卷八，时间大概在己酉（一九〇九）夏天，《太炎文录》中不收，所以是颇有价值的。我的结论是太炎讲学是儒佛兼收，佛里边也兼收婆罗门，这种精神最为可贵：

"太炎先生以朴学大师兼治佛法，又以依自不依他为标准，故推重法华与禅宗，而净土秘密二宗，独所不取，此即与普通信徒大异，宜其与杨仁山辈格格不相入。且先生不但承认佛教出于婆罗门正宗，又欲翻读《吠檀多奥义书》，中年以后发心学习梵天语，不辞以外道为师，此种博大精进的精神，实为凡人所不能及，足为后学之模范者也。"

《知堂回想录》，香港三育图书有限公司 1980 年版

记章太炎先生

任鸿隽

章太炎先生是前清末年在鼓吹民族主义推倒满洲政府方面呼起民主革命思想极有影响的一位学者。他是经学家，擅长于《春秋左氏传》，治经确守汉学家法，极端反对今文公羊学家三统改制的说法。因此，他的主张革命是从民族思想出发，与当时的康有为、梁启超一派借三统改制之说来主张变法是完全不同的。他主张读书必先识字，读古书尤其必须知道古今音韵的转变，因此，他对于文字形声的学问有极深的研究与发明。这种研究是当时所谓国学的基础，又叫作小学。太炎先生后半生的学问，可以说不出小学的范围，在这方面他的贡献最大。太炎先生既有经史学、小学作根柢，所以他作起文章来，用字造句，都和一般时下文人迥乎不同，尤其是他喜欢根据《说文》写古体字，使人觉得他深奥难解，望而生畏。他的文章似乎可分为二类：一类是讲学的文字，主精深谨严，不肯浪费笔墨；一类是通常的文字，不妨尽意发挥，畅所欲言。在这两方面他的文字都起了有效的作用。

我认识太炎先生是他在日本东京主持《民报》编辑时代，而读到他的文章则尚早，我在中学时就获读了他的《答康长素书》。（此文现收入《章氏丛书·文录》中，题为《与康有为论革命书》）觉得他的议论精辟，辞语尔雅，在当时谈革命的文字中可谓独树一帜。就在这个时候，又读到他的《訄书》。此书是他讲学的著作，虽然艰深难懂，但在一个暑假中我也把它点读一过。从此对于太炎先生的思想文笔我是五体投地地佩服的。记得《訄书》初版的书面是《革命军》的作者川人邹容署签，而太炎先生也正是为了替《革命军》作序，被清政府在帝国主义租界内控诉，和邹容一同进了西牢，尝过三年的铁窗风味。《訄书》是太炎先生少年时代的著作，他的政治思想的变迁有时也可以看得出来。记得这书正文之前，先有两篇"匡谬"文字，叫《客帝匡谬》《分镇匡谬》。在《客帝匡谬》文章后面他写道："余自戊巳违难，与尊清者游，而作《客帝》，饰苟且之心，弃本存教，其违于形势远矣……著之以自劾录，而删是篇。"而在《分镇匡谬》则有："怀借权之谋，言必凑是……鉴言之莠，而删是篇。"可见先生曾有一时期赞同保皇党的保满主张，而提出了"客帝"这个新名词，但后来把这个主张改变了。

一九〇八年我到日本东京留学，太炎先生已在前二年从上海租界出狱后，由民报社邀约到东京主持《民报》编辑了。当时有一班热心国学的留学生便趁此时机组织了一个国学讲习会，请先生开讲国学。我记得第一次讲是在东京神田区大成中学借了一个讲堂开始的。听讲的人以浙人、川人为多，浙人中有沈士远、兼士兄弟，马裕藻、马叔平、朱希祖、钱玄同、龚未生等；川人中有曾通一、童显汉、陈嗣煌、邓胥功、钟正楸、贺孝齐、李雨田、及我与我的兄弟任鸿年等。还有晋人景耀月、景定成，陕人康宝忠，这些人大概是每讲必到的，所以还记得。此外还有偶然来去的也不在少数。讲习的内容由先生决定，开始讲顾炎武的《音学五书》，其次讲段玉裁的《说文解字注》，其次讲郝懿行的《尔雅义疏》，其次讲王念孙的《广雅疏证》，这些都是小学的基本书籍。先生在每条有问题的地方，举出自己的意见详加解释，再由学者们逐条记录在原书的条文上。这样每一周一次，大约继续了一二年，听讲的获益不少，后来有几个成了国内有名的历史学家和文字学家。小学讲毕后，我们请先生讲诸子学，于是先生讲了《庄子》。记得讲《庄子》时，我们觉得先生关于《庄子》文字的解释极富新义，希望先生把它写出来。次日先生就拿了一部批好的《庄子》来给学生看。他这样精勤不懈，实在令人惊佩，后来就成了他的《庄子解故》一书。讲过了这些古籍之后，先生还作了一次系统的中国文学史讲解。记得此次是在小石川区先生自己的住宅内讲的。先生手中不拿一本书，一张纸，端坐在日本的榻榻密（地席）上，一口气两三个钟头，亹亹而谈。这样大约讲了四个上午，把一部中国文学史讲完了。若是把他的说话记录下来，可以不加修改便成一篇很好的白话文章。后来先生把这个讲演写了出来，成为他的《国故论衡》，可惜他写成古文以后，反而失掉了讲时的活泼风趣。先生同一般的中国学者一样，不大喜欢和人往来，平时总是耽于深沉思想之中。但是对于学者们请他讲学或其他学术上的商讨，从来没有看见他推辞过。这样讲学，于先生本人的成就也有好处。据我所知，先生的著作，如《文始》《新方言》《岭外方音集》《庄子解故》《国故论衡》，都是在此时成书的。

当先生讲中国文学史时，有一天我们见先生的门首列了一个小榜，把中国古来的文人分为几类：第一是通人，如东汉的王仲任、仲长统，隋的王通，宋的司马光，属于此类；第二是学者，如明末的顾炎武、王船山，清代的全谢山，属于此类；第三是文士，如西汉的扬子云，唐的韩昌黎，宋的苏氏兄弟属于此类。可惜当时没有把这个名单抄下来，现在已记不清楚了。我们当时窃窃私议，以为先生是属于第一类的。

先生虽主《民报》笔政，但其政治主张亦不全与同盟会相合，如在《民报》论说中有《代议然否论》一文，显然与当时革命党中的民权论大有出入。一九〇九年《民报》既被禁，陶成章自南洋归东京，与先生复兴光复会。辛亥革命后，先生返居沪上，对于临时政府的许多设施如定都、借款等事多所匡正，同时对于党政军人的争权夺利深致不满。记得某次在南京的川军开会追悼四川革命时期死义先烈，先生送来一副挽联，写道：

> 此地龙蟠虎踞，古人之虚言；
> 群盗鼠窃狗偷，死者不瞑目！

当时看见这副联语的均为之骇然。也许是因为陶成章被刺得激刺吧！他此时思想言论渐渐与同盟会党人相远，以至于与当时的官僚而兼"名士"的熊希龄、张謇等组织统一共和党来与同盟会对抗。后来这个党又改组为进步党，推黎元洪做首领，先生是理事之一。一九一八年，我从美国留学归国，到上海的寓所去探访先生，看见先生书房里挂着黎元洪赠送的四个亲笔擘窠大字"东南朴学"，可见先生对于黎的赠语是相当重视的。

先生在近代文人中最佩服的，除了昆山顾亭林，还有他的乡先哲青田刘基。据闻当他被袁世凯软禁在北京时，绝食十四天，自分必死，曾写信给青田的朋友，要他们在刘基墓地附近为他造一生圹，死后即归于此，以"申死生慕义之志"，并亲书"章太炎墓"四个大字寄去，以作基碑。一九三六年，先生归道山了。新中国成立后，人民政府把他迁葬于西湖张苍水祠之后，与张苍水墓在一起。这是因为西湖为游人行踪易到之处，便于凭吊，同时也因为张苍水是明末遗民，代表民族正义，与先生景慕刘基的遗意是符合的。听说现在先生的墓碑仍用他自书的"章太炎墓"四字，所以但直书其名，而没有附加任何称号。我正期待着春秋佳日，到南屏山下一展先生之墓，以申景仰。

《文史资料选辑》第 8 期，政协上海市文史资料工作组 1961 年 8 月

辛亥革命前后杂忆（节选）

仇 鳌

　　一九〇七年初，清驻日公使杨枢请求日政府驱逐中山先生。日方表面以劝说为名，送旅费五千元，请中山先生离去。日商铃木久五郎素日表同情于中国革命党，也赠送一万元。中山先生召集左右会商，决定接受，于这年三月四日（阴历正月二十日）偕同汪精卫、胡汉民往新加坡转至河内，设立革命机关，进行粤桂滇的起义准备活动。临行时留给《民报》维持费二千元，余款供给军用。当时章太炎不大满意，要将中山先生受赠事公诸《民报》，黄克强予以阻止。随后黄也离日，刘揆一代行总理职务。秋间，孙、黄计划在粤南钦、廉一带大举，派日人萱野长知（同盟会员）在日购运枪械。章太炎听说所买枪械陈旧，竟用《民报》名义拍发明电，告知香港《中国日报》（同盟会机关报）冯自由另行定购。中山先生得知，认为章泄露军事机密，通知东京本部，并对章表示不满。章也反唇相讥，并与陶成章乘着潮惠起义失败，鼓动张继、宋教仁、谭人凤、白逾桓等主张召集大会，罢免中山先生的总理职务，另举黄克强继任。刘揆一深恐发生内讧，更于钦、廉起义不利，力加反对。刘同张继为此揪打起来，结果张自认理屈，风潮暂时中止。刘揆一随即致书胡汉民，请劝中山先生向东京本部引咎。中山先生覆书说，党内纠纷须查明事实才能解决。黄克强也来函说："孙总理德高望重，诸君如求革命能获成功。乞勿误会而倾心拥护。"这样，才结束了那次的党潮。

一九〇八年春，因章太炎脑病发作，张继又离日，《民报》二十号到二十三号由陶成章主编。陶成章编了三期《民报》，仍交给章太炎主持。陶化名出走南洋，进行筹款。他要求中山先生介绍向南洋各处华侨募捐，未得允许。从此陶决计恢复光复会，与同盟会分离，把徐锡麟、秋瑾起义事件编成《浙案纪略》在英属、荷属各地进行宣传。这时，湖南李燮和（柱中）在南洋槟港设有同盟会分部，声势浩大，颇得华侨信任。陶到槟港煽动李燮和纠合江、浙、湘、楚、闽、粤、蜀七省在南洋的部分华侨，列举中山先生"罪状"，上书东京同盟会本部，要求罢免中山先生的总理职务，本部置之不理。他们就在南洋重振光复会，举在东京的章太炎为会长，发售江、浙、皖、闽、赣五省革命债券。李燮和把同盟会支部改为光复会支部。一九〇八年河口之役，中山先生派汪精卫到荷属文岛筹款接济，大受光复会会员的排挤，未有结果。一九〇九年，陶成章又到东京，运动黄克强反对中山先生。黄不但不为所动，并致函李燮和为中山先生申辨。

中山先生一九一二年元旦就临时大总统后，立即派员迎接章太炎到南京，相见尚欢。但临时政府没有给章相当的位置，他随即在沪组织中华民国联合会，倡言"革命军兴，革命党消"。这年三月，同盟会在南京举行死难同志追悼大会，他送一挽联云：

"群盗鼠窃狗偷,死者不瞑目;此地龙蟠虎踞,古人之虚言。"以后又与张謇等组织统一党、共和党,拥护袁世凯和黎元洪,专门与同盟会作对。

《回忆辛亥革命》,文史资料出版社 1981 年版

章太炎民国元年在南通

管劲丞

　　章太炎（字炳麟，一八六七——一九三六）在民国元年曾从上海到过一次南通，到达时日为四月七日。前此三个多月，他已和张謇、程德全、赵凤昌等建立了统一党。此行系以统一党本部理事的身份到南通主持统一党分部成立会的。当三月中旬，南通在张謇的指引下，早经组成了统一党分部，至此举行成立仪式，特地邀请他来演说一番，以扩大组织的影响。人们对他虽然有作为思想家、国学家看的，实际来到这里系以政治活动家的姿态出现。他还没有到，南通县统一党分部早在机关报《通报》上登出为他举行欢迎会广告，地点是柳家巷通崇海总商会，统一党分部就设在那里。

　　章太炎在南通，发表过两次演说，一次在统一党分部欢迎会上。又一次到通州师范，对在校师生谈了些和前次大同小异的政治问题。那时我才进师范校，虽然两次都在场，但限于文化水平和方言了解，没有听懂多少。印象至今很清楚的，是他高声指出的，"马上得天下，不能以马上治之"两句。记得据我当时体会，他系为袁世凯而发，认定袁总少不得他们。这次演说，当时有人记录，事后不久《通报》登载出来了。

那天演说历一二小时，报载演说词仅一千数目字，只记录了一个不分条目的概要。内容除说明统一党的历史、宗旨和政纲外，兼谈到当时各派论争的许多政治问题。他说统一党发生于江苏都督程德全所组织的中华民国联合会，而谈论统一党的种种，总要和同盟会派相提并论。他说同盟会前此以革命为宗旨，并非政党；现为时势所动，已渐成为政党。他把同时活动的自由党、社会党都作为同盟会派。同盟会派和统一党的主要分歧，他认为在于同盟会以民权为重，而统一党则以国权为重。他又说政党可以有多数，最好是两党，假使只有一党，那容易陷于专制；有两党则或为缓进，或为急进，皆可得调和之用。依照他的说法，大概系以同盟会为急进而统一党为缓进。他宣称伸张国权，为吾党唯一之政见，理由是敌国外患，时事日亟，必先扩张国权，而后可重民权。因而对同盟会派的注重民权，讥其实未能审识国势。他称统一党的监督政府，将在监督它丧失国家权利；辅助政府，将在辅助它不再丧失国家权利和恢复已丧失的权利。人民的监督政府，则以为应该监督它不为恶劣之政，不是监督它不做皇帝。推论到皇帝，他说，中国古代的皇帝，都是战功显著，而现在称皇帝的，不能以兵力战胜外国，徒有皇帝的虚名。所以他根据当前形势不愿有人称皇帝。好像他不愿有人称皇帝，只因其不能以兵力战胜外国，如果能够，倒是实至名归的。

他谈论到清政府，说是以丧失国权而起革命之影响；说是名为专制，其实放任而已。对专制他还有独特的见解。认为中国只有汉朝真个专制，三国以下，名为专制，其实放任，一般人在盲从，顾名不顾实。依照他的见解，真专制才应当注重伸张民权，中国既一向放任，再伸张民权，那就变本加厉。甚至于说，以中国考试八股而论，腐败极了。然其主义并无等级制度包含其中，其中不平均者只有帝王制度。而帝王制度，也徒具专制之虚名，并无专制之实力。从而指斥到各党盲从之人，仅能顾名而不能顾实，打算救亡而不得其法，他生怕亡得要更快些。他谈到统一党的组织，复与同盟会作了一番比照，自称统一党理事五人的组织，系欲以政体为主体，不以个人为主体，同时指出，孙之同盟会，康之保皇党，其会长往往重于一人，可说是会长专制。所以两党叫作孙党和康党。孙、康主义本不相同，而两者的冲突原因，却不在政见，而在私人关系。皆以个人为代表，而非以政见相争论。他说统一党在力矫此弊。对于当时政治上具体问题，谈到政体、政运、建都、移民、造铁路等。他先说今日中国时势，虽不适用中央集权，而又断断不可采用联邦制度。美国的兵力薄弱，就是由于联邦制度。随后又说，中国欲行中央集权，必须集合人材为中央政府之用，分划政区，应废省用道，俾区域小而能从中央政府的命令。关于用人，他不主张仍沿旧制不用本省人材，对当前的那些都督，主张稍加裁汰，或对调，认为对调以后好办事。建都问题，他反对南迁，指斥主张南迁的同盟会派不能审识大势，因为社会党、自由党、同盟会大半发生于广东岭南之人，并讥笑他们反对建都北方的幼稚看法。他为了西藏问题已成越国都远之势，建议国家速造铁路干线，同时建议移民垦植。他认为闭塞地区人民知识不能单靠少数学校，要靠自然灌输，对新疆，以为可设一总督，那里风气未通，不能强使同化共和。此外，还谈到社会主义，他认为社会主义是空谈。以学术论，彼党之人未尝没有高材像奈端者，但是，总不适于用。他把谈社会主义，比方过去政论家谈论井田封建，议论虽高，终归不适于实用。事实上只暴露了他对社会主义无知。

过了一天，《通报》在紧要专件栏内，登出了章太炎先生致黄季刚书，当然是他交给他的党分部机关报公开发表的。

书信内容，主要三点：一是攻击黄兴，二是讥评同盟会，三是替宋教仁作反宣传。不知道是黄侃来信告诉他，还是他去信告诉黄侃。黄兴对人说，章太炎反对同盟会，同盟会中人因为他在反对国利民福，要暗杀他，幸亏自己去阻止下来，他因而大骂黄兴本领只在善于虚声恫吓，揭发黄兴过去对陶骏保就曾经用过如是伎俩的陈账。顺便又骂到同盟会，甚至对同盟会早先的革命活动也追加贬斥，说什么暗杀与盗贼同科，假令同盟会诚有此志，则始终不脱鼠窃狗偷之域，其措词的恶毒，不仅在于同盟会中意欲暗杀的等于盗贼，而在于把同盟会过去用做革命手段的暗杀，都始终说成盗贼行为。在国利民福的话题上，他以为国利不过富强，民福不过安全。他诘问：同盟会是以平均地权为民福的，什么是国利呢？是不是拥兵自卫，一月縻饷八百余万，算是国利呢？那时同盟会人在中部和南方，握有巨大的武装力量。而他正叫嚣：革命军兴，革命党消，共和国立，革命军消。这封书信的特地公开，显然是配合着搞的。另外一部分是针对宋教仁的。宋在临时内阁任农林总长，正运动改组同盟会，以备自己出而组织未来的责任内阁。章太炎前此是拥护过他的，此刻也翻过来了。他向黄侃说，此子当任其优游，大概策略上对他不表面攻击。他说去秋期望宋任总理，实在因为当时无人敢作此职，而同盟会人又只有宋比较高明，期望宋任总理，并非认为只有宋是人材，这已把对宋的评价码子改低了。他发了一些妙论，据说各部总长非有学术经验不配做，而总理则浮华疏通者多能任之，同时又批评到宋于党务，首鼠两端，此乃谋虑有余，断制不足。核对章、黄通信时间，唐绍仪正将为内阁总理，服用阔绰，又懂些洋务，恰恰是浮华疏通的人物，说不定信中云云，就为的替唐的登台铺平道路。

章太炎到通州师范的又一演说，也许为了大同小异，没有发表记录。通师教员张庸却对两次和章长谈用问答形式记录下来，并把它印成小册子。他俩第一次长谈在商会欢迎会举行前，第二次长谈在第二天通师演说后，事先是通过了章的随员孙北萱有了一定安排的。见于小册子的，计有五十六问，主要问答的是入狱前后种种。也追问一些少年情况，时间虽不一定按次序，但问答进行却颇有条理，问到他少年情况，他是这样回答的：人说他八九岁时即有革命思想，这或许有之，但是少年时候并没有一定的宗旨。在前清，他没有应过考试，并非有意为之；时文是弄过的，少年时久病，不久便丢掉。从过俞曲园，但非跟他学作八股，只有读书不明瞭的去问他。做学问是从自修做起的，因为事事要先生讲，讲不了许多，先治小学，后来涉猎经史，总是自习的居多，著作只是住在日本时有一些，不很多。在少年时候，曾去游历日本过几次，两三月便回国，没有在那里留过学。关于他入狱的经过，他说大约在光绪二十九年（一九〇三）五月，被逮捕的地点在上海爱国学社，原因为的他写了覆康有为书，康有为谈保皇，他驳康，覆书传布在外，他于是吃官司。这件事另外还有原因，那时湖南人陈范在上海办《苏报》，大声疾呼革命，无所顾忌，蔡元培办爱国学社，同学生们大讲革命，四出演说，也无所顾忌，于是官场便动手抓人了。人多说发动由于两江总督魏光焘，这仅是表面话，其实暗中另有其人。在被捕以前几天，已得到消息，《苏报》被封了，陈范逃走了，蔡元培来商量，说是除走没有别法。蔡走之后，自己就被捕了，先是拘到会审公堂，英领事拿出覆康有为书问是不是你做，一承认是的，便被关入英捕房，拘留者不准外出。后来定罪的情形很奇怪。那时已经十月，气闷得很。一天，会审公堂忽然传讯，说是上海道有公文来，北京外务部和各公使会议，定下了监禁西牢三年的罪，当天晚上便被移送进监狱。外务部本来掌外交，民刑事自有主管衙门，这案子的罪刑却要烦劳来判定。自己是中国人，公使是外国人，判定罪刑，却又要烦劳公使会议，真是奇中又奇。问到他入狱后的生活，他说入狱后，倒没有受到何种苦处，所苦在不准和别人接谈，附耳一两语还行，话一多巡捕就要来干涉。狱中不能读书，进狱时任何东西不准带，书当然带不进去。但向管监狱的要求，有的也允许，但洋装书不准带进监狱。写字为了没有纸墨，要写也没办法。不过要写信到家里或寄给朋友，也可以要求得到。所写的信，却必须给管监狱的看过之后，才肯替你代寄出去。在狱中每日做工，工有多种，自己是做裁缝，缝袜底也缝衣服，缝犯人衣自当不要缝得怎么好。缝的是粗布单裤，狱中犯人穿的是它，自己也穿它。此外的工，做锤石子的最苦，大概派谁做什么，也看这个人能不能胜任。对商人多派粗工，老犯人又欺侮他，所以商人最苦，自己所做的一向是轻工，要算是在优待之列的。做裁缝工除缝袜底外，还做过犯人衣上编号写字，最后升到一个烧饭的美缺，烧饭的所以被狱犯视为美缺，实在因为他可以偷饭。规定厨房派八个人，各司其事，统而言之为烧饭，其实管的是秤饭，规定每人每顿饭重一磅，一律没有多少，惟有烧饭者能得到偷的权利，自己秤饭也同样有这种权利。所以得到这个美缺，其他犯人非常美慕。狱中的劳作时间是限定的，每日作工八小时，工作量不限定。自己缝衣写字，随多随少，没有限定过。狱中倒没有私刑，也没有索贿情事，但是有人给他们一些钱，却没有不接受的。饮食是星期日有肉吃，非星期日吃素菜，饭，麦六分，米四分。自己初入狱，觉得粗粝难下咽，后来也习惯了。星期日停工，可以稍稍散步，总归有巡捕监视着。星期日有教士来狱讲道，劝犯人改过。有几个教士常来慰问，或作长谈，和教士谈话，巡捕不会来干涉。也有不相识的外国人来访问，有人要赠送食物，被巡捕阻挡住。狱中衣服、居处，还算清洁，每人一室，室深八尺、广四尺，廊外装电灯。卧无被褥，每人各给线毯一条。入狱后必换犯人衣，原有衣服要完全脱去，有人代为收管，等到出狱照还。因此常闹笑话，有冬月入狱，夏月释出者，脱去犯人衣，只好仍旧穿那皮袍出去。犯人衣分春冬两套，一套单衫单裤，一套棉袄棉裤，都是粗布做的。规定三月底一律脱去棉衣，穿单衣。九月底一律脱去单衣，着棉衣。此事最苦，往往有人中寒成病而死。狱中照例每星期有医生来察视，犯人有病，当时诊治，病重的由医生报告，送入医院。计狱中五百人，每年死去约一百人，死亡率比外面大得多。问到邹容和他同狱的情形，他说邹容死于狱中。和邹容同时下狱的，还曾经同在一室缝衣。和邹容并非旧相识，在上海，邹容以所作《革命军》一书来请修改，因此熟识起来，那本《革命军》的稿子还好，文字使人容易懂，并没有需要改。有人传说邹容死在狱里是被人毒杀的，这或许可能，但很难断言。邹容在狱时，容色很憔悴，夜间不睡，若疯若癫，大声骂人。日间人问他，他似乎不知道有这么回事，人都说他有精神病。他病急时，已确定日期出狱了。有一天晚上，服下医生的药，就死了。所以外间生疑，都说他被毒杀。自己在邹容死后，倒无所担心，自己没有病，养得胖胖的，不需吃药，毒药来无从下手。也许因为邹容一死，舆论哗然，为此自己得免于遇毒亦未可知。最后问到他出狱，他说他是三年刑满后被释放的。出狱前几天，就被送到英捕房，定罪虽然是三年，因为扣去捕房拘押的十个月，关在狱中实际是二十（六）个月。出狱的时间，在光绪三十二年五月，当月就乘船去日本，去日本是不得已的。刚出狱时，会审公堂已判了三日内逐出租界，不准停留。当出狱那一天，有朋友邀往租界外靶子路的中国公学，公学中人皆非常担心，怕有人来迫害，催促速离上海，因此到了三天就离开了。人说官场将派人来行刺，其实未必有这回事。再问到他和《民报》的一段因缘，他说当出狱时，孙中山曾派人来接过，到了日本东京，就替《民报》馆办笔墨，《民报》为同盟会所设，胡汉民、汪精卫为主笔，在上海将出狱时，胡、汪先有信来邀请，所以就了报馆的事。在《民报》住了三年，其后为东京警视厅禁止出版，禁止的原因又很难说。当时中国盛倡联美之义，清政府正派遣唐绍仪赴美。日本政府不愿看见中国亲美，也许禁止《民报》出版，为的见好于清政府也未可知。至于禁止，突如其来，谈不上什么理由。警厅的干涉，借口是扰乱秩序，危害治安。所指的事实，是《民报》上登过一篇山西人汤某所作的《革命之心理》。警厅来传讯时，适巧外出，一回来知道此事，即赴地方裁判所起诉，日本辩护士有十五六人来帮助辩护。结果呢？理胜而事不胜。尽管向庭上说理，他们始终不回答。最后开庭，仍判禁止出版，此后不许再办，只说不服可向上级官厅起诉。据闻裁判厅是奉了内务省的命令的。自后的生活是在东京讲学，讲的中国的小学和历史，听讲的中国留学生，师范班法政班居多数，日本人亦有来听的，人不多，先后共有百数十人。回国时是去年（一九一一）九月，事前并没有接到邀约。据张庸志语，他是有问必答，不嫌琐碎。我们现在看来，有些话答得很风趣。

章太炎在南通，来往不过三天，作了两度演说而外，没有作多少活动。那时他新和立宪派结纳上，对过去的革命战友同盟会人已看作政敌。他到南通，想必经过张謇邀约，在这里发表了许多张謇同意而不肯说出的话，特别是他以旧革命党人的资格作了立宪派的代理人。他的演说和公开信上，都给人以深刻的印象，他当时发这些言论，是完全有利于袁世凯的。在这年的九月间，也同在这份属于共和党机关报的《通报》上，载出如下文的一节：

　　章太炎主张民主开明专制。谓"外患日逼，而内讧不已，政府疲于调和，政治等于敷衍，旦暮呻吟，奄奄待毙。而宵小贪权，鄙夫好利，摩拳擦掌，伺隙以乘，

迁就调停，终于无补。必须以至果之决心，行至严厉之
政令，大刀阔斧，斩此纠纷。先谈救国，再议立宪，毋
庸审顾虚名，终受实祸……"

那更是公然向袁世凯献计。当这段时间，算是他政治生活上
最活跃的一段，同时也是最丑恶的一段吧！以上所记，即使属于
他的轶事，对研究他的历史，多少总有一定用处，因为这都是第
一手的资料。

《文史资料选辑》第一辑《纪念辛亥革命七十周
年》，中国人民政治协商会议江苏省南通市委员会文史
资料研究委员会 1981 年 9 月

记太炎

黄远庸

一代文豪之章太炎之神怪的举动早已盖绝一时，至新年以来数日间，尤为神怪中之神怪矣。先是太炎于赣宁乱事中以共和党人之邀请来京，而其时中央所得太炎在南方种种情形，及其在报章公然发表之宣言，已成一绝大公案，故到京后，即由司令处派警兵监守，后以种种转圜乃稍解。至十月间，由检察厅起诉，曾被一次之传讯，而太炎乃以病辞，并以日本军医某所出诊断书为证，诊断书中记明神经衰弱症。余间接询之与此军医有关系之日人，太炎之神经有病确也，故迄未到堂。而太炎在本部中种种神怪的举动不绝于耳目，中间数致函总统，颇致愤懑之意，历见各报。其最大者为考文苑一事，谓年须廿几万。王赓氏曾特往与商，谓廿余万未免太多。太炎力谓非多，尚须开局聘订名宿种种。王赓氏谓海内安得如许名宿，因历数某某之足任此事，所得殊寥寥，因谓如此即七八万亦可。然此事亦卒作罢。共和党本部人乃劝其仿照在东京留学生会馆时办法，开会讲学，将借以安其心也。太炎大以为然。乃开一国学会，会址即在化石桥共和党本部。闻到会者颇多，共和党楼上之会场为之座满，盖不下百余人。传闻门上贴有凡入孔教会者不准入会字样，又在讲座中除讲学外，则专以骂康有为、陈焕章等为事。如是者月余，而先生乃大不耐烦矣，汲汲求去。新年以函致黎副总统，表明去京之意，谓将冒死而行。黎公即夜叩总统之门而求见，意将为之道地。是晚值总统已睡，乃于翌日面述此事，谓宜为之位置。总统答称"考文苑，现在并不须办，但渠若须此名目亦可月给薪水"（闻许月给五百元）。黎公以覆太炎，而太炎坚持必须办事，且必须办考文苑，决不愿徒居此名。因此乃决行。以本月初三日起程赴津，坚约共和党本部干事张伯烈、张大昕、吴宗慈送往。张君等乃为公钱，酒酣以往，遂至误车，及人到后而不能上车。太炎大愤，乃决不欲还本部，即迁入东单牌楼之华东饭店，以示决心。故一时喧传太炎不知何往者以此。至初七日早十一时，乃驾车直赴总统府招待室，投名刺谒大总统。总统辞以会客不见。问"会那一个"，接待员答"会熊总理"（熊氏每日以八时入府十一时始散）。候之良久，则又问会谁，答称"会向瑞琨"。太炎大怒，谓"向瑞琨系一小孩子尚可会，何以不会我？"因指名会秘书张一麟。（太炎前此在京时遇事多由张氏接洽，在东三省筹边时电文皆直接寄张氏，最后则痛骂之。）接待员答以已赴政治会议，乃称无论何秘书皆可。而众秘书互相推让，不肯见之，乃由一秘书与敷衍数语即去。太炎因大闹不行。（报载，其时只穿官靴一只，手执团扇一柄，柄下系以勋章。此节为余所未闻，确否待考。）总统闻之，无法可施，乃由兵校等备一马车护送之至于府中附近之教练处，款待甚优。至今无消息。传闻送至军政执法处者，讹也。先此有人为太炎道地请准其出京者，总统答称"他的案子未了，这是我做不得主"。故太炎之左右，并不主张太炎

之出者。其在沪门生某君以太炎在京寂居寡欢，宜有以慰藉之，
颇劝其夫人来京一行，亦不果来云。

民国三年一月十四日

《远生遗著》，商务印书馆1920年版

纪念太炎先生

徐仲荪

世运视乎人心，而人心尤关于学术。晚清之际，旧儒欺饰，新学猖狂，于实行恒有亏，二者皆足以亡国。求一通经致用严毅立身者，固无人焉。蓟汉章太炎先生，学博而深，心闲而定。其处世也，有威武不屈之概；其持身也，有独立不惧之神。余始识于日本东京，继晤于上海，复晤于北京，复再晤于上海，复又晤于杭州，更晤于苏州宅第。所见皆略谈时事，兼及经义文章。余际先生，固非平凡人，先生亦不以平凡人际余。虽所见或有不同，要非歧途而异趣也。先生好搜罗豪俊，而目常短眂，不良于行，恒属余为之延揽。余不一以告，恐其为激烈之行，无益于国事也。

余所以重先生者，一则民国四年先生寓北京钱粮胡同，余直抵其寓所，聆其言词抗直，斥筹安为叛逆，大书其名以示儆。余略应之，至畅饮书联以为快。（现尚悬诸吾兄祠内。先生书联自此始。）迨余须出京，问其有无语言告人，先生无一言寄托，将欲以身殉主义也。余钦其志节，复悯其状况，怅怅而别。再则民国十四年，先生电促余到上海，聚辛亥同志百余人，设立一俱乐部，欲举余总其事。余力却之，当以欲图国是，必持正义相告。

先生甚为听从。余终以丧偶不至上海，而同人复阅半年余，亦无形散去。嗟乎，先生以国为家，不菲视同志，可谓好义人矣。以际世之闻人专事簧鼓，倒乱是非，大言欺人，内怀惭疚者，相去何可以道里计邪！若其审时势，权利害，灼见于未来，推演其祸变，尤非当世要津所能及也。先生为学与其为人融合一气，大有关于世道人心，所辑丛书，略可见其概。至其细节，自有人摘记之。

《制言半月刊》1936 年 9 月第 25 期

我所见晚年的章炳麟（1868—1936）

左舜生

　　余于中国近代发起改革运动之名贤长德，尝以未得一见康南海与孙中山，引为生平憾事。二次大战巴黎和会结束后，梁任公归自欧洲，余曾偕友人王光祈君得一度晋谒梁先生于上海中国公学，并承先生期许甚至，勉励有加，至今感念不忘。民国二十年"九一八"事变爆发，余以友人之介，始得识章太炎先生，自是每周必一次或两次，造先生同孚路同福里寓庐，就国事向先生有所请益，历时凡两年有余，迄先生移家苏州讲学，始告中断。此实余生平亲受前辈教益最多之一时期。先生以二十五年病逝苏州，得年六十有九，其遗著《章氏丛书》，及晚年之《太炎文录》，已非今日青年所能句读。兹记其逸事数则于后，以寄个人思慕之忱，亦或可资崇拜先生者之谈助也。

　　余对章先生之第一印象，觉其为一慈祥和蔼之老人，但仍步履康强，精神饱满，吾人平日想象中之"老师宿儒"，先生正其典型人物也。先生籍浙江余杭，谈话多杂土音，初听时，每苦不尽明晰，既久，则亦了无不懂之处。先生虽为一纯粹之学者，然喜谈政治，其于当代诸贤之身世及其与革命之关系，往往能详其始末，其褒贬亦颇异时流，惜余当时未存笔记，否则可供治现代史者之参考资料当不少也。

先生所居为一双开间之徜堂楼房，书房兼会客室，为楼上右手之一统厢房，开间颇大，但光线不佳，室内陈设，亦了无现代色彩，不失学者与初期革命家之本色也。

余每至先生处，恒在午后四五时左右，以其时余正在中华书局编辑所供职，每日必在午后四时始得下班也。时先生虽已届六十五岁之高龄，然能纵谈二三小时不倦。章夫人汤国黎女士，偶出点心飨客，为一种糯米所制之小饼，蒸食，黏性颇大，失之太甜，余见先生食之津津，亦不能不食之津津也。先生述一故事，往往枝叶扶疏，能使听者如亲接故事中之人物，躬履当时之境地，不愿听其中断，章夫人恐先生过劳，每一再催用晚膳，但先生不顾，余不待其辞毕，亦决不敢兴辞也。

先生嗜纸烟，往往一枝尚余寸许，又燃一枝，曾见其历三四小时不断。所吸以当时上海流行之美丽牌为常，偶得白金龙，即为珍品，盖先生为人书字初无润格，有欲得其翰墨者，大率即以纸烟若干听为酬，故能取之不尽，用之不竭。余初不嗜此，后在上海编日报半载，往往社论、短评及第一版新闻，均出余一人之手，且非看过大样以后，不敢离去编辑所，不吸烟实无以振刷精神，于是乃嗜之成癖。及为先生座上客，为时近三年，每至，先生必纵谈不断，吸烟不断；余则静听，亦吸之不断；余至今仍非每日四十枝至五十枝不能尽兴，盖与先生之一段因缘，不无关系也。

先生为人书字，以钟鼎为常，喜以一人牵纸，振笔疾书，一日，章夫人立先生后，指点某字不佳，先生回头笑谓夫人曰：

"你不懂得写字啰！"其实夫人雅擅诗文，字亦端秀，先生之为此语，足证其伉俪间雅兴不浅也。

民元，先生与夫人结婚上海，群弟子请先生与夫人即席赋诗，先生口占两绝，其一云："我身虽稊米，亦知天地宽，摄衣登高冈，招君云之端。"夫人以无此捷才辞，仅录旧作七律一首，亦娓娓可诵。此事载当时上海《民立报》，一时佳话也。

民二二次革命后，先生被袁世凯幽于北京之龙泉寺，忧愤欲死，曾有致其夫人家书两通，区处后事，中有涉及其身世及所学之处，辞旨严正而凄惋，令人不堪卒读。夫人亦有一书致袁，为先生请命，措辞不亢不卑，深得立言之体，其涉及与先生结合一层，有"结缡一年，誓共百岁"之语，殊足激动读者之同情，宜乎项城卒不敢冒天下之大不韪也。

余见先生有一七八龄之少子，为汤夫人所出，韶秀活泼，不类常儿。见先生常为人写字，亦自订一润格，张于楼下之壁间，有七言联一幅，皮球一个；单条一幅，火车头一个云云。一日，余在先生处晚餐，此聪慧之稚子，忽问先生曰："商务印书馆的百衲本二十四史还没有出齐吗？"先生笑颔之，余则殊讶其早熟。今此君殆三十许人矣，惜余不能举其名字，亦不知其近作何状也。

张敬尧在北京东交民巷为人所暗杀，先生作小诗一首以咏其事，诗曰："金丸一夜起交民，射杀湘东旧领军，为问长陵双石马，可知传法有沙门？"一日，余至先生处，先生作此诗正属稿甫就，并将第三句"试问"之"试"字涂去，改一"为"字。余问先生"沙门"何指，先生笑谓余曰："古人作诗亦往往有在可解不可解之间者，何必深问？"余亦一笑而罢。

"一·二八"之役，翁照垣以守吴淞得大名，当战事正酣之际，余往谒先生，请书数字赠翁以资鼓励，先生颔之。次日余往索，先生则出文一首，长千余言，且亲笔以宜纸楷书，誉照垣甚至。余大喜过望，即持至中华印刷所，托余友袁聚英君制成珂罗版，印三百份，分寄全国各报馆。时天津《大公报》，即据余所赠，复制锌版，刊诸报端，于是照垣之名更大噪于南北。余友常燕生兄，读先生此文，乃继黄公度《聂将军歌》后作《翁将军歌》一首，长达数十韵，亦为时人所传诵。时余与照垣，初无一面之雅，后晤于上海，乃觉其人为一纯粹军人。近年闻其郁居港澳间，饱历世变，其修养或当有进境也。

宋哲元以大刀队在长城抗日，杀敌过当，国人颇壮其所为。一日薄暮，余走谒先生，先生正凭窗检阅地图。见余入，乃谓余曰："长城竟有这许多的口子？"余笑应之。私心自忖，先生于学所涉甚广，且生平崇拜著有《天下郡国利病书》之顾炎武，又曾一度任筹边，何独于长城诸关隘不甚了了耶？

先生曾以"江左夷吾"许宋遯初（教仁），及宋被狙击，梁任公亦于当时在上海出版之《大中华》杂志为文吊之，谓宋有政治家风度。盖梁、宋间在民国元年固曾有互相维系之要约，支持袁世凯以求得和平统一者也。惜宋能容袁，而袁不容宋，卒至造成民国二年之悲剧，而袁氏之败，亦以此一役发其端，赵秉钧辈妒贤害能之小人，诚不足齿也。

中山先生以十四年三月十二日在北平逝世，先生曾以一联挽之，风调实为当时挽孙诸联之冠，联曰："孙郎使天下三分，当

魏德初萌，江表岂曾忘袭许？南国是吾家旧物，怨灵修浩荡，武
关无故入盟秦！"联意仅在反对当时之孙、段、张三角联盟，于
中山初无贬辞，闻孙先生治丧处诸人，得此联未敢悬挂，不解
何意。

　　文人相轻，自古已然，虽硕学通人，亦往往不免。先生一代
大师，文宗汉魏，持论能言人所不能言，其精到处每发前人所未
发。严又陵（复）、林琴南（纾）与先生同时，均雅擅古文，并各
以译述自显于当世，顾先生于严、林之文，乃深致不满，其言曰：

　　　　……下流所仰，乃在严复、林纾之徒，复辞虽
　　饬，气体比于制举，若将所谓曳行作姿者也。纾视复
　　又弥下……浸润唐人小说之风……与蒲松龄相次……
　　若然者，既不能雅，又不能俗，则复不得比于吴蜀六
　　士矣。……

　　严先生持论矜慎，不闻于先生有所诋诽，林则反唇相稽，于
先生之文亦抨击不遗余力，其言曰：

　　　　……庸妄钜子，剽袭汉人余唾，以勾扯为能，以饤
　　饤为富，补缀以古子之断句，涂垩以《说文》之奇字，
　　意境义法，概置不讲，侈言于众，吾汉代之文也！伧人
　　入城，购搢绅旧敝之冠服，袭之以耀其乡里，人即以搢
　　绅目之，吾不敢信也。……

　　自吾人视之，章先生既非庸妄钜子；畏庐译西洋小说百余种，使国人略知异国情调，实亦未可下侪于谈狐说鬼之蒲松龄；严又陵功在介绍一时期之西洋思想于中国，初非以文字与人争短长，凡章、林之所云云，以批评之旨趣衡之，均非持平之论也。

　　余平日在先生处所闻，以明末遗民故事及清末革命故事为多，盖前者为先生革命思想之所自出，后者则先生曾躬与其役者也。一日，先生问余近读何书，余告以正看陈寿《三国志》。先生曰："此书简练谨严，如能同时细看裴注，则可悟古人运用史料之法。"余于此书曾翻阅三四过，得先生指示之力为多也。

　　先生原名绛，后改炳麟，字太炎，生清同治七年戊辰（一八六八），卒民国二十五年丙子（一九三六），得年六十九。

　　《万竹楼随笔》，香港自由出版社 1957 年 7 月版

《太炎先生书札》跋

杨树达

民国十三年，余著《古书疑义举例续补》二卷，介歙县友人吴君检斋求教于先生。先生覆检斋书，称余用心审密，有足匡高邮王氏之失者。二十一年，倭人寇沪，先生避地来游北平，检斋初介余相见，先生犹称及是书。余旋以所著《庄子意怠鹓鶵一鸟说》《汉贾武仲夫人马姜墓门记跋》诸文呈于先生，先生私语检斋云："遇夫心思精细，殆欲突过其乡先辈矣。"明年四月，余撰《释慈》《释醲》及《诗音有上声说》三篇，缄呈先生，得覆书如右。盖《释醲》于先生《文始》之说有所献疑，《诗音有上声说》则所以难黄君季刚者，季刚固先生高第弟子也。而先生不以余为侮，顾进而奖之，盖先生局度之弘、是非之公如此。去岁先生与胡君适之论读经事，胡君谓今日经不尽可明，举余释《诗经》"于以采蘩"为说。而先生则谓经未尝不可明，如胡君所举杨某即其见端。盖先生于余往往多所奖藉如此。近者先生讲学吴中，余屡思南行奉手，因循未果，而先生遽归道山。循览此札，盖不胜腹痛之感云。二十五年九月二十九日，树达记于北平头发胡同寓庐。

甘二年四月，余撰《释慈》《释醲》《诗音有上声说》三文缄呈先生求教，得先生覆书如此。日月不居，忽忽将二十年矣。
三十八年八月，树达记于麓山。

《积微居友朋书札》，湖南教育出版社 1986 年版

太炎讲学记

钱基博

黄君萍荪以编辑《子曰丛刊》叠函索为文。黄君浙人，吾欲与之言浙学！

并吾世之足以弁冕浙学者，莫如太炎先生，抉经心，执圣权，茹古涵今，大论是宏，此诚朝阳之鸣凤，犹龙之老子也！然余于太炎先生著书，无所不研诵；而于太炎先生，则仅一面！

时在民国二十四年十一月初二日，余为三儿钟英订婚苏州汪氏，假中央饭店花园以成礼。而太炎先生偕李印泉先生以不介而至，此诚不速之重客！余乃初见太炎先生，致二十年钦迟之意！先生面约余赴章氏国学讲习会演讲，订以是月九日，且问将讲何题？余应之曰："腐儒曲学，寻章摘句，无不讲国学！然先生博学通人，不囿经师：章氏国学，别有义谛，所以章氏国学讲习，亦不可不别出手眼！余读先生之书，自谓粗有阔见；请即章氏国学讲习会为题，可乎？"先生大喜称善，因揭示生平论学之义谛；证之鄙见，殆无不合！至九日晨，余自上海赴苏州，乘八时特别快车，以九时五十四分抵苏州。章氏国学讲习会助教汪柏年在站迎候。柏年从余学文章，而受经学于太炎先生，佐先生写成《古文尚书拾遗》，而著有《尔雅补释》，先生任之以授《尚书》《尔雅》者也；遂相偕以赴王废基锦帆路章氏国学讲习会。先生出见，在书斋略谈，陪赴讲室，先生亦就座凝神听，余乃拈章氏国学讲习会为题而抒所欲言曰：

国学讲习会，与普通大学国文系不同；盖彼之所重者文，而此之所讲者学；文尽可以载道，文不能以尽学也。我国自古以来，讲学者何限！汉唐之训诂名物，宋儒之义理经制，清学之考据词章，皆国学讲习也。今国学讲习而冠之曰章氏，顾名思义，已明揭所讲习者为章氏之国学：欲以轶清迈宋，驾唐追汉，观其会通以成一家之言，而直接孔氏之心传；更何清学休宁戴氏，高邮王氏之足云！章氏之学，欲推而大之，至于无垠；而为章氏之学者，乃祿而小之以圈于休宁、高邮！章氏之学，内圣而外王，务正学以言；而为章氏之学者，则曲学阿世，烦辞称说，不出训诂文字之末！鹍鹏已翔寥廓，罗者犹视薮泽，害道破碎，恶足以为章氏之学哉！

章氏以淹雅闳通之才，而擅文理密察之智，词工析理，志在经国，文质相扶，本末条贯，以孔子六经为根底，以宋儒浙东经制为血脉，（此点尤人所忽，先生颇赏余有真识。）而以近儒章学诚《文史通义》扩门户，以休宁高邮名物训诂启径途。人皆诵其小学之精审，文章之粹和；而余尤服其诸子之辨章，史识之宏通，观之上古，验之当世，参以人事，察盛衰之理，审权势之宜，辞义纷纶！魏文帝言："文章，经国之大业，不朽之盛事"；近世惟章氏足以当之！章氏质有其文；而为章氏之学者，多不能文。章氏之文，孚尹旁达，有伦有脊，尤善持论；而为章氏之学者，笔舌冗曼，罕能持论！余撰《中国文学史》，尝要删其论，以谓"世儒徒费其经子诂训之劬，而罕会体国经远之言；知赏窈眇密栗之文，未有能体伤心刻骨之意"；亦有慨乎其言之也！昔昆山顾炎武慨明之亡，由于士之不学，亦以六经为根柢，以经制为泛滥，作《日知录》，经经纬史，欲以匡世扶衰。而清儒曲学，乃以为考据家之祖；亭林之名大彰，而志则荒矣！今章先生囊括古今，通人博学，经术治事，一致百虑；而民国曲学，乃囿之于经师之域：先生之传虽宏，而道已狭矣！枝之腊而千则削！流之泛而源则湮，昔人谓"人固不易知，知人亦未易"；余则叹学固不易论，论学亦罕真识也！

诸君之于章先生也，造膝奉手，微言妙道，耳提面命，必知所以会而为讲为习，异于寻常曲学者！然愚以为欲明章氏国学之所以异于人，不如反复讲习《章氏丛书》，以匡请业请益之所不及！盖学以讲而后明，学必习而后熟。闻亭林先生少时，每年以春夏温经，请文学中声音宏敞者四人设左右座，置注疏本于前，先生居中，其前亦置经本，使一人诵而已听之，遇其中字句音读不同，详问而辨论之；凡读二十纸，再易一人，四人周而复始：计一日温二百纸。十三经毕，接温四史或南北史，故亭林之学，如此习熟而纤悉不遗也！语见王昶《春融堂·与汪容甫书》。此古人所以为习也。钱泰吉《曝书杂记》载：梅会里李敬堂先生诏学徒读书，欲举读《困学纪闻》会，课十人为朋，人出朱提十铢，各置一部，丹黄手粼，墨守如心，编为卷二十，日览卷之半，约十五叶：四十日而毕功；每五日一会，持钱治餐具如文课，人出五条问对，似射覆，似帖经，疾书格纸，俟甲乙既毕，互勘诘杂以征得失：一会得五十余条，十会得五百条，其书简而愈精，其功约而愈博；不出数寸，不逾百日，而得学问之总龟，古今之元鉴！此古人所以为讲也。讲则慎思而明辨，习尤深入以心通，诸君济济一堂，如取《章氏丛书》，以李氏发问互对之法为讲，以亭林温经温史之法为习，呻其占毕，多其讯，好学深思，心知其意；而后听先生议论之宏辩，相说以解：尊闻行知，斯足以光大先生之学，而不为休宁、高邮所限也！

盖余之所以论章氏国学者如此，中引先生之书以为敷佐，历一小时二十分；先生不以余言为刺谬，颇动容也！退席，复邀入书斋，谈次，感喟时事。余言："早年读先生《革命道德论》，意思深长，验之今日，知几其神！然革命与道德，本非同物；非反道败德，不能革命成功！几见秀才，而成造反！自古英雄，多起草泽：以非反道败德之人，不克摧社会之纲纪，而扰人心以久定也！汤武革命，应天顺人；然圣人之象革曰：'革，水火相息，二女同居，其志不相得曰革。'革命成功，几见英雄；而革之为卦，取象二女，亦以革命之日久，习为猜忍；我杀人，安知人之不杀我；始以杀缪张威势，继以儒怯长猜忍，戈矛起于石交，推诚不见腹心，民不见德，惟乱是闻，举凡丈夫之磊落，胥成女性之阴贼，声声同志，人人离心，异己必锄，同气相残，人诋其险狠，我知其内馁也！我革人命，人亦革我命；君以此始，思亦以此终。故曰'革，水火相息，二女同居，其志不相得曰革'！作《易》者其有忧患乎！"先生为之怃然！

累乃辞而出，阅七月又五日，为二十五年六月十四日，而先生归道山矣！余于当代名贤著书，无所不读，读未尝不深思；然懒晋接，亦不欲见其人。此其中亦自有故，昔人云百闻不如一见；我则以所见不如所闻！往往读其书，其词斐然，其意卓然；而接其人，无威可畏，无仪可则，声气标榜，酒食征逐，口不道忠信，性或溺声色，不如读其书，不见其人之醇醇有余慕也！我于人如此，未晓人于我何如？所以人来书，鲜不酬对，人造访，多不报谒；亦以人或浮慕，我好尽言，尚气好辩，人或不耐以召闹取怒，不如杜门不出以萦人思慕！此乃我之欲以自藏其拙，而人或以为孤傲，孤诚有之，傲则何敢！然而人生相见，亦有缘法；缘不到，无法为介；缘到，亦终一面！于太炎先生，早有人欲介访谒以瞻威仪，征识力；而垂老乃得一见；亦见人生有缘，不必以人力强也！于是追记所言，写我心仪，以答黄君而明一家之学云：时在三十三年四月，避兵湘中之光明山。

《子曰丛刊》1948 年 6 月第 2 辑

太炎先生言行轶录

（民三在北京时代　民六在粤滇川时代）

吴宗慈

太炎先生，一瞑万古，人琴俱废。虽流风遗韵，不可复追，而言行轶闻，报章竞载。念斯人之不作，寄怀想于空文，抑可痛矣。慈与订交，远在清末；入民国后，更多切劘。其逸情韵事，得诸亲所见闻，难一二数。在已见报载者外，其民三在北平，民六在粤滇川各省，尝共居处，有为世人所不知，或知而莫道其详者，爰笔述概要。虽当时人物，半为鬼雄，而鳞爪所存，全为实录。阅者既得谙当年情事，且于先生言行所存，亦可窥见一斑矣。

（一）民三入京寓共和党之原因

共和党者，武汉革命团体民社中人，在民二时，反对三党合并之进步党，而宣告独立者，推黎公宋卿为理事长，太炎先生副之。当癸丑讨袁之役失败，袁下令，逮捕国民党籍之国会议员，旋借口宪法问题，令国会停职，时民国三年春也。黎公既入京，居瀛台，共和党亦被监视。太炎先生居沪，常发表反袁文字，一纸宣传，报章争载。袁恨且畏，而无如何。鄂人陈某，献

185

媚于袁，谓彼可致太炎于北京，袁颔之。陈乃商之共和党郑某、胡某，于党中集会，谓党势孤危，不如请太炎先生来京，主持党事。党议韪之。不一月，先生遂入京，即寓化石桥共和党本部。到京后，仅一往晤黎公，袁遣人招之往见，弗应也。未几，共和党发现郑、胡二人，以太炎先生为饵，因陈之介，得袁巨款，乃开会除郑、胡党籍，并与陈绝。初，先生曾语黎公：陈某心险叵，将来误民国，必此人。黎初不信。黎之入京，陈为袁设计者。至此，其言益验。

太炎先生，既居共和党，袁命陆军执法处长陆建章，派宪兵四名，驻党监视。其名则为保护，意在禁其出京，并监察其言论，凡共和党来往函件均须检验。于是行动、言论、通信自由之权，均被剥夺。先生寓共和党时之言行，兹片段的汇述如次。

某日，应黎堃甫（名宗岳）君约晚宴。乘马车（时北京汽车极少）出门，宪兵跃登车，前后夹卫。初未注意，宴毕回寓，仍如之。先生疑，询慈及张亚农，未便实告。次日，再询胡培德君（鄂人），胡笑曰："此为袁世凯派来保护先生者。"乃大怒起，操杖逐之。宪兵逃。先生谓慈曰："袁狗被吾逐去矣。"慈应曰："诺。"

宪兵既被逐，易便服，来与慈、亚农谈判。（慈与亚农任党干事）。谓奉上命来，保护章先生，虽因触怒，然不敢怠，请易便服，居司阍室中。无以拒，但不令先生知而已。

先生居党部右院斗室中，朋辈过从极少，日共谈话者，为慈与亚农、张真吾三数人耳。上天下地，无所不谈，谈话既穷，乃狂饮，醉则怒骂，甚或于窗壁遍书"袁贼"字以泄愤，或掘树起，书"袁贼"无数纸，埋而焚之，大呼曰："袁贼烧死矣！"骂倦则作书为遣，大篆、小楷、行草，堆置案头，日若干纸。党中侪辈，欲得其书者，则令购宜纸易之，派小奚一人主其事。

某日，陆建章派秘书长秦某来晤慈与亚农，谓奉敝总长命（建章部下均称陆为总长），欲谒章先生，请先容。询何事，则曰："敝总长奉大总统命，谓章先生居此，虑诸君供亿有乏，将有所赠。"慈入告先生，导与相见。秦入，致词毕，探怀出钞币五百元置书案。先生初默无一语，至此遽起立，持币，掷秦面，张目叱曰："袁奴去！"秦乃狼狈而遁。

黎公念先生抑郁，召慈与亚农至瀛台，商所以安慰之策。嘱询先生在京，有何愿为事，经费可负责；并言袁对之，尚具善意，但不欲其出京，及发表任何文字耳。慈等归商先生，先生表示，考文苑事，愿为之。复命黎公，黎商允袁氏年拨经费十五万元。先生开具预算，坚持非七十五万元不可；袁允经费可酌增，但不必如预算所列，设机关办事。约言之，即予以一种名义及金钱，示羁縻而已。先生最终表示，经费可略减，但必须设机关、办实事。当时且调侃慈与亚农："君辈穷鬼，得此既足资党费，又可以集同志，宁不佳耶？"双方谈判，终告决裂。黎公徒为扼腕，余等亦终为穷鬼，至今思之，殊堪失笑。当时预算中所拟办事人才，其高足弟子黄季刚赫然首选焉。

穷愁抑郁，既以伤生；纵酒谩骂，尤非长局。党中同人，商允先生讲学。于是国学讲习所尅期成立。讲室即设党部会议厅之大楼，报名听讲者沓至，袁氏私人受命来临察者，亦厕讲筵。讲授科目，为经学、史学、玄学、子学，每科编讲义。党中此类书籍无多，先生亦不令向外间购借，便便腹笥，取之有余。讲授时，源源本本，如数家珍。其于贯串经史，融和新旧，阐明其义理，剖晰其精要，恒多独到创见之处，在讲学时绝无政治上感情歧出之意义。不惟专诚学子，听之忘倦；即袁之私人，无不心悦诚服，忘其此来本意矣。

讲学不及二月，听者未貌貌，而先生倦矣。一日召慈、亚农等数人，商出京归沪事。时侦骑四布，安得行？然不敢告，设词阻之。先生怒曰："吾知君等穷措大，虑无行资。吾早有所备，但一人送吾至津登日本轮，宁不可耶？"因询先生所备行资几何。先生起，启衣篋，出柬纸，则现币八十元。慈等语塞。于是出京之议决。先生握管，亲拟电稿，致夫人汤国梨女士，告即日返沪。初，先生到京，即被监视。夫人来函阅竟，投火炉中，不作覆，渐并不阅。于是夫人书外封致共和党总务部，另有内封不缄。函到，慈即持奉先生面拆，先生命代阅，要事以告，否则不愿闻。某次，夫人函述黎公有函，致袁命，嘱其来京。夫人谓此以君为饵，吾决不来，望君坚其志节，无以家室为念。语恳要，先生为默然久之，然终不作覆。至是，始亲笔拟电稿致夫人。

决议出京之翌日，党部同人设筵为饯。逆知出京必被阻，约纵酒狂欢，以误车行。尹硕权（昌衡）豪于饮，倡议以骂袁为酒令，一人骂则众人饮，不骂者罚。先生大乐。轰饮至下午五时。先生矍然起曰："时晏矣。"遂匆匆促赴车站。车站寂无人，京奉车早开矣。先生命移行篋六国饭店，明晨由哈德门登车，良便。慈等不可，谓价昂，旅资将不敷，不如仍回党部。先生不可，曰："无形监狱，不再入，盍移扶桑馆（东单牌楼之日本旅舍）？"从之。派庶务员同往照料。翌晨七时许，庶务员电话告慈："太炎先生，一人赴总统府矣。"即约亚农往扶桑馆，询究竟（因送先生赴津者为吾二人也）。悉先生一人服蓝布长衫，手羽扇，悬位章，雇街车前往，因追至。见先生兀坐招待室，候电话（凡谒袁者，先入新华门外之招待室，招待员电话请示于秘书处，然后候袁传见。）。顷之，梁士诒来招待，方致词，先生曰："吾见袁世凯，宁见汝耶？"梁默然去。旋又一秘书来，谓总统适事冗，请稍待。久之，无耗。先生怒，击毁招待室器物几尽。至下午五时许，陆建章昂然入，鞠躬向先生曰："总统有要公，劳久候，殊歉。今遣某迎先生入见。"先生熟视有顷，随陆出登马车。车出东辕门，先生喵曰："见总统，胡不入新华门？"陆笑对曰："总统憩居仁堂，出东辕门，经后门，进福泽门，车可直达，免步行耳。"先生颔之。噫，先生受欺矣！盖陆已奉袁命，幽先生于龙泉寺。

龙泉寺偏院屋五间，整而丽。袁谕建章特殊优待，不得非礼，但不许越雷池一步耳。建章奉命维谨。慈等偶候起居，得建章许可证，则直入无阻。先生焦怒极，常以杖扫击器物，并欲焚其屋，建章饬监守者慎防而已。先生无奈，宣言绝食。绝食既数日，袁询左右，孰能劝进食者。王揖唐曰能。揖唐本先生门下士，趋龙泉寺，先生命进见，见即斥之曰："汝来为袁世凯作说客耶？"揖唐曰："是何敢？"与道家常及他琐事，甚久，先生色少霁。揖唐漫然曰："闻先生将绝食死，有诸？"曰："然。"曰："其义何取？"曰："吾不待袁贼来杀，宁自饿死耳。"曰："先生如此，袁世凯喜而不寐矣。"曰："何故？"曰："先生试思之，袁世凯果杀先生，当易易；今若此，可知其非不欲杀，乃不敢杀耳。袁氏之奸，等于阿瞒；先生之名，过于正平。所以不敢者，千秋万世后杀士之名，不易负耳。先生自愿饿死，袁既无杀士名，又除腹心之害，先生所以为袁谋甚善，其自谋何疏？"先生嚯然起立曰："然耶？"趣以食进。

徐医生者（不忆其名），偶为先生诊疾，因互论中国旧医学，语甚洽。先生虽不能悬壶执业，为良医，然于医理通博，如《黄帝内经》《修圆灵胎》诸著作，咸能述其精要。徐极佩其记忆之强，先生亦赞徐之能明医理，故相得益彰焉。徐居近龙泉寺，每先生怒发不可解，监守者辄急请徐至，片言商兑，意气胥平。居数月，建章弥苦之，进言于袁，将宽其禁，时黎公亦屡向袁譬解，于是乃得由龙泉寺，移住徐宅。先生长女嫁龚未生，因家庭琐事口角，赴徐宅，诉于先生。先生曰："胡不死？"女果自经，先生大恸。或谓先生："君女之死，乃遵父命；既命之矣，何恸之深？"先生呜咽曰："讵料其真死耶？"

先生性简质，于一切事物，恒独往独来，无适无莫。人或诮之曰"疯"，殆由于此。虽然，先生之终为朴学大师，独有千古，而不为民国之政治家，亦由此耳。此为民三在北京时代言行之轶录也。

（二）民六在粤滇川各省之轶事

护法之役，中山先生，率海军南下。国会非常会议，成立于广州，中山先生被选大元帅，陆荣廷、唐继尧副之。先生任大元帅府秘书长，簿书烦琐，既所不屑，议事又常与展堂不洽，乃请赴滇、川等省，宣播护法之旨。中山韪之。遂以大元帅府秘书长名义行。其时慈与王君芷塘，被推国会代表，赴滇送副元帅证书，蓂赓屡电促任调停川滇战事，中山先生，又畀以劳军名义，令与先生偕行。正办理护照，准备起程。北政府商驻京法使，电致安南总督，不许革命政府人员过境，粤港法领，拒护照签字。乃各易姓名，先生易姓名为张海泉，故沿途戏以海泉呼之，先生应如响。及抵安南海防，华侨来招待，安全通过。抵滇，蓂赓衣上将礼服，率伙飞军郊迎，执礼甚恭。遂馆于八邑会馆。每日下午，则赴军署欢宴，谈谐至深夜。蓂赓之尊人墓碑，墓上楹联，皆先生所撰写。云南产名酒（似四川大曲酒），味醇而性烈。某日，先生饮酗。在座者行酒令，慈与芷塘所负，先生辄夺以代饮，并举当日在共和党纵酒骂袁、以致误事，种种趣事告唐，阖座大噱。既，饮至极醉，卧八邑会馆三日，头重不能起床，慨然曰："酒之误我又一次，从此誓不痛饮矣。"居半月余，慈与芷塘赴川。先生与蓂赓，则同赴贵州毕节。毕节设川滇黔三省军事指挥之总部故也。当启行时，先生制大纛，大书"大元帅府秘书长"名义，大逾莫赓主帅纛约三分之一。蓂赓之副官长以告蓂赓，但笑颔之。即令副官长随先生行，照料一切。滇黔旅行，非在正站，则食宿均不便，兵站供应均设正站，故大军尤应按站行。先生则随兴所至，或多行二三十里，或少行一二十里；且常索白兰地酒、大炮台烟，曰藉以驱瘴，不能得，则大怒。蓂赓每至站，必遣询副官长以太炎先生起居，或因逾站行，或尚未到站，故副官长常受窘，致被申斥。及抵毕节，副官长对人言：

"此行之罪受尽矣。"然先生对此副官长，颇有相当报酬，常为其父母题墓碑，及书应酬字，有求必应，副官长亦常以此自豪也。

同行赴毕节者，尚有桂籍议员王乃昌。某次因议事与先生忤，先生则操杖击之。

川中军事生变化，熊克武遣使请蒉赓移节重庆，以便指挥。时蒉赓为三省联军总帅也。蒉赓乃请先生先赴渝，与熊氏商军事。其时北政府，冯、段交恶，冯离京南下，至蚌埠，为倪嗣冲所阻，仍回北京。李纯者，冯系也，方督江苏。因之，主张渐与南方相近，与蒉赓电商，意欲于护法主张，稍取衷折之义，则北方直系，可与南政府共倒皖系。先生知期，乃电函络绎责蒉赓，不应有始无终、陷于不义，辞切直。蒉赓遣人致意，谓政治主张，固应坚定不移，然手段办法，似当多取途径，未能迳情直遂，望加原谅；且自暂必不负中山也。事过境迁之后，先生对蒉赓亦释然无间焉。此为民六在粤、滇各省言行之轶录也。

综论先生数十年间，在革命团体，与政治关系上，其能始终无间然者，只黎宋卿一人。常谓宋卿厚重诚笃，为革命团体中有数人物。最恨以党为标榜自图功名富贵之流，目之为蛀党虫云。

《制言半月刊》1936 年 9 月第 25 期

章太炎先生《在莒录》

刘成禺

丙辰六月，洪宪败亡，元洪继任，太炎先生出厄回沪。予送之车站。曰："愿先生勿忘在莒。"先生曰："子盍综两年来情形，纂《在莒录》，备不忘乎？"天丧斯文，学统废坠，《制言》诸友，移书白下，谓将刊大号，为先生年谱长篇之备录。予与吴君宗慈，自癸丑至丙辰，追随先生，始终其事，遂举所见所闻、所传闻者，掇择记事，汇钞成篇。除吴记已著录者，共存十二则，曰《在莒录》，纪先生语也。丙子六月刘成禺记。

癸丑冬，太炎先生有入京主持共和党之议。予谒先生于沪庐，力阻其行。谓："党员志趣复杂，保无以先生为饵者；先生虽笃信鄂人，鄂人亦未尽可信。"先生曰："不入虎穴，焉得虎子？徒乱人意，行计决矣。"

甲寅春入京，先生困坐化石桥共和党，见予曰："你湖北人设计卖我。"予曰："在沪曾劝先生，谓鄂人未可尽信。"先生持竿大拍曰："你不卖我。"

予返沪赴先生沪庐，谒汤夫人，报告先生起居。汤夫人曰：

"祈转语太炎先生，勿以家室为念。予居此奉母甚佳，我若入京，转累先生。"

先生移居龙泉寺之翌日，袁抱存亲送锦缎被褥，未面先生。先生觉窗隙有人窥探，牵帷视之，抱存也。入室，燃香烟，尽洞被褥，遥掷户外，曰："将去。"

一日至军政执法处，取许可证，往谒先生，询陆朗斋曰："闻执事遇太炎先生甚表敬意，护卫极周。都人皆云，先生乘车入龙泉寺，执事骑马前行，确乎？"朗斋曰："太炎先生不可得罪，用处甚大。他日太炎一篇文章，可少用数师兵马也。"

朗斋又曰"项城曾手示八条保护太炎先生：（一）饮食起居用款多少不计；（二）说经讲学文字，不禁传钞，关于时局文字，不得外传，设法消毁；（三）毁物骂人，听其自便，毁后再购，骂则听之；（四）出入人等，严禁挑拨之徒；（五）何人与彼最善，而不妨碍政府者，任其来往；（六）早晚必派人巡视，恐出意外；（七）求见者必持许可证；（八）保护全权完全交汝"云云。

洪宪元旦草诏，有人谓非太炎先生莫属者。项城曰："何必苦人所难？是速其死也。我不愿太炎为祢衡，我岂可为变相之黄祖乎？若此则太炎必为方孝孺矣。他日帝国勃兴，必有以处置太炎者，今非其时。"

移徐医生寓，来往人等，听其出入，只防范离京而已。意以为洪宪告成，非太炎文字，所能破坏。

洪宪时，先生传经三大弟子，皆在北京：曰黄侃，为赵智庵秘书长；曰钱玄同，教授北京大学；曰康宝忠，则筹安会代表，陕西劝进重要人物也。先生居龙泉寺及徐医生家，宝忠亦屡视起居。一日语宝忠曰："我未教尔劝人家做皇帝，汝何故反背师说？"宝忠曰："先生亦皇帝也。素王改制，加乎王心。先生执《春秋》之笔，行天子之事。项城不过借周室天子位，以洪宪元旦，为'元年春王周正月'耳。兴周故宋，黜周王鲁；笔削之权，仍属先生。"先生曰："周家天子姓姬，洪宪天子姓袁，汝何不直称之曰袁术？我已为彼贮蜜十斛，恐江亭呼唤，声力俱碎，一滴不能入口耳。尚欲闻蜜脾香乎？速去勿多言。"

丙辰元日，黎元洪派瞿瀛谒先生，代表贺年。先生问瞿曰："汝来奉王命乎，抑奉副总统命乎？"瞿曰："奉副总统命也。"先生曰："汝归语副总统，不久即继任扶正，决非长此位备储贰者。饶宓僧又可出作民政长矣。"（案：民二元洪被选副总统，答袁贺电有云："元洪位备储贰"，饶汉祥手笔也。时汉祥为鄂民政长，出示必自称"汉祥，法人也"。鄂人为联语云："副总统篡克定位，民政长是巴黎人。"故先生用是语诮之。先生讥黎诗："芝泉长为护储胥"句，亦本此故事。）

陆朗斋一日语人曰："太炎先生，今之郑康成也。黄巾过郑公乡，尚且避之。予奉极峰命，无论先生性情如何乖谬，必敬护之。否则是黄巾之不若也。"项城与朗斋，知先生文字，能转移天下，真苏子瞻语："古之所有，今所无也。"

先生喜以花生米佐酒，尤喜湖北花生来油炒者。居化石桥，先生每饮，必去花生蒂曰："杀了袁皇帝头矣。"大乐。后徐医生搜集油盐糖酱各种花生米以娱之，故与徐最善。

世载堂杂忆（节选）

刘成禺

章太炎师事孙诒让

瑞安孙仲容先生诒让，尊人琴西先生衣言，任湖北布政使时，与鄂中文士最善。仲容幼时随宦，琴西问仲容曰：汝喜读何书？将来治何书？仲容对曰：《周礼》。琴西曰：《周礼》难读，汉学家多讥为伪书，汝岂能断此公案？仲容曰：因难解难断，是以专治。鄂老辈多传此说。鄂人既刊仲容先生《墨子间诂》，又集楚学社刻其《周礼正义》。武昌举义后，《正义》后半未刻，夏斗寅主鄂，捐资属鄂老辈完成之，可见鄂人对孙氏父子之推重矣。瑞安孙氏姻戚居鄂者曰：仲容得美妇，能文，善治事，侍仲容居楼，上，七年未出门。楼唯夫妇能登，外无一人敢阑入。楼上置长桌十余，每桌面书卷纵横，稿书错杂，丹黄墨渍，袍袖卷帙皆满。写何条注，翻何书籍，即移坐某桌，日移座位，十余桌殆遍。篝灯入睡前，桌上书稿，夫人为清理之。外人只知仲容闭户著书，但不知所著何书。七年后，始知与夫人孜孜不倦者，即今日鄂刻之《周礼正义》也。《周礼正义》最精到处，先列各家之说，而以仲容总断为自成一家之定义。读其书，初观浩如烟海，细按则提要钩玄，洵近代治经独创体例之佳书也。张之洞督鄂，所不能致者二人，一为长沙王葵园先谦，一为瑞安孙仲容诒让，知先生学望之尊矣。

章太炎创革命排满之说，其本师德清俞曲园先生大不为然，曰：曲园无是弟子，逐之门墙之外，永绝师生关系。太炎集中，有《谢本师》文。当时太炎声望尚低，既弃于师，乃走海至瑞安，谒孙仲容先生。一谈即合，居仲容家半载。仲容曰：他日为两浙经师之望，发中国音韵、训诂之微，让子出一头地，有敢因汝本师而摧子者，我必尽全力卫子。是太炎又增一本师矣。故太炎集中，署名"荀漾"者，即孙诒让也。以"荀子"亦名"孙子"；诒让二字，反切为"漾"。仲容与太炎来往书札，皆用此姓名。仲容非笺注章句之儒，实通经致用之儒，鄂老辈与仲容父子最善，太炎亦与鄂近世学人最善。鄂人刻《周礼正义》而传太炎学派，其有息息相感召之意欤？

章太炎被杖

庚子事变后，康、梁公羊改制说盛行。张之洞本新派，惧事不成有累于己，乃故创学说，以别于康、梁。在纺纱局办《楚学报》，以梁鼎芬为总办，以王仁俊为坐办，主笔则余杭章太炎炳麟也。太炎为德清俞曲园高足弟子，著有《春秋左传读》一书，之洞以其尚左氏而抑公羊，故聘主笔政。予与江苏朱克柔、仁和邵仲威（伯纲之弟）、休宁程家柽，常问字于仁俊先生之门；仁俊先生曰：他日梁节庵与章太炎，必至用武；梁未知章太炎为革命党，其主张奴视保皇党，岂能为官僚作文字乎？

《楚学报》第一期出版，属太炎撰文，太炎乃为排满论凡六万言，文成，钞呈总办；梁阅之，大怒，口呼反叛反叛、杀头杀头者，凡百数十次。急乘轿上总督衙门，请捕拿章炳麟，锁下犯狱，按律制罪。予与朱克柔、邵仲威、程家柽等闻之，急访王仁俊曰：先生为《楚学报》坐办，总主笔为张之洞所延聘，今因排满论酿成大狱，朝廷必先罪延聘者，是张首受其累，予反对维新派者以口实。先生宜急上院，谓章太炎原是个疯子，逐之可也。仁俊上院，节庵正要求拿办；仁俊曰：章疯子，即日逐之出境可也。之洞语节庵，快去照办。梁怒无可泄，归拉太炎出，一切铺盖衣物，皆不准带，即刻逐出报馆；命轿夫四人，扑太炎于地，以四人轿两人直肩之短轿棍，杖太炎股多下，蜂拥逐之。太炎身外无物，朱、邵等乃质衣为购棉被，买船票，送归上海。陈石遗诗话某卷第二段，曾盲太炎杖股事，故太炎平生与人争论不决，只言"叫梁鼎芬来"，太炎乃微笑而已。

陈宧挽章太炎

章太炎民元往北京，一见参谋次长陈二盦，即曰：此中国第一等人物，然他日亡民国者，必此人也。闻者以为妄，而二盦恨之刺骨。其串通共和党胡、郑诸人诱章入京，安置龙泉寺，软禁北京，皆二盦所为也。太炎死，陈二盦亲作挽联，寄往苏州，联云："囊括大典，整齐百家，否岁值龙蛇，千载修名君比郑；人号三君，国推一老，抗颜承议论，世间北海亦知刘。"末联即指章太炎人物月旦语。

太炎死后，二盦在北京常语人曰：太炎云殁，世间无真知我陈某为何如人者，太炎真知我，我亦真知太炎。彼陆朗斋谓得章太炎作一篇文字，胜过用十万兵马，犹轻视太炎耳；我则谓太炎一语，足定天下之安危也。

陆朗斋，名建章，为袁世凯军政执法处处长。太炎被囚龙泉寺时，朗斋送之入寺，骑马前导过市。人问陆何故尊重太炎若此，陆曰：他日太炎为我草一檄文，我可少用十万兵马，安得不尊重？我对太炎曲尽礼貌，自为表示，不与陈二盦同流也。

近代学者轶事（节选）

……

王壬秋最精《仪礼》之学，平生不谈《仪礼》，人有以《仪礼》问者，王曰：未尝学问也。黄季刚曰：王壬老善匿其所长，如拳棒教师，留下最后一手。章太炎与人讲音韵、训诂，不甚轩昂，与人谈政治，则眉飞色舞。陈散原与人谈诗必曰：吾七十岁后已戒诗矣。求其写字，虽午夜篝灯，必勤勤交卷。黄季刚曰：是能用其所短。

凡著述大家，皆有平生用功夹带，手钞秘本，匿不示人。毛大可夫人曰：汝以毛三为有学问乎？皆实獭祭来也；谓从秘本脱画出之耳。陈散老作诗，有换字秘本，新诗作成，必取秘本中相等相似之字，择其合格最新颖者，评量而出之，故其诗多有他家所未发之言。予与鹤亭在庐山松门别墅久坐，散老他去，而秘本未检，视之，则易字秘本也。如"骑"字下，缕列"驾""乘"等字类，予等亟掩卷而出，惧其见也。章太炎有手钞秘本数十册，蝇头小楷，极精善，皆汉、魏以前最好文调，故其作文，渊雅古茂，有本原也；在北京为予等发见，几致用武。一日，太炎为人作文，末有"是真命也夫，君子"。予等曰：先生虽套用四书"吾知勉矣夫，小子"，究从先生秘本中得来，太炎怒目相视。

《世载堂杂忆》，中华书局 1960 年版

纪念先师章太炎先生

许寿裳

先师章先生是革命大家，同时是国学大师，其阶位卓绝，非仅功济生民而已，前世纪之末，士大夫或言变法，或言立宪，议论纷纷，淆乱民听，自先师以历史民族之义提倡光复，"首正大义，截断众流"，百折不挠，九死无悔，而后士民感慕，翕然从风，其于民国，艰难缔造，实为元功。

清失其鹿，民国肇兴。虽兵不血刃，百日而成，追惟事前经营之力，所以摩荡人心者，盖十有余年矣。炳麟不佞，始以历史民族之义提倡光复。时前总统孙公屏居日本，交游素寡，初与定交，同谋匡济。既而文字兴祸，絷于上海，海内为之激昂，幸得不死，东抵江户。以天之灵，黄农虞夏之佑我子孙，腾书驰说，不为四百兆人遐弃，内外喁喁，延颈望义。逮平辛亥，大义举于武昌，十有四省，应如反掌。夫惟历史民族之义，足以为全国斗杓，故举兵不为犯顺，推亡不为篡盗。……（民国三年《致袁世凯书》）

至于先师学术之大，前无古人，以朴学立根基，以玄学致广大。批判文化，独具慧眼，凡古近政俗之消息，社会都野之情状，华梵圣哲之义谛，东西学人之所说，莫不察其利病，识其流变，观其会通，穷其指归。"千载之秘，睹于一曙。"

> 庄生之玄，荀卿之名，刘歆之史，仲长统之政，诸葛亮之治，陆逊之谏，管宁之节，张机、范汪之医，终身以为师资。

> ……自揣平生学术，始则转俗成真，终乃回真向俗，世固有见谛转胜者邪。后生可畏，安敢质言。秦汉以来，依违于彼是之间，局促于一曲之内，盖未尝睹是也。乃若昔人所诮，专志精微，反致陆沈，穷研训诂，遂成无用者，余虽无腆，固足以雪斯耻。(《菿汉徽言》)

观此三段引文，语语核实，而先师之神解聪察，丰功伟绩，已可窥见一斑。若其闳眇之旨，精微之言，著于简策，长留天地，固非浅学如我者所宜妄赞也。今就于己有关者数事，约略述之，以存纪念。

我生也晚，民元前十一年（一九〇一），始由宋平子（名恕，后更名衡）师得闻先师之大名。时宋师掌教杭州求是书院，其教法迥异恒常，"取法象山，限规不立，经史子集任择从事"。对于先师之排满论，宋师阳为反对，阴实赞同，尝曰："枚叔文章，天下第一"，盖先师别号初为枚叔也。我此后得读《正仇满论》及改定本《訄书》，实由宋师启之，《訄书》当初多未了解，首受感动者，仅仅在《订文》之附录及《哀焚书》至《解辫发》数篇而已。《解辫发》有云：

> ……共和二千七百四十一年，秋七月，余年三十三矣。是时满洲政府不道，戕虐朝士，横挑强邻，戮使略贾，四维交攻，愤东胡之无状，汉族之不得职，陨涕涔涔曰：余年已立，而犹被戎狄之服，不违咫尺，弗能蠲除，余之罪也。将荐绅束发，以复近古，日既不给，衣又不可得。于是日，昔祁班孙，释隐玄，皆以明氏遗老，断发以殁。《春秋穀梁传》曰："吴祝发"，《汉书·严助传》曰："越劗发"，（晋灼曰："劗，张揖以为古翦字也。"）余故吴越间民，去之亦犹行古之道也。……

翦辫变夷，所关非浅，故亦必考据凿凿。全文在先师手订《检论》时已经删去。《訄书》之外，如《中夏亡国二百四十二年纪念会书》《驳康有为论革命书》等，皆我所百读不厌者。

民元前九年（一九〇三），以《驳康有为论革命书》有云："载湉小丑，未辨菽麦"，又尝为邹容所著《革命军》作序，先师遂与邹容俱被逮。时我在东京编辑《浙江潮》，常从蒋观云先生处，藉知先师狱中状况。一日，观云以先师狱中书视我，书后附写近作诗四首，我求抄以实《浙江潮》，观云即裁下予之。此我得观先师墨迹之始。原纸至今藏在行箧，弥可珍贵。诗录如下：

狱中赠邹容　闰月廿八日

邹容吾小弟，被发下瀛洲。

快剪刀除辫，干牛肉作糇。

英雄一入狱，天地亦悲秋。

临命须掺手，乾坤只两头。

狱中闻沈禹希见杀　六月十二日

不见沈生久，江湖知隐沦。

萧萧悲壮士，今在易京门。

螭魅羞争焰，文章总断魂。

中阴当待我，南北几新坟。

狱中闻湘人杨度被捕有感　六月十八日

神狐善埋掮，高鸟喜回翔。

保种平生愿，征科绝命方。

马肝原识味，牛鼎未忘香。

千载《湘军志》，浮名是锁缰。

衡岳无人地，吾师洪大全。

中兴诊诸将，永夜遂沈眠。

长策唯干禄，微言是借权。

藉君好颈子，来者一停鞭。

民元前六年（一九〇六）阳历六月二十九日，先师出狱，即日东渡至东京，发长过肩，肌体颇腴。闻因狱中食物无盐之故。七月十五日，留东学生在神田区锦辉馆开会欢迎，先师即席演说，其大意首述自己平生历史，次以涵养感情两事勉励大众：（一）"用宗教发起信心，增进国民的道德。"（二）"用国粹激动种性，增进爱国的热肠。"此我亲接先师音容之始。现将演说摘录数段于下：

兄弟少小的时候，因读蒋氏《东华录》，其中有戴名世、曾静、查嗣庭诸人的案件，便就胸中发愤，觉得异种乱华是我们心里第一恨事。后来读郑所南、王船山两先生的书，全是那些保卫汉种的话，民族思想，渐渐发达。但两先生的话，却没有甚么学理。自从甲午以后，略看东西各国的书籍，才有学理收拾进来。当时对着朋友，说这逐满独立的话，总是摇头，也有说是疯癫的，也有说是叛逆的，也有说是自取杀身之祸的。但兄弟是凭他说个疯癫，我还守我疯癫的念头。……大凡非常可怪的议论，不是神经病人，断不能想，就能想也不敢说，说了以后，遇着艰难困苦的时候，不是神经病人，断不能百折不回，孤行己意。所以古来有大学问，成大事业的，必得有神经病才能做到。……近来有人传说：某某是有神经病，某某也是有神经病，兄弟看来，不怕有神经病，只怕富贵利禄当面现前的时候，那神经病立刻好了，这才是要不得呢！略高一点的人，富贵利禄的补剂，虽不能治他的神经病，那艰难困苦的毒剂，还是可以治得的。这总是脚跟不稳，不能成就甚么气

候。兄弟尝这毒剂是最多的，算来自戊戌年以后，已有
七次查拿，六次都拿不到，到第七次方才拿到。以前三
次，或因别事株连，或是普拿新党，不专为我一人。后
来四次，却都为逐满独立的事。但兄弟在这艰难困苦的
盘涡里头，并没有一丝一毫的懊悔，凭你甚么毒剂，这
神经病总治不好。或者诸君推重，也未必不由于此。若
有人说，假如人人有神经病，办事必定瞀乱，怎得有个
条理？但兄弟所说的神经病，并不是粗豪卤莽，乱打乱
跳，要把那细针密缕的思想，装载在神经病里。譬如思
想是个货物，神经病是个汽船。没有思想，空空洞洞的
神经病必无实济，没有神经病，这思想可能自动的么？
以上所说，是略讲兄弟平生的历史。

至于近日办事的方法，一切政治、法律、战术等项，
这都是诸君已经研究的，不必提起。依兄弟看：第一要
在感情。没有感情，凭你有百千万亿的拿破仑，华盛顿，
总是人各一心，不能团结。当初柏拉图说："人的感情，
原是一种醉病。"这仍是归于神经病了。要成就这感情，
有两件事最是紧要的：第一是用宗教发起信心，增进国
民的道德。第二是用国粹激动种性，增进爱国的热肠。

先说宗教……孔教基督教既然必不可用，究竟用
何教呢？我们中国本称为佛教国，佛教的理论，使上智
人不能不信，佛教的戒律，使下愚人不能不信，通彻
上下，这是最可用的。但今日通行的佛教，也有许多的
杂质，与他本教不同，必须设法改良，才可用得。因为

净土一宗，最是愚夫愚妇所尊信的。他所求的，只是现在的康乐，子孙的福泽。以前崇拜科名的人，又将那最混账的《太上感应篇》《文昌帝君阴骘文》等，与净土合为一气，烧纸拜忏化符扶箕种种可笑可丑的事，内典所没有说的，都一概附会进去。所以信佛教的，只有那卑鄙恶劣的神情，并没有勇猛无畏的气概。我们今日要用华严法相二宗改良旧法。这华严宗所说，要在普度众生，头目脑髓都可施舍与人，在道德上最为有益。这法相宗所说，就是万法惟心，一切有形的色相，无形的法尘，总是幻见幻想，并非实在真有。近来康德、索宾霍尔诸公，在世界上称为哲学之圣。康德所说"十二范畴"纯是"相分"的道理。索宾霍尔所说"世界成立全由意思盲动"，也就是"十二缘生"的道理。却还有许多哲理，是诸公见不到的。所以今日德人，崇拜佛教，就是为此，在哲学上今日也最相宜。要有这种信仰，才得勇猛无畏，众志成城，方可干得事来。……有的说佛教看一切众生，皆是平等，就不应生民族思想，也不应说逐满复汉，殊不晓得佛教最重平等，所以妨碍平等的东西必要除去。满洲政府待我汉人种种不平，岂不应该攘逐？且如婆罗门教分出四姓阶级，在佛教中最所痛恨。如今清人待我汉人，比那刹帝利种虐待首陀更要利害十倍。照佛教说，逐满复汉，正是分内的事。又且佛教最恨君权。大乘戒律都说"国王暴虐，菩萨有权，应当废黜"。又说"杀了一人，能教众人，这就是菩萨行"。其余经论，王贼两项都是并举。所以佛是王子，出家为僧，他看做王就与做贼一样，这更与恢复民权的话相合。所以提倡佛教，为社会道德上起见，固是最要，为我们革命军的道德上起见，亦是最要。总望诸君同发大愿，勇猛无畏，我们所最热心的事，就可以干得起来了。

次说国粹。为甚提倡国粹？不是要人尊信孔教，只是要人爱惜我们汉种的历史。这个历史是就广义说的，其中可以分为三项：一是语言文字，二是典章制度，三是人物事迹。……

……第三要说人物事迹。中国人物，那建功立业的，各有功罪，自不必说。但那俊伟刚严的气魄，我们不可不追步后尘。与其学步欧美，总是不能像的，何如学步中国旧人，还是本来面目。其中最可崇拜的有两个人：一是晋末受禅的刘裕，一是南宋伐金的岳飞，都是用南方兵士，打胜胡人，可使我们壮气。至于学问上的人物，这就多了，中国科学不兴，唯有哲学，就不能甘居人下。但是程、朱、陆、王的哲学，却也无甚关系，最有学问的人就是周秦诸子……近代还有一人，这便是徽州休宁县人，姓戴名震，称为东原先生。他虽专讲儒教，却是不服宋儒，常说"法律杀人，还是可救，理学杀人，便无可救"。因这位东原先生，生在满洲雍正之末，那满洲雍正所作硃批上谕，责备臣下，并不用法律上的说话，总说："你的天良何在？你自己问心可以无愧的么?"只这几句宋儒理学的话,就可以任意杀人。世人总说雍正待人最为酷虐,却不晓是理学助成的。因此那个东原先生,痛哭流涕,做了一本小小册子。他的书上,并没有明骂满洲,但看见他这本书,没有不深恨满洲。这一件事,恐怕诸君不甚明了,特为提出。照前所说,若要增进爱国的热肠,一切功业学问上的人物,须选择几个出来,时常放在心里,这是最紧要的。就是没有相干的人,古事古迹,都可以动人爱国的心思。当初顾亭林要想排斥满洲,却无兵力,就到各处去访那古碑古碣传示后人,也是此意。……

此演说录,洋洋洒洒,长六千言,是一篇最警辟有价值之救国文字,全文曾登《民报》第六号。而《太炎文录》中未见收入,故特地多抄如上。现在中国虽称民国,而外侮益亟,民气益衰,一般国民之怯懦浮华,猥贱诈伪,视清末或且加甚,自非一面提倡佛教,"以勇猛无畏治怯懦心,以头陀净行治浮华心,以惟我独尊治猥贱心,以力戒诳语治诈伪心"(先师《答梦庵书》中语,见《民报》第二十一号),一面尊重历史,整理国故,其不善者改良之,善者顶礼膜拜之,以养成民族的自信力,前路茫茫,何能有济?

民元前四年(一九〇八),我始偕朱蓬仙(宗莱)、龚未生(宝铨)、朱遏先(希祖)、钱中季(夏,今更名玄同,名号一致)、周豫才(树人)、启明(作人)昆仲、钱均夫(家治),前往受业。每星期日清晨,步至牛込区新小川町二丁目八番地先师寓所，在一间陋室之内，师生席地而坐，环一小几。先师讲段氏《说文解字注》、郝氏《尔雅义疏》等，精力过人，逐字讲解，滔滔不绝，或则阐明语原，或则推见本字，或则旁证以各处方言，以故新谊创见，层出不穷。即有时随便谈天，亦复诙谐间作，妙语解颐；自八时至正午，历四小时毫无休息，真所谓"默而识之，学而不厌，诲人不倦"。其《新方言》及《小学答问》二书，皆于此时著成，即其体大思精之《文始》，初稿亦权舆于此。"……讨其类物，比其声均。音义相雠，谓之变易，义自音衍，谓之孳乳。坒而次之，得五六千名，虽未达神恉，多所缺遗，意者形体声类，更相扶胥，异于偏觭之议。若夫囪窠同语冏横一文，天即为颠，语本于囟；臣即为牵，义通于玄。屮出峬㞷，同种而禅；孔巨父互，连理而发。斯盖先哲之所未谕，守文者之所疴劳。亦以见仓颉初载，规摹宏远，转注假借，具于泰初。……"（《文始叙例》）凡所诠释，"形音义三，皆得俞脉"，豁然贯通，此先师语言文字学之成就，所以超轶清代诸儒。惜我听讲时间既短，所得又极微，次年三月，便因事告归耳。

民元前一年（一九一一），武昌起义后，先师归国，时发谠言，至民国三年，被袁世凯幽禁，愤而绝粒者二次，各至十余日，如曩昔之在西牢，后以爱女北来，又经友人及弟子环吁床前，始渐复食，其后见洪宪之逆谋渐著，益深痛恨。因生平于印度之中兴，期望至切，见诸文字者甚多，如云："……昔我皇汉刘氏之衰，儒术堕废，民德日薄，赖佛教入而持世，民复挚醇，以启有唐之盛。迄宋世佛教转微，人心亦日苟偷，为外族并兼勿能脱。如印度所以顾复我诸夏者，其德岂有量耶？臭味相同，虽

异族，有兄弟之好。……印度自被蒙古侵略，至今才六百岁，其
亡国不如希腊、罗马之阔远。振其旧德，辅以近世政治社会之
法，谁谓印度不再兴者！……（《送印度钵逻罕，保什二君序》）
又云："东方文明之国，荦荦大者，独吾与印度耳。言其亲也，
则如肺府，察其势也，则若辅车，不相互抱持而起，终无以屏蔽
亚洲。……"（《印度中兴之望》）五年三月，先师决意出游梵土，
赐书命我设法，我便就商于有力者某，托其进言，竟未有成，至
今耿耿。其书录于下方：

　　季茀足下：数旬不觌，人事变幻，闻伯唐辈亦已蜚
遁。今之政局，固非去秋所可同喻，羁滞幽都，我生靡
乐，而栋折榱崩，咎不在我，经纶草昧，特有异人，于
此两端，无劳深论。若云师法段干，偃息藩魏，虽有其
术，固无其时也。今兹一去，想当事又有遮碍，晓以实
情，当能解其忧疑耶。梵土旧多同志，自在江户，已
有西游之约，于时从事光复，未及践言。纪元以来，尚
以中土可得振起，未欲远离也。迩者时会倾移，势在不
救，旧时讲学，亦为当事所嫉。至于老庄玄理，虽有纂
述，而实未与学子深谈，以此土无可与语耳。必索解
人，非远在大秦，则当近在印度，兼寻迦释六师遗绪，
则于印度尤宜。以维摩居士之身，效慈恩法师之事，质
之当事，应无所疑。彼土旧游，如钵逻罕，鲍什诸君，
今尚无恙，士气腾上，愈于昔时远甚。此则仆所乐游
也。兹事既难直陈当事，足下于彼，为求一纳牖者，容

或有效。若以他事为疑，棋已终局，同归于尽可知矣。又安用疑人为？此问起居康健。章炳麟白。二十三日。

　　近年，先师讲学苏州，门徒大盛，我欲得有机会，重坐春风。却因奔走南北，未遑登门，而今已矣！宋师前瘁于民元前二年（一九一〇），先师哀其"怫郁以终"，又谓"……文辞多刺当世得失，常闭置竹笼中……其轶特魁垒之气，没世不可忘也"（《检论·对宋》）。今年六月十四日先师又遽捐馆舍。国丧典刑，吾将安仰？学术既亡，华实蔍剥，呜呼哀哉！

　　　　　　　　　　　　　　　　二十五年八月十四日

　　　　　　　《制言半月刊》1936 年 9 月第 25 期

章炳麟传

许寿裳

第一章　最近三百年来中国政治和学术的鸟瞰

第一节　绪言

一　革命元勋

章先生名炳麟，字枚叔，爱慕昆山顾炎武的为人，改名曰绛，别号太炎。是革命元勋，同时是国学大师。这个革命的意义是什么？只要一看那时代的背景，便可了然。先生以公元一八六八年（民国纪元前四四年，即清同治七年），生于浙江余杭县东乡，生年比国父小二岁。那时候，正是中英缔结不平等条约——《南京条约》后二十四年，英法联军攻破北京后八年，太平天国的运动被消灭后四年。从里面看，清政府的腐败一天厉害一天；从外面看，列强帝国主义的压迫一天沉重一天。但是当时士大夫们苟且偷安，懵然无觉。所谓优秀分子者，也不过或言变法，或谈立宪，议论纷纷，徒乱一般人民的视听。自从先生以历史民族之义提倡光复，"首正大义，截断众流"，又和国父相见定交，同谋革命，先生的文字鼓吹的力量，特别来得闳大壮美。因之遭逮捕，入幽牢，百折不挠，九死无悔，而后国民感慕，翕然从风。其于民国艰难缔造之功，国父而外，实为第一，所以称之曰"革命元勋"。

二　国学大师

至于章先生学术之大，也是前无古人。试看清一代的学术，惟有语言文字之学，就是所谓"小学"，的确超轶前贤，光芒万丈，其余多是不振。其原因就在满洲入关以后，用种种凶暴阴险的手段来消灭我们汉族的民族意识。我们看了足以惊心动魄，例如兴文字狱呀，焚书呀，删改古书呀，民多忌讳，所以歌诗、文史趋于枯窳；愚民策行，所以经世实用之学也复衰竭不堪。使一般聪慧的读书人，都只好钻入故纸堆中做那考据训诂的学问。独有先生出类拔萃，虽则他的入手功夫也是在小学，然而以朴学立根基，以玄学致广大，批判文化，独具慧眼，凡古今政俗的消息，社会文野的情状，中、印圣哲的义谛，东西学人的所说，莫不察其利病，识其流变，观其会通，穷其指归。"千载之秘，睹于一曙。"这种绝诣，在清代三百年学术史中没有第二个人，所以称之曰国学大师。

三　中华民国国名的解释

章先生的地位，无论在中国学术史上，或在中国革命史上都是卓绝的。我们有国父和先生才有革命，有革命才有"中华民国"。要晓得我们的中华民国之称，尚系发源于先生的《中华民国解》。现在录一节如下：

　　中国之名，别于四裔而为言。印度亦称摩伽陀为中国，日本亦称山阳为中国，此本非汉土所独有者。就汉土言汉土，则中国之名，以先汉郡县为界。然印度、日本之言中国者，举中土以对边郡；汉土之言中国者，举领域以对异邦，此其名实相殊之处。诸华之名，因其民族初至之地而为言。世言昆仑为华国者，特以他事比拟得之。中国前皇曾都昆仑以否，史无明征，不足引以为质。然神灵之胄自西方来，以雍、梁二州为根本。宓牺生成纪，神农产姜水，黄帝宅桥山，是皆雍州之地；高阳起于若水，高辛起于江水，舜居西城（原注：据《世本》，西城为汉中郡属县，故公孙尼子言舜牧羊于汉阳。据《地理志》，汉中郡褒中县有汉阳乡），禹生石纽，是皆梁州之地。观其帝王所产，而知民族奥区，斯为根极。雍州之地，东南至于华阴而止；梁州之地，东北至于华阳而止。就华山以定限，名其国土曰华，则缘起如是也。其后人迹所至，遍及九州。至于秦、汉，则朝鲜、越南皆为华民耕稼之乡，华之名于是始广。华本国名，非种族之号。然今世已为通语，世称山东人为侉子者，侉即华之遗言矣。正言种族，宜就夏称。《说文》云："夏，中国人也。""蛮夷猾夏"，《帝典》已有其文，知不起于夏后之世。或言远因大夏，此亦与昆仑华国同类。质以史书，夏之为名，实因夏水而得。是水或谓之夏，或谓之汉，或谓之漾，或谓之沔，凡皆小别互名；本出武都，至汉中而始盛，地在雍、梁之际。因水以为族名，犹生姬水者之氏姬，生姜水者之氏姜也。夏本族名，非邦国之号，是故得言诸夏。其后因族命地，而

关东亦以东夏著。下逮刘季，抚有九共，与匈奴、西域相
却倚，声教远暨，复受汉族之称，此虽近起一王，不为典
要；然汉家建国，自受封汉中始，于夏水则为同地，于华
阳则为同州，用为通称，适与本名符会。是故华云，夏
云，汉云，随举一名，互摄三义。建汉名以为族，而邦国
之义斯在；建华名以为国，而种族之义亦在。此中华民国
之所以谥。

（《太炎文录·别录卷一》）

由此可知华是国名，原于华山。雍、梁二州，中间以华山山
脉为界（秦岭山脉应正名为华山山脉）。我们的祖先开国，本以
这二州做根据。故就华山山脉以定方位，而名其国土曰华。夏是
族名，《说文》训中国之人。因为本是族名，并非邦国之号，所
以得称诸夏。国父说过："民族主义就是国族主义，在中国是适
当的，在外国便不适当。"这句遗训，于今于古，都是恰当的。
我们从古以来，自称华夏。华夏二字连称，便可作为国父所说
"民族主义就是国族主义"的一个实证。又得先生这样明白的解
释，使人豁然贯通，真可谓之"相得益彰"。

第二节　满洲政府的罪恶

四　满洲盗有中夏

满洲爱新觉罗氏是女真的遗族，自从努儿哈赤起兵，蚕食
邻部，其子皇太极入据全辽，我国适有流寇之乱，开门揖盗。
于是多尔衮、福临父子，乘隙而入，宰割我国土，屠戮我人民，

盗窃我政权，卒使黄帝遗胄，沦为奴隶者二百六十七年，四海
困穷，救死不给。即如康熙中叶，人们每艳称为家给人足，但
按其实际，何尝是如此！唐甄生当其时，他的《潜书·存言篇》
有云："清兴五十余年矣，四海之内，日益困穷……中产之家，
尝旬月不观一金，不见缗钱，无以通之。故农民冻馁，丰年如
凶。良贾无筹，行于都市，列肆焜耀，冠服华朊，入其家室，
朝则卤无烟，寒则蝟体不伸。吴中之民，多鬻男女于远方，……
遍满海内矣。"所谓最盛时期，富庶地方尚且是这样，其余更可
想见了。

五　政俗十四大罪

清政府统治，稔恶盈贯，章先生写其肆虐的情形，历历如
画，兹录一节如下：

>……今将数虏之罪，我中华国民其悉心以听：昔
> 拓跋氏窃号于洛，伐北群胡，犹不敢陵轹汉族。虏以要
> 害之地，建立驻防，编户齐民，岁供甲米，是有主奴之
> 分，其罪一也。既据燕都，征固本京饷以实故土，屯积
> 辽东，不入经费；又镕金巨亿，贮之先陵，穿地藏资，
> 行同盗贼，故使财币不流，汉民日匮，无小无大，转于
> 沟壑，其罪二也。诡言仁政，永不加赋，乃悉收州县耗
> 羡以为己有，而令州县恣取平余；其余厘金夫马杂税之
> 属，岁有增加，外窃仁声，内为饕餮，其罪三也。自流
> 寇肆虐，遗黎彫丧，东南一隅，犹自完具。虏下江南，

遂悉残破。南畿有扬州之屠、嘉定之屠、江阴之屠，浙江有嘉兴之屠、金华之屠，广东有广州之屠；复有大同故将，仗义反正，城陷之后，丁壮悉诛，妇女毁郭，汉民无罪，尽为鲸鲵，其罪四也。台湾郑氏，舟师入讨，惧海滨居民之为乡导，悉数内迁，特申海禁，其后海外侨民为荷兰所戮者三万余人，自以开衅中华，上书谢罪。大酋弘历，悉置不问，且云寇盗之徒，任尔殄灭，自是白人始快其意。遂令南洋侨民，死亡无日，其罪五也。昔胡元入寇，赵氏犹有瀛国之封，宗室完具，不失其所。满洲戕虐弘光，朱氏旧宗，剿灭殆尽。延恩赐爵，只以欺世，其罪六也。胡元虽虐，未有文字之狱，自知貉子干纪，罪在不赦，夷夏之念，非可划绝。满洲玄烨以后，诛求日深，反唇腹诽，皆肆市朝。庄廷钺、戴名世、吕留良、查嗣庭、陆生楠、汪景祺、齐周华、王锡侯、胡中藻等皆以议论自恣，或托讽刺国，诗歌字书之间，虏遂处以极刑，诛及种嗣；展转相牵，断头千数，其罪七也。前世史书之毁，多由载笔直臣，书其虐政，若在旧朝，一无所问。虏以人心思汉，宜所遏绝，焚毁旧籍八千余通，自明季诸臣奏议、文集而外，上及宋末之书，靡不烧灭，欲令民心忘旧，习为降虏，其罪八也。世奴之制，普天所无。虏既以厮役待其臣下，汉人有罪，亦发八旗为奴，仆区之法，有逃必戮。诸有隐匿，断斩无赦，背逆人道，苛暴齐民，其罪九也。法律既成，即当遵守，军容国容，互不相入。虏既多设条例，务为纠葛，督抚在外，一切以便宜从事。近世乃有就地正法之制，寻常私罪，多不覆按。府电朝下，囚人夕诛，好恶因于郡县，生杀成于墨吏，刑部不知，按察不问，遂令刑章枉桡，呼天无所。其罪十也。警察之设，本以禁暴诘奸，虏既利其虚名，因以自煽威虐。狙伺所及，后盗贼而先士人；淫威所播，舍奸宄而取良奥。朝市骚烦，道路侧目。其罪十一也。犬羊之性，父子无别。多尔衮以盗嫂为美谈，玄烨以淫妹为法制。其他烝报，史不绝书。汉士在朝，习其淫慝。人为雄狐，家有麀鹿。使中夏清严之俗，扫地无余。其罪十二也。官常之败，恒由贿赂，前世赃吏，多于朝堂杖杀，子姓流窜，不齿齐民。虏有封豕之德，卖官鬻爵，著在令典；简任视事，率由苞苴。在昔大酋弘历，常善任用贪墨，因亦籍没其家，以实府藏。盗风既长，互相什保。以官为贾，以法为市，子姓亲属，因缘为奸，幕僚外壁，交伍于道。官邪之成，为古今所未有。其罪十三也。毡笠绛缨以为帽，端罩箭衣以为服。索头垂尾以为鬘，鞅靮璎珞以为饰。往时以蓄发死者遍于天下，至今受其维絷，使我衣冠礼乐，夷为牛马。其罪十四也。……

（《太炎文录》卷二《讨满洲檄》）

第三节　民族主义的沦没

六　文字狱

国父说："民族主义这个东西，是国家图发达和种族图生存的宝贝。中国到今日已经失去了这个宝贝。……并且不只失去了一天，已经失去了几百年。"这是说我们的民族主义被清政府消灭了的痛史。其所用以消灭的方法不一，有软的，有硬的。前者示恩，如开博学鸿辞科之类以牢笼士人；后者示威，如屡兴文字狱、焚书及删改古书之类以毁坏历史。兹仅将后者三项，分节略述：

文字狱的案件甚多，不仅由于讥刺清朝，所谓"反动"而已。亦有出言隔膜，或乡曲迂儒，不识忌讳，或草野愚民，关心皇室，然其运命大抵悲惨。现在此类档案，已由故宫博物院陆续刊布。这里仅就上节述及的关系民族思想的庄廷鑨等九人之狱，略叙述如下：

（一）庄廷鑨《明史》之狱。廷鑨，浙江人。编《明史辑略》，于清廷的事概施直笔，为归安知县吴之荣所揭发，时廷鑨已卒，乃戮其尸，株连死者七十余人。

（二）戴名世《南山集》之狱。名世，安徽人。《南山集》多采取方孝标所记，并用永历年号，遂处以极刑，族皆弃市。

（三）吕留良选文之狱。留良，浙江人。评选时文，内有论夷夏之防。国亡著书，多种族之感。雍正时，以曾净狱牵涉，至于戮尸，株连甚众。

（四）查嗣庭试题之狱。嗣庭，浙江人，为江西正考官。试题曰："维民所止。"讦者谓此"维止"二字，是取"雍正"二字而去其头。胤禛帝竟谓其逆天负恩，并且迁怒于浙江全省的士子，谓恐其效尤，乃停乡、会试若干年。此亦一段清代考试的史料。嗣庭死于狱，仍被戮尸。

（五）陆生楠论史之狱。生楠，广西人，著《通鉴论》十七篇。胤禛谓其借古诽今，殽乱国事，乃被杀于军前。

（六）汪景祺作诗之狱。景祺，浙江人，随年羹尧为记室，作《西征随笔》。胤禛谓其作诗讥讪圣祖，大逆不道，立斩枭示，其妻子发往黑龙江，给穷披甲为奴。

（七）齐周华刻书之狱。周华，浙江人，好游览，有《五岳游草》，足迹遍天下。以保吕留良，刻其书，磔于市。

（八）王锡侯字书之狱。锡侯，江西人，作《字贯》一书，于《康熙字典》多所纠正。胤禛以其凡例内将庙讳及御名开列，就算不敬，治以大逆之罪。

（九）胡中藻诗钞之狱。中藻，广西人，鄂尔泰门生。鄂与张廷玉二人互相龃龉，朝官依傍门户者，彼此攻讦，倾轧不已。弘历帝深恶之，因欲借文字狱以示惩儆。中藻所刻诗曰《坚磨生诗钞》，弘历乃指中藻以此自号，为有心谋逆，且寻摘诗词中疑似的字句，指为谤讪诋毁，遂被弃市。

七 焚书

焚书亦是十四大罪之一。国父说："所有关于记载满洲、匈奴、鞑靼的书，一概定为禁书，通通把它消灭，不准人藏，不准人看。"因为弘历假奖励文化的美名，行察勘禁书的私意，所以章先生揭发其隐，并列举书名及著者甚详，今摘录一段如下：

……自满洲乾隆三十九年，既开四库馆，下诏求书，命有触忌讳者毁之。四十一年，江西巡抚海成献应毁禁书八千余通，传旨褒美，督他省催烧益急。自尔献媚者蜂起。初下诏时，切齿于明季野史。（原注：谕曰：
"明季末造，野史甚多，其间毁誉任意，传闻异辞，必
有诋触本朝之语。正当及此一番查办，尽行销毁，杜遏
邪言，以正人心，而厚风俗。"）其后四库馆议，"虽宋
人言辽、金，明人言元，其议论偏谬尤甚者一切拟毁。"
及明隆庆以后，诸将相献臣所著奏议、文录，若高拱
《边略》，张居正《太岳集》，申时行《纶扉简牍》，叶
向高《四夷考》《蘧编》《苍霞草》《苍霞余草》《苍霞续
草》《苍霞奏草》《苍霞尺牍》，高攀龙《高子遗书》，
邹元标《邹忠介奏疏》，杨涟《杨忠烈文集》，左光斗
《左忠毅公集》，缪昌期《从野堂存稿》，熊廷弼《按
辽疏稿》《书牍》《熊芝冈诗稿》，孙承宗《孙高阳集》，
倪元璐《倪文正遗稿》《奏牍》，卢象昇《宣云奏议》，
孙传庭《省罪录》，姚希孟《清閟全集》《沆瀣集》《文
远集》《公槐集》，《公槐集》中有《建夷授官始末》一
篇，马世奇《澹宁居集》诸家，丝帙寸札，靡不燃薪。
虽茅元仪《武备志》，不免于火（原注：《武备志》今
存者，终以诋斥尚少，故弛之耳）。厥在晚明，当弘光、
隆武，则袁继咸《六柳堂集》、黄道周《广百将传注》、
金声《金太史集》；当永历及鲁王监国，则钱肃乐《偶
吟》，张肯堂《寓农初议》，国维《抚吴疏草》，煌言
《北征纪略》；自明之亡，一二大儒，孙氏则《夏峰集》，
顾氏则《亭林集》《日知录》，黄氏则《行朝录》《南雷
文定》，及诸文士侯、魏、丘、彭所纂述，皆以诋触见

烬。其后纪昀等作《提要》，孙、顾诸家稍复入录，而
颇去其贬文。或曰朱、邵数君子实左右之。然隆庆以
后，至于晚明，将相献臣所著，靡有孑遗矣！其他遗闻
轶事，皆前代逋臣所录，非得于口耳传述，而被焚毁者
不可胜数也。……乾隆焚书无虑二千种，畸重记事，奏
议、文献次之。……

（《检论》卷四《哀焚书》）

八　删改古书

国父说："到了乾隆时代，连满、汉两个字都不准提起了，把
史书都要改过，凡是当中关于宋、元历史的关系和明、清历史的
关系，通通删去。"同门鲁迅也说："乾隆朝的纂修《四库全书》，
是许多人颂为一代之盛业的。但他们却不但捣乱了古书的格式，
还修改了古人的文章；不但藏之内廷，还颁之文风颇盛之处。"鲁
迅因为手头没有《四库全书》可查，而《四部丛刊续编》中，多
系影宋刊本或旧抄本，还保存着清暗杀中国著作的案卷，所以他
举出两部书：（一）宋洪迈的《容斋随笔》至五笔。（二）宋晁说
之的《嵩山文集》。洪氏书，据张元济跋，其中有三条就为清代
刻本所没有。例如《容斋三笔》卷三里的《北狄俘虏之苦》：

元魏破江陵，尽以所俘士民为奴，无分贵贱，盖北
方夷俗皆然也。自靖康之后，陷于金虏者，帝子王孙，
官门仕族之家，尽没为奴婢，使供作务。每人一月支稗
子五斗，令自舂为米，得一斗八升，用为糇粮；岁支麻

五把，令缉为裘。此外更无一钱一帛之入。男子不能缉者，则终岁裸体。虏或哀之，则使执爨，虽时负火得暖气，然才出外取柴归，再坐火边，皮肉即脱落，不日辄死。惟喜有手艺，如医人绣工之类，寻常只团坐地上，以败席或芦藉衬之，遇客至开筵，引能乐者使奏技，酒阑客散，各复其初，依旧环坐刺绣，任其生死，视如草芥。……

至于《嵩山文集》，卷末就有单将《负薪对》一篇和四库本相对比，以见一斑的实证。现在摘录几条在下面，大抵非删则改，语意全非——

旧抄本	四库本
金贼以我疆场之臣无状，斥堠不明，遂豕突河北，蛇结河东。	金人扰我疆场之地，边城斥堠不明，遂长驱河北，盘结河东。
犯孔子《春秋》之大禁。	为上下臣民之大耻。
以百骑却虏枭将。	以百骑却辽枭将。
彼金贼虽非人类，而犬豕亦有掉瓦恐怖之号，顾弗之惧哉！	彼金人虽甚强盛，而赫然示之以威令之森严，顾弗之惧哉！
我取而歼焉可也。	我因而取之可也。
太宗时，女真困于契丹之三栅，控告乞援，亦卑恭甚矣。不谓敢眦睨中国之地于今日也。	太宗时，女真困于契丹之三栅，控告乞援，亦和好甚矣。不谓竟酿患滋祸一至于今日也。

忍弃上皇之子于胡虏乎？　　　　忍弃上皇之子于异地乎？

何则？夷狄喜相吞并斗争，是其犬羊猣吠咋啮之性也。唯其富者最先亡，古今夷狄族帐，大小见于史册者百十，今其存者一二，皆以其财富而自底灭亡者也。今此小丑不指日而灭亡，是无天道也。

褫中国之衣冠，复夷狄之态度。　　　　遂其报复之心，肆其凌侮之意。

取故相家孙女姐妹，缚马上而去，执侍帐中，远近胆落，不暇寒心。　　　　故相家皆携老襁幼，弃其籍而去，禁掠之余，远近胆落，不暇寒心。

鲁迅说："即此数条，已可见'贼''虏''犬羊'是讳的；说金人的淫掠是讳的；'夷狄'当然要讳，但也不许看见'中国'两个字，因为这是和'夷狄'对立的字眼，很容易引起种族思想来的。但是这《嵩山文集》的钞者不自改，读者不自改，尚存旧文，使我们至今能够看见晁氏的真面目。"

（《鲁迅全集·且介亭杂文——病后杂谈之余》）

综观以上三节，都是清政府用来消灭汉人的民族意识，使对于历史文化，不致发观生感；也使后世对于满洲的秽德，无从知道。其藏身之固，防汉之术，可谓周密！哪里知道一到晚清，他们的阴谋完全暴露，我们民族意识的潜力也重新发芽了。

第四节　帝国主义的猖狂

九　外患纷呈

清代的内政既极腐败，以至外患纷呈，国权日蹙。中间以鸦片战争《南京条约》的订立，为画定外交新局面的界线。前乎此者是自尊自大，看不起外国人；后乎此者是一味屈辱，造成无数国耻。每当割土地、丧权利的时候，满洲政府所持唯一的政策是"宁与仇人，不与家奴"。其侮辱我们全体汉族为"家奴"，丧心病狂，一至于此！现在先把鸦片战争以后外患的年代，列一简表如下：

一八四二年（清道光二十二年）鸦片战争结局，与英议和，订《南京条约》，割香港，许五口通商，是为中国对外第一次之失败。

一八五七年（咸丰七年）英法同盟军陷广州。翌年至天津，陷大沽炮台。一八六〇年再至天津，陷通州，入北京，毁圆明园，奕䜣帝避难热河，为外兵侵入国都之第一次。

一八七九年（光绪五年）日本灭琉球。

一八八〇年曾纪泽出使俄国，议改收还《伊犁条约》。

一八八二年与俄定《喀什噶尔东北界约》。

一八八四年中法战起，翌年议和，失安南。

一八八六年与英订缅甸条约，失缅甸。

一八九三年英法共谋暹罗，废止入贡。

一八九四年中日战起，翌年马关议和，割台湾、澎湖列岛，失朝鲜。

一八九七年德占胶州湾。

一八九八年俄借旅顺、大连。英租威海卫。

一八九九年法占广州湾。

一九〇〇年八国（英、俄、日、法、德、奥、美、意）联军入北京，载湉帝避难西安。翌年订《辛丑和约》。

一九〇三年日俄战起，以我东三省为战场。

一九〇五年与日订《满洲协约》。

一九一〇年（宣统二年）外蒙库伦携贰。日本并灭朝鲜。

一九一一年英兵侵据片马。

综观由鸦片战争到辛亥革命，中国的国际关系可以分成三个时期：（一）自鸦片战争到中日战争，而《天津条约》又是其中的一个关键。（二）自中日战争到八国联军，而《马关条约》实为改变中日过去平等关系为不平等关系的枢纽。（三）《辛丑和约》以后。在（一）时期，帝国主义者在中国作平行的竞争；在（二）时期，他们由平行转入对峙，英日同盟与俄法同盟就是国际对峙的产物；在（三）时期，八国联军之后，国际对峙的形势，更盘旋于门户开放与共同瓜分的两种政策之间。门户开放政策，首倡者为美国，而英国和之。然而日本不甘心辽东半岛的退让，而帝俄在东北亦继续其独占的企图。于是有一九〇三年日俄在中国领土之内的东三省鏖战，以划分其势力范围的国耻。而日本亦从此遂树立了它的大陆政策的初基，以为今日为祸于亚洲和世界的起点。

十　国权日蹙

国权日蹙的要目，如割地，如租界，如势力范围、租借地，如使馆界，如领事裁判权，如外国军队驻扎权、军舰行驶停泊权，如海关税务管理权、关税协定权，如沿海贸易权、内河航行权，如铁路建筑权，如矿山开采权，如设厂制造权等等，其影响所及，使我国家民族在政治、经济各方面，无不颓风外暴，危机内伏，国将不国，民亦非民，几将毁灭我再生的基础，杜绝我复兴的根源，实为历史先例之所无。

章先生尝谓列强帝国主义的凶暴，甚于清政府。二者均应攘除，然不能不先其所急，而以推翻清为首要。有云："哀我汉民，宜台宜隶，鞭棰之不免而欲参与政权，小丑之不制而期捍御哲族，不其忸乎？"

（《太炎文录》卷二《中夏亡国二百四十二年纪念会书》）

第五节　固有学术的消沉

十一　清代学术的畸形发达

清代学术，惟有小学昌明，余多不振，绪言中已发其端。这种学术上的畸形发达，就因为在满洲统治之下，顾忌太多的缘故。鲁迅说："说起清代的学术来，有几位学者总是眉飞色舞，说那发达是为前代所未有的。证据也真够十足：解经的大作层出不穷，小学也非常的进步；史论家虽然绝迹了，考史家却不少；尤其是考据之学，给我们明白了宋、明人绝没有看懂的古书。……我每遇到学者谈起清代的学术时，总不免同时想：'扬州十日''嘉定三屠'，这些小事情，不提也好罢；但失去全国的土地，大家十足做了二百五十年的奴隶，却换得这几页光荣的学术史。……"（《花边文学——算账》）言之极为沉痛。有人以为满清一代，国学渊微，发明已备，后生只要追踪前修，无须更事高深。此乃浅见之言，其实缺陷正多着呢！考史者虽则留心于地理、官制，而其他如姓氏、刑法、食货、乐律之学，却无一不见衰微。章先生有云：

姓氏之学，自《元和姓纂》以降，郑樵亦粗明其统绪；至邓氏《辩证》，渐确凿矣。元、明以降，转变增损，又益繁多，未见近代有治此者也（原注：《元史·民族志》别是一种）。刑法之学，旧籍惟《唐律》为完，汉、晋、南北朝之事，散在史传，如补兵以减死，督责以代仗，又皆律外方便之门，皆当校其异同，评其利病，又未见近代有治此者也。食货之学，非独关于租赋，而权度之大小，钱币之多少，垦田之盈诎，金银粟米之贵贱，皆与民生日用相系，此不可不论列者，又未见近代有治此者也。乐律之学，略有端倪，陈氏《通义》，发明荀勖之学，可谓精且博矣。然清康熙朝所审定者，丝声倍半相应，竹声倍半不相应，相应者乃八与一，九与四。其言人气折旋，必有度数，皆由证验所明，更谓丝器不可以名律吕，亦可谓得理者。而陈君犹取倍半相应之说，两者孰是？必听音而后知之，非衍算所能尽理，又未有商略是非者也。斯四术者，所包闳远，三百年中，何其衰微也！此皆实事求是之学，不能以空言乱者，既尚考证，而置此弗道乎？

（章先生《自述学术次第》）

十二　先生学术的精深独到

先生更进言清代的小学与玄理，并且自述其独到之处，与下文第十三节所引可以互参。其言云：

近世小学，似若甚精，然推其本则未究语言之原，明其用又未综方言之要。其余若此类者，盖亦多矣。若夫周、秦九流，则眇尽事理之言，而中国所以守四千年之胙者。玄理深微，或似佛法，先正以邹鲁为衡，其弃置不道，抑无足怪。乃如庄周天运，终举巫咸，此即明宗教惑人所自始。惠施去尊之义，与名家所守相反。子华子迫生不若死之说，又可谓管乎人情矣。此皆人事之纪，政教所关，亦未有一时垂意者。汪容甫略推墨学，晚有陈兰甫始略次诸子异言，而粗末亦已甚。此皆学术缺陷之大端，顽鄙所以发愤。古文经说，得孙仲容出，多所推明。余所撰者，若《文始》《新方言》《齐物论释》，及《国故论衡》中《明见》《原名》《辨性》诸篇，皆积年讨论，以补前人所未举……

（《自述学术次第》）

综观以上所述，清政府的罪恶，帝国主义的猖狂既如彼，民族主义的沦没，固有学术的消沉又如此，在这暗无天日的中间，忽然现出了光明的救星，这便是章先生所负的使命。换句话说，便是救中国——光复中华，振兴学术——的事业。其所完成的，不但和曾国藩这一派的洋务，康有为这一派的变法截然不同，就是和梁启超的运动，有志革命而仍徘徊于君主立宪的，也根本有别。这是先生伟大的所在。

第二章　革命元勋的章先生

第六节　幼年期的民族思想

十三　幼年的民族思想和外祖的启发

古来伟大的天才，其萌芽每见于幼年时期，但亦须有启发导引之人，知所爱护，不使它中途摧折，才能欣欣向荣，开灿烂无比的花，结硕大无朋的果。所谓"小时了了，大未必佳"者，大概由于环境或教育违背了自然，不能遂其发展的缘故。章先生从小聪慧，读书多悟，内心所含的民族主义的种子发芽最早，愤满洲统治之虐，明《春秋》夷夏之防，而又有外祖朱有虔及时启导。在先生十一二岁的时候，外祖就把蒋氏《东华录》中曾静案，讲给他听，并且说夷夏之防不可不严。

先生便问："以前的人有谈过这种话没有？"

朱答："王船山、顾亭林已经谈过，尤其王氏的话，真够透彻，说道：'历代亡国，无足轻重；只有南宋之亡，则衣冠文物亦与之俱亡了。'"

先生说："明亡于清，反不如亡于李闯。"

朱答："现在不必作此说。如果李闯得了明的天下，闯虽不是好人，他的子孙却未必都是不好的人，但现在不必作此说。"

（参阅朱希祖所记《本师章太炎先生口述少年
事迹》）

章先生的民族主义伏根之早如此！年十三四，就能够读《东华录》，年二十就读全祖望文，于郑成功事，愤然欲与清拼命。

十四　民族思想的发达和运用

可是返观当时一般的情形，大不相同。凡是反对革命最烈的人，都是反对民族主义的。如康有为（《章先生痛驳康氏》见第七节）、如杨度便是。杨度曾做了一篇《金铁主义说》，反对民族主义，其大意略说：中国云者，以中外别地域之远近也；中华云者，以华夷别文化之高下也。即此以言，则中华之名词，不仅非一地域之国名，亦且非一血统之种名，乃为一文化之族名。故《春秋》之义，无论同姓之鲁、卫，异姓之齐、宋，非种之楚、越，中国可以退为夷狄，夷狄可以进为中国，专以礼教为标准，而无有亲疏之别。其后经数千年混杂数千百人种，而其称中华如故。先生本其卓识，发为鸿之，痛斥杨氏之有三惑，最足以看出先生民族思想的发达和运用。其言曰：

为是说者，盖有三惑：一曰未明于托名标识之事，而强以字义反傅为言。夫华本华山，居近华山而因有华之称。后代华称既广，忘其语原，望文生训，以为华美，以为文明，虽无不可，然非其第一义，亦犹夏之训大，皆后起之说耳。……今夫蛮夷戎狄，固中国所以表别殊方者。其始画种为言，语不相滥，久之而旃裘引弓之国，皆得被以斯名。胡本东胡、久之而称匈奴者亦谓之胡，久之而称西域者亦谓之胡，番本吐蕃，久之而称回部者亦曰西蕃，久之而称台湾之野人者亦曰生番。名既滥矣，而不得谓同称者即为同国同族。况华之名，犹未同也。特以同有文化，遂可混成为一，何其奢阔而远于事情耶？二曰援引《春秋》以诬史义。是说所因，起于刘逢禄辈，世仕满洲，有拥戴虏酋之志，而张大《公羊》以陈符命，尚非《公羊》之旧说也。按中国自汉以上，视蛮、闽、貉、狄诸族，不比于人，故夷狄无称人之例。《春秋》尝书邢人，狄人伐卫，齐人、狄人盟于邢，《公羊》不言其义。夫引异类以剪同族，盖《春秋》所深诛。狄不可人而邢人、齐人人之，则是邢人、齐人自侪于狄也。非进狄人，实以黜邢人、齐人。《老子》有言，正言若反。观于《春秋》书狄为人，其言有隐，其声有哀，所谓志而晦哉……夫弃亲昵而媚诸夷，又从而则效之，则宜为人心所深嫉。今人恶范文程、洪承畴、李光地、曾国藩辈，或更甚于满洲，虽《春

秋》亦岂有异是？若专以礼教为标准者，人之无道，
至乎杀父烝母而极矣。何《春秋》之书此者，亦未尝
贱之如狄也……夫子本楚之良家，而云楚为非种，以
忧劳主父，效忠穷庐故，遂不惮污辱其乡人，虑大义
灭亲之太过也。盖《春秋》有贬诸夏以同夷狄者，未
有进夷狄以同诸夏者。杞用夷礼，则示贬爵之文。若
如斯义，满洲岂有可进之律？正使首冠翎顶爵号已图
鲁者，当退黜与夷狄等耳。三曰弃表谱实录之书，而
以意为衡量，如彼谓混淆殊族至千百种，历久而称中
华如故是也。夫言一种族者，虽非铢两衡校于血统之
间，而必以多数之同一血统者为主体。何者？文化相
同，自同一血统而起，于此复有殊族之民，受我抚
治，乃得转移而翕受之。若两血统立于对峙之地者，
虽欲同化莫由……或曰：若如是，则满洲人亦居少数
而已，稍稍同化于我矣，奚不可与同中国为？答曰：
所以容异族之同化者，以其主权在我，而足以翕受彼
也。满洲之同化，非以受我抚治而得之，乃以陵轹颠
覆我而得之。二者之不可相比，犹婚媾与寇之例。以
婚媾之道，而归女于吾族，彼女则固与吾族同化矣；
以寇之道，而据我寝宫，入我床第，亦未尝不可与我
同化，然其为怨为亲，断可识也。吾向者固云所为排
满洲者，亦曰覆我国家、攘我主权之故。若其克敌致
果，而满洲之汗，大去宛平，以适黄龙之府，则固当
与日本、暹罗同视，种人顺化，归斯受之而已矣。然

主权未复，即不得举是为例……

（《太炎文录·别录卷》卷一《中华民国解》）

此外，如《检论》中之《序种姓》上、下二篇，如《清建国别记》，都是辨章族类的名著。

第七节　会见国父痛驳康有为时期

十五　英杰定交，同谋匡济

章先生提倡民族主义，著书立说，渐次为世所重。戊戌政变，长江一带通缉多人，先生的名字亦在其内。乃避地台湾，以为彼地有郑成功的遗风，割隶日本未久，当有可图，然终于没有所就。翌年己亥，游日本，始在梁启超坐中，遇见国父，尚未相知。迨至庚子年，唐才常事败，先生虽非同谋，亦被通缉、翌年掌教苏州东吴大学，并木刻《訄书》行世，为巡抚恩铭所诇知，欲兴大狱。乃于壬寅春，再避日本。其时国父方在横滨，英豪会见，握手定交，这是中国革命史上应大书特书的事。

　　……余亦素悉逸仙事，偕力山（按：秦遁）就之。逸仙导余入中和堂，奏军乐，延义从百余人会饮，酬酢极欢，自是始定交。

（章太炎先生《自定年谱》）

从此互相往来，革命之机渐熟。中和堂这一会，兴中会的同志，畅叙欢宴，每人都敬先生一杯。先生共饮七十余杯而不觉其醉。国父对于先生雅相推重，凡开国的典章制度，多与先生商榷。先生亦佩服国父的善于经画，《检论》中有《相宅》《定版籍》诸文，可以窥见一斑。《相宅》系述国父之言，此后建都，谋本部则武昌，谋藩服则西安，谋大洲则伊黎。《定启籍》一文，则系共同讨论土地赋税问题。要之，国父和先生二人，志同道合，千载一会，张良之赞汉高，刘基之佐明主，犹未足以喻其得意，真有"翼乎如鸿毛遇顺风，沛乎若巨鱼纵大壑"之概。

十六　痛驳康有为的莠言

然而"道高一尺，魔高一丈"，其时莠言日众，上面已经说过，凡是反对革命最烈的人，都是反对民族主义的，康有为便是一个代表。他的《与南北美洲诸华商书》，公然说清帝圣明，并且说中国只可立宪，不能革命。先生作书痛斥，就其两点，在种族异同上，在情伪得失上，层层驳诘，使他体无完肤，莫可开口。文词条畅，洋洋万言。兹引一段如下：

　　若夫今之汉人，判涣无群，人自为私，独甚于汉、唐、宋、明之世，是则然矣，抑谁致之而谁迫之耶？吾以为今人虽不尽以逐满为职志，或有其志而不敢讼言于畴人，然其轻视鞑靼，以为异种贱族者，此其种性根于二百年之遗传，是固至今未去者也。往者陈名夏、钱谦益辈，以北面降虏，贵至阁部，而未尝建白一言。有所补助，如魏徵之于太宗，范质之于艺祖者。彼固曰异种贱族，非吾中夏神明之胄。所为立于其朝者，特曰冠貂蝉，袭青紫而已。其存听之，其亡听之。若曰为之驰驱效用，而有所补助于其一姓之永存者，非吾之志也。理学诸儒如熊赐履、魏象枢、陆陇其、朱轼辈，时有献替，而其所因革，未有关于至计者。虽曾、胡、左、李之所为，亦曰建殊勋，博高爵耳。功成而后，于其政治之盛衰，宗稷之安危，未尝有所筹画焉。是并拥护一姓而亦非其志也。其他朝士，入则弹动权贵，出则搏击豪强，为难能可贵矣。次即束身自好，优游卒岁，以自处于朝隐。而下之贪墨无艺，怯懦忘耻者所在皆是。三者虽殊科，要其大者不知会计之盈绌，小者不知断狱之多寡。苟得廪禄以全吾室家妻子，是其普通之术矣。无他，本陈名夏，钱谦益之心以为心者，固二百年而不变也。明之末世，五遭倾覆。一命之士，文学之儒，无不建义旗以抗仇敌者。下至贩夫乞子，儿童走卒，执志不屈，而仰药剚刃以死者不可胜计也。今者北京之破，民则愿为外国之顺民，官则愿为外国之总办。食其俸禄，资其保护，尽顺天城之中，无不牵羊把茅，甘为贰臣者。若其不事异姓，躬自引决，缙绅之士殆无一人焉。无他，亦曰异种贱族，非吾中夏神明之胄，所为立于其朝者，特曰冠貂蝉，袭青紫而已。其为满洲之主则听之，其为欧美之主则听之，本陈名夏，钱谦益之心以为心者，亦二百年而不变也。然则满洲弗逐，而欲士之争自濯磨，民之敌忾效死，以期至乎独立不羁之域，此必不可得之数也。浸微浸衰，亦终为欧美之奴隶而已矣。非种不锄，良种不滋；败群不除，善群不殖。自非躬执大彗，以扫除其故家污俗，而望禹域之自完也，岂可得乎？（原注：以上录旧著《正仇满论》）夫以种族异同，明白如此，情伪得失，彰较如彼，而长素犹偷言立宪而力排革命者，宁智不足，识不逮耶？

　　　　　　　（《太炎文录》卷二《驳康有为论革命书》）

　　此文一出，真是朝阳鸣凤，连那些老师宿儒读了，也有深表钦佩的。而且康党的大言眩惑，更自白于天下，所以它的影响是异常重大的。先生后来之所以入狱，此文也是一个重要因素。

第八节　光复会时期

十七　反对勤王　剪除辫发

　　庚子年夏，唐才常乘义和团之变，召集人士，宣言独立。然尚以勤王为名，部署徒众，欲在汉口起兵。章先生对才常说："我们要谋光复，应该明确推翻清政府，不宜首鼠两端，自失名义。倘要勤王，我不敢赞同。"因即断发以示决绝。改定本《訄书》的末篇为《解辫发》，有云：

　　　　……共和二千七百四十一年秋七月，余年三十三矣。是时满洲政府不道，戕虐朝士，横挑强邻，戮使略贾，四维交攻，愤东胡之无状，汉族之不得职，陨涕涔涔曰：余年已立，而犹被戎狄之服，不违咫尺，弗能剪除，余之罪也。将荐绅束发，以复近古，日既不给，衣又不可得。于是曰：昔祁班孙、释隐玄，皆以明氏遗老，断发以殁。《春秋·穀梁传》曰：吴祝发。《汉书·严助传》曰：越劗发（晋灼曰：劗，张楫以为古剪字也）。余故吴、越间民，去之亦犹行古之道也……

因为剪辫变夷，所关非浅，所以必须考据凿凿，全文在手订《检论》时已经删去了。先生剪辫以后，短发分梳，垂于额际，常著长袍，而外面裹以和服，偶然亦着西装，所谓"方袼直下，犹近古之端衣"。

十八　纪念中夏亡国

壬寅年春，先生和秦遁等十人在东京发起"中夏亡国二百四十二年纪念会"，以励光复，并且撰书告留学生，极为沉痛。书中有云：

……昔希腊陨宗，卒用光复；波兰分裂，民会未弛。以吾中国方幅之广，生齿之繁，文教之盛，曾不逮是偏国寡民乎？是用昭告于穆，类聚同气，零涕来会，以志亡国。凡百君子，同兹恫瘝。愿吾滇人无忘李定国，愿吾闽人无忘郑成功，愿吾越人无忘张煌言，愿吾桂人无忘瞿式耜，愿吾楚人无忘何腾蛟，愿吾辽人无忘李成梁……

（《太炎文录》卷二）

这是东京留学界组织爱国团体的权舆。临时，会未开成，因为清使馆假借外力，横来制止，但是大义所被，已经深入人心了。

十九　光复会和陶成章

癸卯年春，留东学生因争俄约，组织义勇队，旋即为清政府所忌，乃自动解散，秘密为"军国民教育会"，与上海主光复者相应和。于是成立"光复会"，宗旨在颠覆清政府，建立共和国家。先生著《光复军志序》，首述缘起，有云：

> 余年十三四，始读蒋氏《东华录》，见吕留良、曾静事，怅然不怡，辄言以清代明，宁与张、李也。弱冠睹全祖望文，所述南田、台湾诸事甚详，益奋然欲为浙父老雪耻，次又得王夫之《黄书》，志行益定。而光复会初立，实余与蔡元培为之尸，陶成章、李燮和继之。总之，不离吕、全、王、曾之旧域也……
>
> （《检论》九卷《大过》附录）

光复会会员如徐锡麟、熊成基等的革命事迹，多见于先生文著中。惟陶成章功大而名最隐，先生之所以未为撰传，所谓犹有忧患者。成章会稽人，为光复会副会长。生平蓬头垢面，芒鞋日行八九十里，运动浙东诸县豪俊起义，屡遭危难，而所向有功。又游南洋群岛，运动侨民。辛亥年自爪哇归时，浙江已反正，举汤寿潜为都督，成章被任为参议，郁郁不得志，自设光复军总司令部于上海，募兵，为忌者所暗杀。其著作有《汉族权力消长史》行世。

第九节　入狱时期

二十　公开讲演革命

自癸卯年春，蔡元培先生设爱国社，以安顿南洋公学的退学生，中国教育会予以赞助。蔡请章先生讲论，多述明、清废兴之事。教育会会员每周至张园公开讲演革命，讲稿辄在《苏报》发表，以先生排满革命之论为最激烈，遂为清政府所注意，后来成为"《苏报》案"。其时邹容著《革命军》，自署曰："革命军马前卒。"求先生替它润色。先生喜其文辞浅露，便于感动平民，且给它作序。宗仰出资行，又将先生的《驳康有为论革命书》同时刊出，不及一月，数千册销行立尽。

二十一　"我不入地狱谁入地狱"

于是清政府下了密谕，拿办上海爱国党。上海道商之于总领事。总领事已经签字，但工部局以政治犯例应保护，不肯执行。被拿者六人：章炳麟、蔡元培、邹容、宗仰、吴敬恒、陈梦坡。工部局屡传蔡、吴前去，告以尽力保护之意，实即暗示被拿诸人从速离开上海罢了。不久，两江总督魏光焘派道员俞明震来沪查办，于是蔡赴青岛，吴赴欧洲，陈赴日本，宗仰避居哈同花园。独有章先生不肯去，并且教邹容也不可去，说道："革命没有不流血的。我被清政府查拿，现在已经第七次了。"清政府严谕魏光焘，有"上海爱国党倡言革命，该督形同聋聩"之语，魏惶恐，因工部局不肯拘人，乃问计于律师，律师以为只有诉诸法律。于是魏光焘代表清政府为原告，控诉章炳麟等六人于会审公廨。工部局于是年闰五月初六日，出票拘人。西捕至爱国学社，进客室，问谁是章炳麟。先生正在客室，自指鼻端答道："章炳麟就是我。"欣然跟了同去，真有"我不入地狱，谁入地狱"的节概。

如此勇猛无畏，挺然独往，以为生民请命，才真是革命道德的实践者。宜乎后进慕其典型，追其踵武，而革命终以成功。邹容从后门逃出。先生从狱中作书，动以大义，使他自行投到，翌日，邹容果然自首了。

二十二　所谓"罪状"和清政府对质于公堂

此案原告是清政府，律师是英国人，被告是章炳麟等六人，到者二人。裁判官则为会审委员及英国领事，不伦不类，极为可笑。所控"罪状"，乃是摘取《苏报》中的论说，以及《革命军》《驳康有为论革命书》中的语句，尤以驳康书中有"载湉小丑，未辨菽麦"两句，视为大逆不道。这正因为带了封建余孽的眼镜，以为呼名不讳，便是大罪。其实翻成白话，就变了平淡无奇。"小丑"就是小东西，"未辨菽麦"就是没有常识的意思。况且说载湉未辨菽麦，也是切合实情，并非过甚其辞。要晓得他的祖宗弘历，虽说是个能干的君主，却也是个未辨菽麦的人。他南巡时，不是看到田里种着的稻秧，便问这是甚么草吗？弘历对于民间事业尚且隔膜如此，载湉从小生长在深宫，自然更不消说了。裁判官问章先生有功名否，先生答道："我双脚落地，便不承认满珠，还说甚么功名呢！"接着指出清政府的种种罪状，滔滔不绝。这就是震动全国的"《苏报》案"，从此革命党声气大盛，和清政府对质于公堂，俨然成敌国之势了。

二十三　狱中苦工・邹容之死・出狱东渡

这样审问二次，即行阁置。因为清政府用种种诡计，先以外交手段在京和英国公使交涉，要求引渡二人，而不见许；继又愿以沪宁路权变换，亦不见许。二人初拘在工部局，禁令尚宽，每周可容亲友前去探视一次，到了翌年三月，此案始判决：章炳麟监禁三年，邹容监禁二年，均罚作苦工，监禁期满，"逐出租界"。自移禁西牢之后，即不许接见亲友。狱中所作之工，则为裁缝，缝做那些巡捕的制服之类。狱卒——印度巡捕——狐假虎威，陵暴无状，见先生目力近视，工作偶不敏捷，辄持棍殴击。先生自知无生理，绝食七日而不死。有时亦以拳抵抗凶暴，屡遭蹂跌，或竟用软梏挚其手指，有好几次几乎死去。邹容年少性急，不胜压迫，未及满期，即病死于狱中。惟独先生素有涵养，苦役之余，朝夕必研诵《瑜伽师地论》，悟到大乘法义，才能够克服这种苦难。到了丙午年五月初八，即阳历六月二十九日，期满出狱，国父已派孙毓筠在沪迎接。是日晨，同志们集合在工部局门前守候，因为从西牢解放以后，还须经工部局执行"逐出租界"的手续。到了十一时，先生才出，自由恢复，日月重光，同志们鼓掌欢迎，一一与之握手，即晚登日本邮船，东渡至东京。

二十四　狱中日记与诗

先生有《癸卯狱中日记》云：

上天以国粹付余。自炳麟之初生，迄于今兹，三十有六岁，凤鸟不至，河不出图。惟余以不任宅其位，繫素王、素臣之迹是践，岂直抱残守阙而已。又将官其财物，恢明而光大之。怀未得遂，累于仇国，惟金火相革钦，则犹有继述者。

至于中国闳硕壮美之学，而遂斩其统绪，国故民纪，绝于余手，是则余之罪也！

（《太炎文录》卷一）

自知必死，毫无恐怖，惟斯文将丧是悲，其自任以天下之重如此！

狱中有诗，称心而言，不加修饰。《浙江潮》杂志曾登四首，兹录如下：

狱中赠邹容　闰年二十八日

邹容吾小弟，被发下瀛洲。

快剪刀除辫，乾牛肉作糇。

英雄一入狱，天地亦悲秋。

临命须掺手，乾坤只两头。

狱中闻沈禹见杀　六月十二日

不见沈生久，江湖知隐沦。

萧萧悲壮士，今在易京门。

魑魅差争焰，文章总断魂。

中阴当待我，南北几新坟？

狱中闻湘人杨度被捕有感二首　六月十八日

神孤善埋揩，高鸟喜回翔。

保种平生愿，征科绝命方。

马肝原识味，牛鼎未忘香。

千载《湘军志》，浮名是锁缰。

衡岳无人地，吾师洪大全。

中兴渗诸将，永夜遂沉眠。

长策惟干禄，微言是借权。

借君好颈子，来者一停鞭。

第十节　编辑《民报》时期

二十五　欢迎会上发狮子吼

章先生既抵东京，发长过肩，肌体颇腴，闻系狱中食物无盐之故。

阳历七月十五日留东学生在神田区锦辉馆楼上开会欢迎，到者七千余人，座无隙地，至屋檐上皆满，为的来看革命伟人、中国救星。先生即席演说，发狮子吼。其大意：首先述自己平生的历史，次以涵养、感情两事，勉励大众，庄谐间出，听众耸然。这是寿裳亲接音容、幸蒙受记之始。现将此演说摘录数段于下：

兄弟少小的时候，因读蒋氏《东华录》，其中有戴名世、曾静、查嗣庭诸人的案件，便就胸中发愤，觉得异种乱华是我们心里第一恨事。后来读郑所南、王船山两先生的书，全是那些保卫汉种的话，民族思想，渐渐发达。但两先生的话，却没有甚么学理。自从甲午以后，略看东西各国的书籍，才有学理收拾进来。当时对着朋友，说这逐满独立的话，总是摇头，也有说是疯癫的，也有说是叛逆的，也有说是自取杀身之祸的。但兄弟是凭他说个疯癫，我还守我疯癫的念头……大凡非常可怪的议论，不是神经病人，断不能想，就能想也不敢说，说了以后，遇着艰难困苦的时候，不是神经病人，断不能百折不回，孤行己意。所以古来有大学问、成大事业的，必得有神经病才能做到……近来有人传说：某某是有神经病，某某也是神经病。兄弟看来，不怕有神经病，只怕富贵利禄当面现前的时候，那神经病立刻好了，这才是要不得呢！（鼓掌）略高一点的人，富贵利禄的补剂，虽不能治他的神经病，那艰难困苦的毒剂，还是可以治得的。这总是脚跟不稳，不能成就甚么气候。兄弟尝这毒剂是最多的，算来自戊戌年以后，已有七次查拿，六次都拿不到，到第七次方才拿到。以前三次，或因别事株连，或是普拿新党，不专为我一人。后来四次，却都为逐满独立的事。但兄弟在这艰难困苦的盘涡里头，并没有一丝一毫的懊悔，凭你甚么毒剂，这神经病总治不好。（欢呼）或者诸君推重，也未必不由于此。若有人说，假如人人有神经病，办事必是瞀乱，怎得有个条理？但兄弟所说的神经病，并不是粗豪卤莽，乱打乱跳，要把那细针密缕的思想，装载在神经病里。譬如思想是个货物，神经病是个汽船。没有思想，空空洞洞的神经病必无实际；没有神经病，这思想可能自动的么？以上所说，是略讲兄弟平生的历史。

至于近日办学的方法，一切政治、法律、战术等项，这都是诸君已经研究的，不必提起。依兄弟看：第一要在感情。没有感情，凭你有百千万亿的拿破仑、华盛顿，总是人各一心，不能团结。当初柏拉图说："人的感情，原是一种醉病。"这仍是归于神经病了。要成就这感情，有两件事最是紧要的：第一是用宗教发起信心，增进国民的道德。第二是用国粹激动种性，增进爱国的热肠。

先说宗教……孔教、基督教既然必不可用，究竟用何教呢？我们中国本称为佛教国。佛教的理论，使上智人不能不信，佛教的戒律，使下愚人不能不信。通彻上下，这是最可用的。但今日通行的佛教，也有许多的杂质，与他本教不同，必须设法改良，才可用得。……我们今日要用华严、法相二宗改良旧法。这华严宗所说，要在普度众生，头目脑髓都可施舍与人，在道德上最为有益。这法相宗所说，就是万法惟心，一切有形的色相，无形的法尘，总是幻见幻想，并非实在真有。……有的说佛教看一切众生，皆是平等，就不应生民族思想，也不应说逐满复汉，殊不晓得佛教最重平等，所以妨碍平等的东西必要除去。满洲政府待我汉人种种不平，岂不应该攘逐？且如婆罗门教分出四姓阶级，在佛教中最所痛恨。如今清人待我汉人，比那刹帝利种虐待首陀罗更要利害十倍。照佛教说，逐满复汉，正是分内的事。又且佛教最恨君权。大乘戒律都说："国王暴虐，菩萨有权，应当废黜。"又说："杀了一人，能救众人，这就是菩萨行。"其余经论，王、贼两项都是并举。所以佛是王子，出家为僧，他看做王与做贼一样，这更与恢复民权的话相合。所以提倡佛教，为社会道德上起见，固是最要；为我们革命军的道德上起见，亦是最要。总望诸君同发大愿，勇猛无畏，我们所最热心的事，就可以干得起来了。

次说国粹。为甚提倡国粹？不是要人尊信孔教，只是要人爱惜我们汉种的历史。这个历史是就广义说的，其中可以分为三项：一是语言文字，二是典章制度，三是人物事迹……

第三要说人物事迹。中国人物，那建功立业的，各有功罪，自不必说。但那俊伟刚严的气魄，我们不可不追步后尘。与其学欧、美，总是不能像的，何如学步中国旧人，还是本来面目。其中最可崇拜的两个人：一是晋末受禅的刘裕，一是南宋伐金的岳飞，都是用南方兵士打胜胡人，可使我们壮气。（鼓掌）至于学问上的人物，这就多了，中国科学不兴，惟有哲学，就不能甘居人下。但是程、朱、陆、王的哲学，却也无甚关系，最有学问的人就是周、秦诸子……近代还有一人，这便是徽州休宁县人，姓戴名震，称为东原先生。他虽专论儒教，却是不服宋儒，常说："法律杀人，还是可救，理学杀人，便无可救。"因为这位东原先生，生在满洲雍正之末，那满洲雍正所作朱批上谕，责备臣下，并不用法律上说话，总说："你的天良何在？你自己问心可以无愧的么？"只这几句宋儒理学的话，就可以任意杀人。世人总说雍正待人最为酷虐，却不晓是理学助成的。因此那个东原先生，痛哭流涕，做了一本小小册子。他的书上并没有明骂满洲，但看见他这本书，没有不深恨满洲。这一件事，恐怕诸君不甚明了，特为提出。（鼓掌）照前所说，若要增进爱国的热肠，一切功业学问上的人物，须选择几个出来，时常放在心里，这是最紧要的。就是没有相干的人，古事、古迹都可以动人爱国的心思。当初顾亭林要排斥满洲，却无兵力，就到各处去访那古碑、古碣传示后人，也是此意……

这篇演说，洋洋洒洒，长六千言，是最警辟有价值的救国文字，全文曾登《民报》第六号，而《太炎文录》中未见收入，故特地多抄一些如上。

二十六　《民报》撰文风行海内外

章先生抵东后，即入同盟会，任《民报》（同盟会的机关报）编辑。其中胡汉民、汪兆铭等诘难康、梁诸作，文笔非不锋利，然还不免有近于诟谇之处。惟有先生持论平允，读者益为叹服。而又注意于道德节义，和同志们互相切励：松柏后凋于岁寒，鸡鸣不已于风雨，如《革命道德说》《箴新党论》二篇，即系本此意而作。《革命道德说》阐明道德衰亡是亡国灭种的根极。凡优于私德者亦必优于公德，薄于私德者亦必薄于公德，无道德者决不能担当革命。至于德目，则引顾炎武所标举的"知耻""重厚""耿介"。三事之外，更加入"必信"一事。因为前三者还是束身自好之谓，而信则周于世用。虽江湖聚劫之徒，亦唯有信，才能得徒众的死力。我们必须实践此四事，则所谓确固坚厉、重然诺、轻死生者于是乎在。《箴新党论》说明新党的竞名死利，其污辱较前世党人为甚，视顾炎武所讥的明末俗尚之年、社、乡、宗，则略有异同。其相同者，唯年与乡。宗则今日所轻，而重渐移于姻戚；社则今日所绝，而恩又笃于拜盟。新党之所以自相援助，传之自旧，虽昌言维新，而不废者亦有四事：一曰师生，二曰年谊，三曰姻戚，四曰同乡。这种偏弊，至今日犹未能彻底革除。篇末，且论及当时的学生，以为学生之所为，又是新党的变形而已。其言曰：

夫其学术风采，有异昔时，诸所建白，又稍稍切于时用。然其心术所形，举无以异于畴昔。其尊师帅，有异于向者之称门生乎？其应廷试，有异于向者之叙年谊乎？其分省界，有异于向者之护同乡乎？以借权为长策，以运动为格言，凡所施为，复与党人无异。特其入官未久，不如昔人之熟识径途，故不敢冒昧以求一试，迟之数岁，必森然见其头角。且新党虽多谲曲，而品核公卿，裁量执政，犹其所优为者，彼虽恃其客气，外以风节自高，则不得不有所饰伪，今则并其饰伪者而亦不知，惟以阿附群公为事。若夫阿殿出门，登坛自诩，以其爵命夸耀诸生，而祝其取青紫如拾芥者，则新党虽顽顿无耻，犹必嗫口不言。然则新党者政府之桀奴，学生者当途之顺仆。新党犹马，不饱则不行，学生犹狸，不饥则不用。自专权自恣之政府计之，则学生之谨愿小心，其可用自优于新党。学生用而新党废者，非独时势适然，亦其品格愈卑，易于策使之故……

（《太炎文录·别录》卷一）

凡此所言，皆足以使人警惕，因之同志们奉为圭臬，节操弥坚，舍命不渝，敌忾致果，这都是先生的宿学雄文提倡扶持的力量呢！

其他如《排满平议》《定复仇之是非》《代议然否论》《国家论》《五无论》《四惑论》等，名言谠论，不胜枚举。同门李植称之曰：

辨名分，申正义，使天下易其观听，而不惑于保皇、君宪之说。……忧深思远，蒿目而观世变，其立说皆远在二十年前，而流弊隐患之勃发，则在民国建立之后。当时闻其说者，漫不加察，指其无的放矢，而不知先生之虑思深也。

（《余杭章先生事略》）

这话是事实。然当时,《民报》已风行海内外,清政府禁之愈严,而销行愈畅。国内有志的学生,无不阴相转输,竞先讽诵,甚至缙绅耆宿,亦复奋兴感慨,而知光复之不可以已。

《民报》周年纪念会,先生有祝词如下:

> 我汉族兄弟所作《民报》,傲载至今,适盈一岁。以皇祖轩辕之灵,洋溢八表,方行无阂。自兹以后,惟不懈益厉,为民斗杓。以起征胡之铙吹,流大汉之天声。白日有灭,星球有尽;种族神灵,远大无极。敢昭告于尔丕显皇祖轩辕,烈祖金天,高阳、高辛,陶唐、有虞,夏、商、周、秦,汉、新、魏、晋,宋、齐、梁、陈,隋、唐、梁、周、宋、明,延平、太平之明王圣帝,相我子孙,宣扬国光,昭彻民听。俾我四百兆兄弟同心勠力,以底虏酋爱新觉罗氏之命,扫除腥膻,建立民国。家给人寿,四裔来享。呜呼! 发扬蹈厉之音作而民兴起,我先皇亦永有依归!

> (《太炎文录》卷二)

第十一节 功成后的做官

二十七 归国

《民报》终于被禁止了。章先生遂专心于讲学与著书。至辛亥年八月十九(阳历十月十日),霹雳一声,大义举于武昌,推黎元洪为鄂军都督,用事者为谭人凤、孙武,都是先生的旧识。

嗣闻湖南、江西相继反正，始中止讲业，附轮归国，十月抵上海，盖自去国居夷已经六年了。中华民国元年一月一日，国父就临时大总统职，成立政府，颁行阳历，以江宁为南京。延先生至京，任为枢密顾问。二月，南北和议告成，国父退让，推荐袁世凯，袁遂被选继任，复任先生为高等顾问。袁既就职，同志虑其难制，欲令南来以困之。先生反对。然后来追惩前失，深自引咎，观其《告癸丑以来死义诸君文》，可以知之，有曰：

> 武昌之师，以戈异族；云南之师，以荡帝制；事虽暂济，而皆不可谓有成功，则何也？异族帝制之势，非一人能成之。其支党槃结于京师者不可胜计。京师未拔，正阳之关未摧，虽仆一姓，毙一人，余蘖犹鸟兽屯聚其间。故用力如转山，而收效如毫毛。遽以是为成功者，是夸诞自诬之论也。人情偷息，抚此小康，未暇计后日隐患。某等虽长虑却顾，不敢自逸，无若众论之灌呶何！自南京政府解散，提挈版藉而致诸大酋，终有癸丑之变。祸患绵亘，首尾四岁，以诒诸君子忧，繄岂小人偷息之咎，某等亦与有罪焉。

二十八 东三省筹边使

先生出仕，除上述顾问外，实仅二职：一为民国元年任东三省筹边使，二为民国六年任海陆军大元帅府秘书长。然为时皆甚暂。筹边使署设于长春，经费既少，僚属仅十人。公事清简，颇注重于测绘土地。先生曾赴三姓，北抵卜魁，凡所规画，外掣手陈昭常辈，内扼于袁氏之忮忌，未能一一展布；然张布告以求民隐，为黑龙江浙江同乡会呈请褒扬吕留良的后裔以振遐荒，又作熊成基哀辞，以彰先烈而斥凶人。凶人指陈昭常。哀辞末段有云：

> ……今是凶人，贪以败官，又造矫诬以摧义士，其罪视曾扬（即杀秋瑾之张曾扬）且什百。民国政建，而犹晏居东表，专镇一圻，斯实国家之耻。昭告君之神灵，凡今日与奠者，自奠之后，而不能本君革除之志，以锄贪邪，而敢有回旋容阅以为凶人地者，有如松花江！

(《太炎文录》卷二)

其他遗事尚多，如滴道山煤矿事，侨居延吉的韩人求归化事，均见先生《自定年谱》。

民国二年三月，袁世凯使贼杀宋教仁于上海，先生闻之，即日去官奔赴，躬与执绋。

二十九　海陆军大元帅府秘书长

民国六年夏，九省督军皆反。张勋以清废帝溥仪复辟。黎总统避居东交民巷，密令段祺瑞出击张勋，勋败，冯国璋觊觎总统位，迫黎解职。七月，国父率海军总长程璧光与先生及前国务总理唐绍仪赴番禺，九月，被选为海军大元帅，建军政府，先生被任为大元帅府秘书长，为国父草就职宣言，词严义正，末段有云：

文于是时，身在海隅，兵符不属，会海军总长程璧光奉命南来，共商大计。既遣兵轮赴秦皇岛，奉迎黄陂，亦不能致。犹谓人心思顺，必有投袂而起者；迁延旬月，寂然无闻。是用崎岖奔走，躬赴广州，所赖海军守正，南纪扶义，知民权之不可泯没，元首之不可弃遗，奸回篡窃之不可无对抗，国际交涉之不可无代表也。于是申请国会，集于斯地，间关开议，以文为海陆军大元帅，责以戡定内乱，恢复约法，奉迎元首之事。文忝为首建之人，谬膺澄清之责。敢谓神州之广，无有豪杰先我而起也哉！徒以身为与共和生死相系，黄陂为同建国之人，于义犹一体也。生命伤而手足折，何痛如之！艰难之际，不敢以谦让自洁，即于六年九月十日就职。冀二三君子，同德协力，共赴大又。文虽衰老，犹当搴裳濡足，为士卒先，与天下共击废总统者！

三十　桂黔川之行

章先生见广州事难就，欲应云南督军唐继尧之招而西行。国父使人来曰："今人心不固，君旧同志也，不当先去以为人望。"先生曰："此如弈棋，内困则求外解。孙公在广东，局道相逼，未有两眼，仆去为作眼耳。嫌人失望，以总代表任仆可也。"国父从之。遂与议员五人授继尧副元帅印证者同行。正办理护照，准备起程。北京政府商法国公使，电致安南总督，不许革命政府人员过境，因之广州法领事拒绝护照签字。乃各易姓名，先生则易姓名为张海泉，同行者沿途戏以海泉呼之，先生应如响。及抵安南海防，华侨来招待，得安全通过。抵昆明时，继尧衣上将礼服，率饮飞军郊迎，执礼甚恭。遂馆于八邑会馆，每日下午，赴军署欢宴，谈谐至深夜，时或大醉。居半月余，与继尧同赴贵州毕节——川、滇、黔三省军事指挥总部所在地。启行时，先生命制大纛，上书大元帅府秘书长名义，其大超过继尧的约三分之一。继尧的副官长以告，继尧但笑额之。即令副官长随先生行，照料一切。凡滇、黔旅行者，皆知非在正站则食宿均感不便。兵站供应均设正站，故大军尤应按站而行。先生则随兴所至，或多行二三十里，或少行一二十里，且常索白兰地酒、大炮台香烟，曰借以驱除瘴气。

不久，先生自毕节赴巴，有诗《留别唐元帅》云：

旷代论滇士，吾思杨一清。

中垣消薄蚀，东胜托干城。

形势稍殊昔，安危亦异情。

愿君恢霸略，不必讳从横。

兵气连吴会，偏安问汉图。

江源初发迹，夏渚昔论都。

直北余遗寇，当关岂一夫？

许将筹箸事，还报赤松无？

《太炎文录续编》卷七

此诗勉励继尧，希望其能佐国父扶义，为西南诸将的领袖。

第十二节　功成后的被幽囚

三十一　在共和党本部

在上述两次出仕之间，便是有名的被袁世凯幽囚之期，首尾四载，自民国二年秋至五年夏。地址三易，初为共和党本部，继为龙泉寺，最后则在东城钱粮胡同。

共和党是武汉革命团体，民社中人在民国二年，反对三党合并的进步党而宣告独立的。推黎元洪为理事长，章先生副之。自南事败坏，袁世凯帝制已渐萌芽，先生在上海时时发表反袁文字，一纸甫传，各报竞载。又念袁氏网罗周布，无所逃死；中国既经光复，不愿再做亡命之客。适共和党人急电催先生入都，因为国民、共和二党惩于旧衅，愿意复合，先生决计北行，虽经友人力阻，而先生则谓："不入虎穴，焉得虎子。"遂于八月冒险入京，宿共和党本部。袁命陆建章派宪兵守门，名为保护，实则禁其出京，而且监视其言论。至冬，国民党被解散，十二月国会亦解散。某日，先生乘马车出赴晚宴，宪兵跃而登车，前后夹卫，初未注意，及宴毕回寓亦然。先生怪而问之，才知是袁世凯派来保护者。先生大怒，起而持杖逐之。宪兵皆逃。先生喜曰："袁狗被我赶走了。"其实宪兵被逐以后，仅仅换了便服，仍住门房如故。先生既被软禁，每日书"袁贼、袁贼"以泄愤，又喜以花生米佐酒，尤喜油炒花生，吃时必去其蒂曰："杀了袁皇帝的头。"以此为乐。某日，建章派秘书长秦某来，请同寓吴宗慈为先容，问其何事，则谓："敝总长奉大总统命，说章先生居此，虑诸君供亿有乏，将有所赠。"宗慈入告，导与相见。秦某入，致词毕，探怀出银币五百元置书案。先生当初默无一语，至此忽然起立，持币悉掷秦面，张目叱之曰："袁奴速去！"秦乃狼狈而逃，其时黎副总统居瀛台，颇系念先生起居，召吴宗慈、张伯烈共商所以安慰之策。属转询先生，在京有否愿做的事，并说袁对于先生尚具善意，但不欲其出京及发表任何文字。先生表示愿任"函夏考文苑"事，袁氏允年拨经费十五万元，先生则开具预算，坚持非七十五万元不可。袁允经费可以酌加，但不必如预算所列，亦不必设机关办事。先生最后表示，经费可略减，但必须设机关，办实事。事终不就。

穷愁抑郁，可以伤生。纵酒痛骂，亦非长局，遂决意作冒险出京之计。党部同人设筵为钱，逆料出京必然被阻，但欲其恣饮狂欢以误车行。至下午五时，先生放杯起立说："时间不早了。"匆匆赴车站，而京奉车早经开出，不得已，移寓扶桑馆，以便明晨由水门上车，派庶务员同住照料。明晨，宗慈得庶务员电话报告："章先生独自赴总统府了。"服蓝布长衫，手持羽扇，以勋章作扇坠，兀坐新华门招待室侯电话。不久，梁士诒来招待，方致词，先生曰："我见袁世凯，哪里要见你？"梁只好默然而去。旋又一秘书来说："总统刚才事忙，请稍候。"久久没有消息，先生怒，打毁招待室的器物略尽。直至下午五时许，陆建章始入，鞠躬向先生曰："总统有要公，劳先生久候，深为抱歉！今遣某迎先生入见。"先生熟视一晌，随陆出登马车，车出东辕门，先生怪而问曰："见总统，为何不入新华门？"陆佯笑对曰："总统在居仁堂，出东辕门，过后门，进福泽门，车可直达，以免步行。"而先生不知已被骗了。

三十二　在龙泉寺

从此禁锢在龙泉寺。龙泉寺偏院屋五间，颇整齐清丽。袁氏谕建章应特别优待，不得加以非礼，但不许其越雷池一步。建章奉命惟谨，先生则焦怒，常以杖扫击器物，并欲焚其屋宇，建章只吩咐守者慎防而已。据建章言："袁曾手示八条，保护太炎先生：（一）饮食起居，用款多少不计。（二）说经讲学文字，不禁传抄；关于时局文字，不得外传，设法销毁。（三）毁物骂人听之，物毁再购。（四）出入人等严禁挑拨之徒。（五）何人与彼最善，而不妨碍政府者，任其来往。（六）早晚必派人巡视，恐出意外。（七）求见者必持许可证。（八）保护全权完全交给你。"建章又告人曰："太炎先生是今之郑康成。黄巾过郑公乡，尚且避之。我奉极峰命，无论先生性情如何乖僻，必敬护之；否则并黄巾之不如了。"由此可知袁、陆二人，对于先生尚知敬畏。记得移居龙泉寺的翌日，袁克文亲送锦缎被褥，未敢面先生。先生觉窗缝外有人窥探，牵帷一看，乃是袁克文。即入室点香烟，把被褥烧成许多洞穴，累累如贯珠，遥掷户外，曰："拿去！"三年夏，先生又绝食七八日，神气转清，惟步起作虚眩。其时弟子们环吁床前，请进食，先生始尝梨一片。旧友黄节致书当事，道不平。当事恐先生饿死，复延医生来省，于是得移至东城钱粮胡同。

三十三　在钱粮胡同及爱女㸇之死

钱粮胡同的屋宇宽敞，政府月致银币五百元，赁屋炊食悉自主之。以巡警充门房，稽察出入，书札必副总厅检视，宾客必由总厅与证，而书贾与日本人出入无阻。当事常派人来窥探意旨，偶道及国体，先生即以他语乱之。尝作魏武帝、宋武帝二颂，及肃致使、巡警总监二箴，以示讽刺。

四年七月，筹安会起，劝进者数百。先生固知袁氏恶贯将满，然不能无感愤，赖以禅观制止。某日，以七尺宣纸篆书"速死"二大字，悬于壁上。至九月，其长女㶉忽一夜自尽而死，先生大恸。这事传至日本，误谓先生已死，既而上海报纸依以入录。汤夫人（民国二年与先生结婚）急电来问安。先生复曰："在贼中岂能安？"露章明发，逆料袁氏技穷，无能为害的。爱女开吊之日，先生书挽联于灵像前，曰："汝能如此，我何以堪？"又撰事略如下：

　　亡女㶉，字蕴来，性端简。生十岁丧母。余适以事遭胡清逮捕，故㶉从其伯父受学。三年，余违难抵日本东京，始通书存问。又四年，㶉东行，余教之诗，不深好也。适嘉兴龚宝铨，年十七矣。宝铨素与会稽陶成章善，亦数离患东走，从余学，故成章为致辞。既婚，未得归国，濡滞东京。岁余武昌军兴，余始与宝铨、㶉先后归上海，而成章解遘遇祸；宝铨不自聊，夫妇居钱唐西湖，无问世意。民国元年夏，复与宝铨同赴东京治疾，逾年归。㶉性狷好洁，平居衣履有小寨垢，必颦蹙刮治之，而恶与乘时取势者往来。然处家委顺，善得尊长欢，与叔妹居，无闲言。独时邑邑不乐，常欲趣死。余数遇祸，而宝铨亦时怏郁。民国四年四月，㶉如京师省视，言笑未有异也。然燕处辄言死为南面王乐，余与季女燹常慰藉之；宝铨数引与观乐，或游履林圃间，燹终不怡；见树色，益抚然若有亡者。九月七日夕，与宝铨、燹，谈笑至乙夜就寝；明旦起视，已自经，足趾未离地，解抚其胸，大气既绝矣。医师数辈皆言不可治，遂卒。呜呼！余以不禄，出入生死几二十年，宝铨亦颠沛者数矣，幸虽有功，未得以觞酒与宾婚故人相劳，而衅咎复时中之。成章之死，与其他故旧困穷失据之状，皆燹所亲睹也。身处其间，若终身负疚疾者，其厌患人世则宜然。燹未死十日，余尝以苛养欲购石药，燹惧有故，辄止仆人毋往，其操心危厉如是，而遽自毁其躬；比敛，面如生，颜色更如欢笑者，此曷为而然者耶！

民国四年九月十一日，章炳麟书。

（《太炎文录续编》卷四）

十二月，云南护国军起，袁世凯始恐怖，翌年三月，取消洪宪年号。至六月，袁世凯呕血，渐不支。先生急欲观南方的实际状况，友人有在海军部者，与日本海军增田大佐、柴田大尉相识，示以易和服出走，从铁路达天津。至期，日本驻津领事密携宪兵迎于东站。既发，未上车，侦者踵至，作无赖口吻说道："你欠了我钱，为甚么逃走？"遂抢取指环及常弄的古玉而去。另外有一伙曳以走，日本军官在内。领事所携宪兵前进，夺军官而去。先生则被曳至巡警总监。时袁世凯已病，警吏气焰亦衰，但催促他回去罢了。六月六日袁世凯自毙，十六日撤警，增田、柴田皆来贺。二十五日先生出都，七月一日至上海。

第三章　国学大师的章先生

第十三节　治学与师友

三十四　自述治学功夫

绪言中已经说过，章先生学术之大，前无古人，以朴学立根基，以玄学致广大。论其学术次第，有两篇自述最足参考：一在《菿汉微言》中，一为单行本的《自述学术次第》。兹就前者摘录首尾二段如下：

余自志学讫今，更事既多，观其会通，时有新意。思想迁变之迹，约略可言：少时治经，谨守朴学，所疏通证明者，在文字器数之间。虽尝博观诸子，略识微言，亦随顺旧义耳。遭世衰微，不忘经国，寻求政术，历览前史，独于荀卿、韩非所说，谓不可易。自余闳眇之旨，未暇深察。继阅佛藏，涉猎《华严》《法华》《涅槃》诸经，义解渐深，卒未窥其究竟。及囚系上海，三岁不觌，专修慈氏世亲之书。此一术也，以分析名相始，以排遣名相终。从入之途，与平生朴学相似，易于契机。解此以还，乃达大乘深趣。私谓释迦玄言，出过晚周诸子，不可计数；程、朱以下，尤不足论……

……自揣平生学术，始则转俗成真，终乃回真向俗，世固有见谛转胜者耶。后生可畏，安敢质言？秦、

汉以来，依违于彼是之间，局促于一曲之内，盖未尝睹
是也。乃若昔人所诮，专志精微，反致陆沉，穷研训
故，遂成无用者，余虽无腆，固足以雪斯耻。

自述如此，不夸不饰，毫无溢美，识者称之。

三十五　本师俞樾

清代朴学，始于顾炎武，嗣后硕儒辈出，至乾隆朝，则成学
著系统者：一自吴，始于惠栋；一自皖南，始于戴震。震生于休
宁，受学于婺源江永，治小学、礼经、算术、舆地，无不深通。
其乡里同学有金榜、程瑶田，后有凌延堪、三胡。三胡者，匡
衷、承珙、培翚也，皆善治礼，而瑶田兼通水地、声律、工艺、
谷食之学。震又教于京师，任大椿、卢文弨，孔广森皆从问业。
弟子最知名者，金坛段玉裁，高邮王念孙。玉裁为《六书音韵
表》以解《说文》，而《说文》明。念孙疏《广雅》，以经传诸
子转相证明，诸古书文义诘诎者，皆涣然理解。授其子引之为
《经传释词》。于是三古辞气，汉儒所不能理者，皆廓尔洞达。
要之，王氏父子小学训诂的深通，不但是超轶唐、宋，简直是
凌驾汉、魏。

章先生的本师是俞樾。俞君德清人，三十岁成进士，入翰
林，旋放河南学政，两年被人言免官。免官以后，幡然改计，乃
读王氏父子书，从此精研朴学，旁及艺文。他的著述《春在堂全
集》五百卷，中以朴学为上，文学次之，朴学中又以《群经平
议》《诸子平议》各三十五卷，及《古书疑义举例》七卷，为最
博大精深。此三书中，《群经平议》成书太早，视王氏《经义述

闻》，间有未谛之处，故其晚年自救为《茶香室经说》。《诸子平
议》则足与王氏《读书杂志》抗衡。至于《古书疑义举例》，则
超过《经传释词》，于解释古书之词例及谬误，可谓集其大成，
实在是一部整理中国古书文法的杰作。其治学方法，悉本高邮王
氏，门径既正，造诣又深。古义多所发明，宿疑为之冰释。开浙
学之中兴，张清学之后殿。著述而外，并主讲西湖诂经精舍，历
三十一年之久，主持风雅，宏奖人才，其功至为伟大。

　　章先生自二十三岁肄业诂经精舍，因得从俞君学，亲炙良
师，时亘七载，其所成就益大。昔戴震论学曰："学有三难：淹
博难，识断难，精审难。"三百年来，兼此三长者，惟有先生。
先生论治学方法，谨严不苟，足为后学南针，有云：

　　　　审名实，一也；重左证，二也；戒妄牵，三也；守
　　凡例，四也；断情感，五也；汰华辞，六也。六者不
　　具，而能成经师者，天下无有。学者往往崇尊其师，而
　　江、戴之徒，义有未安，弹射纠发，虽师亦无所避。

　　　　　　　　　　　　　　（《太炎文录》卷一《说林》下）

又论朴学的等第，取法乎上，仅得乎中，使后学知所别择，
有云：

　　　　以戴学为权度，而辨其等差，吾生所见，凡有五
　　第：研精故训而不支，博考事实而不乱。文理密察，发
　　前修所未见。每下一义，泰山不移，若德清俞先生，定

海黄以周，瑞安孙诒让，此其上也。守一家之学，为之
疏通证明，文句隐没，钩深而致之显，上比伯渊，下规
凤喈，若善化皮锡瑞，此其次也。己无心得，亦无以发
前人隐义，而通知法式，能辨真伪，比辑章句，秩如有
条，不滥以俗儒狂夫之说，若长沙王先谦，此其次也。
高论西汉，而谬于实证，侈谈大义，而杂以夸言，务为
华妙，以悦文人，相其文质，不出辞人说经之域，若丹
徒庄忠械湘潭王闿运，又其次也。归命素王，以其言为
无不包络，未来之事，如占蓍龟，瀛海之大，如观掌
上，其说经也，略法今文而不通其条贯，一字之近于译
文者以为重宝，使经典为图书符命，若井研廖平，又其
次也。

（《太炎文录》卷一《说林》下）

章先生对于本师的尊敬，至老不渝，然却有过一段趣事，见
于"谢本师"文中，大意是说既游台湾，往谒俞君于曲园，俞君
督救甚厉，说他讼言革命是不忠，远去父母之邦是不孝；不忠不
孝非人类也，小子鸣鼓而攻之可也。先生对曰："弟子以治经侍
先生，今之经学，渊源在顾宁人。顾公为此，正欲使人推寻国
性，识汉、虏之别耳，岂以刘殷、崔浩期后生也？"此事在所撰
《俞先生传》，并未提及，只言"老而神志不衰，然不能忘名位"
而已。

三十六 学友黄以周、孙诒让、宋衡等

章先生交友，以学问相切磋者甚多。其风义在师、友之间

者，有黄以周、孙诒让诸氏，皆朴学大师。友人则有宋衡先生，深通佛典。

兹各略述如下：

黄以周，定海人。所著以《礼书通故》百卷为最大，其精审过于秦蕙田的《五礼通考》。章先生为之传，称此书"与杜氏《通典》比隆，其校核异义过之，诸先儒不决之义尽明之矣。"主讲南菁书院，江南诸高材皆出其门。

孙诒让，瑞安人。著《周礼正义》《墨子闲诂》《古籀拾遗》《札迻》，又著《契文举例》《名原》，为研究殷契之第一人。章先生为之传，有云："以为典莫备于六官，故疏《周礼》；行莫贤于墨翟，故次《墨子闲诂》；文莫正于宗彝，故作《古籀拾遗》。"又云："《札迻》者，方物王念孙《读书杂志》，每下一义，妥聅宁极，淖入凑理……诒让学术，盖龙有金榜、钱大昕、段玉裁、王念孙四家。其明大义，钩深穷高过之。"

宋衡先生，平阳人。原名存礼，改名曰恕，又改曰衡。其学以仁爱为基，以大同为极，是一位伟大的革新运动者及文化批评者。著作繁富，生前仅刊《六斋卑义》一种，此书提倡革改，远在辛卯以前。又深研内典，章先生称之云："平子疏通知远，学兼内外，治释典，喜《宝积经》。炳麟少治经，交平子始知佛藏。"又云："……最后乃一意治瑜伽。炳麟自被系，专修无著世亲之说，比出狱，世无应者。闻平子治瑜伽，窃自喜，以为梵方之学，知微者莫如平子，视天台、华严诸家深远。"（《太炎文录》卷二《瑞安孙先生伤辞》）宋先生掌教于杭州求是书院，"取法象山，限规不立，经史子集，任择从事。"寿裳幸得受业，并得因以知中国之有章先生。

第十四节　革命不忘讲学

三十七　东京讲学实际情形

章先生一生讲学，历有年所，循循善诱，至老不休。本节所言，系专指居东京、编《民报》之时，一面执笔为文，鼓吹革命，目不暇给。然犹出其余力，为后进讲语言文字之学。寿裳幸侍讲席，如坐春风。谨就当时实际情形，謦欬所承，略记于下：

先生东京讲学之所，是在大成中学里一间教室。寿裳与周树人（即鲁迅）、作人兄弟等，亦愿往听。然苦与校课时间冲突，因托龚宝铨（先生的长婿）转达，希望另设一班，蒙先生慨然允许。地址就在先生寓所——牛込区二丁目八番地，《民报》社。每星期日清晨，前往受业，在一间陋室之内，师生席地而坐，环一小几。先生讲段氏《说文解字注》、郝氏《尔雅义疏》等，神解聪察，精力过人，逐字讲释，滔滔不绝。或则阐明语原，或者推见本字，或则旁证以各处方言，以故新义创见，层出不穷。即有时随便谈天，亦复诙谐间作，妙语解颐。自八时至正午，历四小时毫无休息，真所谓"诲人不倦"。其《新方言》及《小学答问》两书，都是课余写成的。即其体大思精的《文始》，初稿亦起于此时。这是先生东京讲学的实际情形。同班听讲者是朱宗莱、龚宝铨、钱玄同、朱希祖、周树人、周作人、钱家治与我共八人。前四人是由大成再来听讲的。其他同门尚甚众，如黄侃、汪东、马裕藻、沈兼士等，不备举。

三十八　论学微旨

先生讲书之外，时宣微旨，深达理要，补前修之未宏，诚肤受之多妄，实足发人猛省。兹录数则，以见一斑。如说读书论世，贵乎心知其意，勿拘于表面的文字，曰：

古称读书论世，今观清世先儒遗学，必当心知其意，若全绍衣痛诋李光地佻淫不孝，实未足以为大过。台湾之役，光地主谋，使汉绪由兹而斩，欲明加罪状则不能，故托他过以讥之也。江子屏《宋学渊源记》，不录高位者一人，自汤斌、二魏、熊赐履、张伯行之徒，下至陆陇其辈，靡不见黜。而顾、黄二子为明代人物，又别为论叙以见端，诚谓媚于胡族，得登膴仕者，不足与于理学之林也。其他微言难了者，尚复众多，而侈谈封建、井田者为甚。是议起于宋儒，而明末遗民陈之，其言乃绝相反（原注：除王而农别有所感，王崐绳辈意见，则纯同宋儒，其他皆有别旨）。宁人之主张封建，后世不明其故，戴子高犹肆口訾之，甚无谓也。宋儒欲以封建、井田致治，明遗民乃欲以封建、井田致乱。盖目睹胡人难去，惟方镇独立以分其权，社会均财以滋其扰，然后天下土崩，而孤愤易除也。当时无独立及社会主义诸名，有之亦不可明示。托于儒家迂论，乃可引致其途耳。自宁人以下者，斯类多矣。而清雍正、乾隆二朝，亦能窥其微旨。故有言封建、井田者，多以生今反古蒙戮，又数为诏令以驳斥之。若以为沿袭宋儒迂论者，又何必忌之至是耶？然终无可奈何，及同治、光绪以还，行省拥兵于上，会党横行于下，武昌倡义，上下同谋，而清之亡忽焉。则先正之谋果效，而腐朽化为神奇之说亦不虚也。呜呼！前哲苦心若斯者岂独一端已？后之学者其识之哉！

（《自述学术次第》）

又说中国学术，在野则盛，在朝则衰。故提倡自由研究之风，曰：

中国学术，自下倡之则益善，自上建之则日衰。凡朝廷所阁置，足以干禄，学之则皮傅而止，不研精穷根本者，人之情也。会有贤良乐胥之士，则直去不顾，自穷其学。故科举行千年，中间典章盛于唐，理学起于宋，天元四元兴宋、元间，小学经训昉于清世。此皆轶出科举，能自名家，宁有宫吏奖督之哉？恶朝廷所建益深，故其自为益进也。

（《太炎文录》卷二《与王鹤鸣书》）

又说日本学术，采自西方，而中国犹有所自得，常以此谕青年学子，并作《原学》篇以申此义：

269

　　世之言学，有仪刑他国者，有因仍旧贯得之者，其细征乎一人，其巨征乎邦域。荷兰人善行水，日本人善侯地震，因也。山东多平原大坛，故邹、鲁善颂礼。关中四塞便骑射，故秦、陇多兵家。海上蜃气，象城阙楼橹，怳苯变眩，故九州、五胜怪迁之变在齐稷下。因也，地齐使然。周室坏，郑国乱，死人多而生人少。故列子一推分命，归于厌世，御风而行，以近神仙。族姓定，阶位成，贵人之子，以武建陵其下。故释迦令桑门去氏，此于四水入海，而咸淡无别。希腊之末，甘食好乐，而俗淫湎，故史多揭家务为艰苦，作自裁论，冀脱离尘垢，死而宴乐其魂魄。此其政俗致之矣。虽一人亦有旧贯。传曰："良弓之子，必学为箕；良冶之子，必学为裘。"故浮屠之论人也，锻者鼓橐以吹炉炭，则教之调气。浣衣者刮垢摩藏，而谕之观腐骨。各从其习，使易就成，犹引茧以为丝也。

　　然其材性发舒，亦往往有长短。短者执旧，不能发牙角。长者以向之一，得今之十。是故九流皆出王官，及其发舒，王官所不能与。官人守要，而九流究宣其义，是以滋长，短者即循循无所进取。通达之国，中国、印度、希腊，皆能自恢弘者也。其余因旧而益短拙，故走他国以求仪刑。仪刑之与之为进，罗甸、日耳曼是矣。仪刑之不能与之为进，大食、日本是矣。仪刑之犹半不成，吐蕃、东胡是矣。

　　夫为学者，非徒博识成法，挟前人所故有也。有所自得，古先正之所觌鬐，贤圣所以发愤忘食。员舆之上，诸老先生所不能理，往释其惑，若端拜而议，是之谓学。亡自得者，足以为师保，不与之显学之名。视中国、印度、日本则可知矣。日本者，故无文字，杂取晋世隶书章草为之，又稍省为假名。言与文缪。无文而言学，已恶矣。今庶艺皆刻画远西，什得三四。然博士终身为写官，更五六岁，其方尽，复往转贩。一事一义，无胸中之造，徒习口说而传师业者。王充拟之，犹'邮人之过书，门者之传教'（《论衡·定贤篇》）。古今书教工拙诚有异，邮与阍，皆不与也。中国、印度，自理其业，今虽衰，犹自恢扩，其高下可识矣。贷金尊于市，不如己之有苍璧小玑。况自有九曲珠，足以照夜。厥夸毗者，惟强大是信。苟言方略可也，何与于学。

夫仪刑他国者，惟不能自恢扩，故老死不出译胥抄撮。能自恢扩，其不函于仪刑，性也。然世所以侮易宗国者，诸子之书，不陈器数。非校官之业，有司之守，不可按条牒而知。徒思犹无补益，要以身所涉历中失利害之端，回顾则是矣。诸少年既不更世变，长老又浮夸少虑。方策虽具，不能与人事比合。夫言兵莫如《孙子》，经国莫如《齐物论》，皆五六千言耳。事未至，固无以为候，虽至，非素练其情，涉历要害者，其效犹未易知也。是以文久而灭，节奏久而绝（原注：案《孙子》十三篇，今日本治戎者，皆叹为至精，由其习于兵也）。庄子《齐物论》，则未有知为人事之枢者。由其理趣华深，未易比切。而横议之士，夸者之流，又心忌其害己，是以卒无知者。余向者诵其文辞，理其训诂，求其义旨，亦且二十余岁矣。卒如浮海，不得祈向。涉历世变，乃始譁然理解，知其剀切物情。《老子》五千言，亦与是类，文义差明。不知者多以清谈忽之，或以权术摈之。有严复者，立说差异，而多附以功利之说，此徒以斯宾塞辈论议相校耳，亦非由涉历人事而得之也。即有陈器数者，今则愈古（原注谓历史、典章、训诂、音韵之属）。今之良书，无谱录平议，不足以察。而游食交会者又邑之。游食交会，学术之帷盖也，外足以饰，内足以蔽人，使后生无所择，以是旁求显学，期于四裔。

四裔诚可效，然不足一切颣画，以自轻鄙。何者，饴豉酒酪，其味不同，而皆可于口。今中国之不可委心远西，犹远西之不可委心中国也。校术诚有诎，要之短长足以相复。今是天籁之论，远西执理之学弗能为也。遗世之行，远西务外之德弗能为也。十二律之管吹之，捣衣、春米皆效情，远西履弦之技弗能为也。神输之针，灼艾之治，于足治头，于背治胸，远西刲割之医弗能为也。氏族之谱，纪年之书，世无失名，岁无失事，远西阔略之史弗能为也。不定一尊，故笑上帝。不迹封建，故轻贵族。不奖兼并，故弃代议。不烝民，故重灭国。不恣兽行，故别男女。政教之言愈于彼又远。下及百工将作，筑桥者垒石以为空阔旁无支柱，而千年不坏。织绮者应声以出章采，奇文异变，因感而作，犹自然之成形，阴阳之无穷（傅子说马钧作绫机，其巧如此，然今织师往往能之）。割烹者斟酌百物以为和味，坚者使毳，淖者使清，洎者使腴，令菜茹之甘，美于刍豢。次有围棋、柔道，其巧疑神。孰与木杠之癙，织成之拙，牛戴之咮，象戏之鄙，角抵之钝。又有言文歌诗，彼是不能相贸者矣。

夫赡于己者，无轻效人。若有文木，不以青赤雕镂，惟散木为施镂。以是知仪刑者"散"，因任者"文"也。然世人大共标弁，以不类远西为耻。余以不类方更为荣，非耻之分也。老子曰："天下皆谓我道大，似不肖。夫惟大，故似不肖。若肖，久矣其细也夫。"此中国、日本之校已。

（《国故论衡》下卷）

学贵自得，勿轻易效人，类于神贩。此是青年学子必读之文，故录其全首如上。

第十五节　语言文字学上的贡献

三十九　《文始》

章先生对于语言文字学上的贡献，洵可谓集一代的大成。少年时即精治小学，遍览清世大师的著作，以为诸家虽各有所长，然犹有未至者。久乃专读大徐《说文原本》至十余遍，以说解正文比较，于是疑义冰释。尝谓"小学者，国故之本，王教之端，上以推校先典，下以宜民便俗。岂专引笔画篆，缴绕文字而已。"

居东讲学时，不废著述，悼古义之沦丧，愍民言之未理，故作
《文始》，以明语言之根；次《小学答问》，以见文字之本；述
《新方语》，以通古今之邮。又著《国故论衡》上卷十一篇，皆言
小学要义。自谓"阴阳对转，区其弇侈（按：指成均图），半齿
弹舌，归之舌头（按：指古音娘日二纽归泥的证明）；明一字之
有重音，辨转注之系造字。比之故老，盖有讨论修饰之功。"兹
就上述三书，各加说明，并举数例于下：

《文始》这部书是中国文字学上一大发明，探名言的渊源，
极形声的妙用。先生自述其创作经过：

> 以为学问之道，不当但求文字。文字用表语言，当
> 进而求之语言。语言有所起，人仁天颠，义率有缘。由
> 此寻索，觉语言统系秩然。因谓仓颉依类象形以作书，
> 今独体象形见说文者，止三四百数，意当时语不止此，
> 盖一字包数义，故立三四百数已足，后则声意相迻者，
> 孳乳别生，文字乃广也。于是以声为部次，造《文始》
> 九卷。归国后，叶奂彬见而善之，问如何想得出来？
> 答："日读说文，比较会合，遂竟体完成耳。"
>
> （同门诸祖耿：《记本师章公自述治学之功夫及
> 志向》）

其例如：

《说文》："口，人所以言食也。象形。"旁转宵，

变易为𪡓。师古说:"𪡓,口也。"凡有穴者通得言口,故转宵又孳乳为窍,空也。口对转东又孳乳为空,窍也。空又孳乳为䥨,斤斧穿也。口又孳乳为扣,金饰器口也。

《说文》:"谷,泉出通川为谷。从水半见出于口。"此合体象形也。声义本受诸口,而有数读,在深喉则如今音,在浅喉则如浴欲,在齿音则如俗,亦作舌音,与通对转为训,大要分喉、舌二例而已。孳乳为沟,释水曰:"注谷曰沟。"又为陵,通沟以防水也。为渎,沟也。释水曰:"注浍曰渎。"为窦,空也。凡今言洞者皆借为窦,东侯对转也。谷亦对转东,孳乳为㲦,大长谷也。窦旁转幽,孳乳为岫,山穴也。

诸有孔穴可容受者通言谷。对转东,孳乳为容,盛也。在本部孳乳为俞,空中木为舟也……其于衣为襱,绔踦也,或作陡。为韝射臂决也。为袇,编枲衣,一曰头袇,一曰次裏衣也。为屦,履也。其于兵为韇,弓矢韇也。为鞬弓衣也。于器为椟为匵,皆匵也。为䀁,受钱器也。为瓯,小盆也。为甌,瓯也。为瓮为坅,皆罂也。于车为毂,辐所凑也。为釭,车毂中铁也。于乐为筒,通箫也。为管,断竹也(原注:管转东,则筻为大竹筻,筹为大竹)。于门为枢,户枢也。于草为藡,扶渠根也。藡对转东,舒作舌音为藿,杜林说:"藡根也。"此皆有孔穴可容受者也。

泉出通川为谷,故谷对转东,孳乳为通,达也。又

275

孳乳为藗，迭也（原注：迭借为达）。此二同字。又孳
乳为洞，疾流也。洞又为洞渫之义。还侯作来纽为藗，
屋穿水入也。……又孳乳为敠，去阴之刑也，犹去耳言
聊矣。

人有九窍，各有所嗜，而男女为大欲，自洞以衍，
既为涿字。谷本一切通孔之大名。对转东，亦孳乳为
孔，通也。乙至而得子，嘉美之也。此谓人道之通。孔
次对转幽，变易为好，美也。释器言"肉倍好"，"好
倍肉"，"肉好若一"，好即孔矣。其引伸则诗传好训说。
还鱼，孳乳为欲，贪欲也。欲又变易为觎，欲也。易之
窒欲，孟氏作谷。《乐记》"性之欲也"，《乐书》作"性
之颂也"。《庄子天下葛笶》宋钘"语心之容"，即荀子
所引宋子言"人之情欲寡，而皆以己之情欲多"。然则
欲字之义，又系于谷与容矣……凡谷字有深喉、浅喉、
舌、齿四音，故所孳乳之字，亦备四音。

（《文始》卷六《喉东类》）

《说文》："工，巧饰也。象人有规榘。"古文作，
从彡。工者初文，者准初文。小篆用工，遂出匸字为古
文矣。对转侯，变易为䄂，一曰匠也。方言，吴越饰貌
为䄂，或谓之巧。次对转幽，变易为巧，技也。巧旁转
宵，变易为娛，巧也。在本部孳乳又为颂，貌也。貌与
颂皆有图画义。工又孳乳为攻，击也。《考工记》攻木、
攻金、攻皮、设色、刮摩、搏埴皆称工，治之皆曰攻。

又孳乳为功，释诂功，成也，释名功，攻也。攻又孳乳为巩，以韦束也。诗传攻训坚。释诂巩坚皆训固。

工有规榘之义。规榘皆与工双声。凡圆者为鞠，隅者为角，锐者为圭，直者为径，磬折者为磬为球，从横折榘者为勾股，虽各有初文本字及佗字所孳乳者，然皆与工双声相系……

攻训击，对转侯则变易为敂，击也。次对转幽，则变易为考，敂也。其所孳乳，在侯为敋，捶击物也……其本部臼为水边石，亦与礉相转。

（同门诸祖耿：《记本师章公自述治学之功夫及志向》）

四十 《小学答问》

《小学答问》这部书系答弟子之问，以明本字、借字流变之迹，其声义相禅，别为数文者，亦稍示略例，观其会通。其例如：

问曰："《说文》：'天，颠也。'《易》曰：'其人天且劓。'马融曰：'黥凿其额曰天。'不解凿额何以称天？"答曰："天即颠尔。颠为顶，亦为额。《释畜》：'驹颡白颠。'《周南》：'麟之定。'传曰：'定，题也。'一本题作颠（原注：颠顶定题，古皆双声。陆以颠为误，非也）明题颡得称颠矣。去耳曰聝，去鼻曰劓，去而曰耏，去涿曰㩌，皆从其声类造文。去髌直曰髌，凿颠直曰颠，不造它文，直由本义引而申之。又《刑法志》说

秦刑有凿颠，《山海经》说兽名有'刑天'。刑天无首，
盖被凿颠之刑。彼颠即指顶尔。"

问曰："《说文》：'艾，冬台也。'《春秋传》言'艾
豭'，'国君好艾'。孟子、《楚辞》言'少艾''幼艾'，
不解少年何以称艾？"答曰："老亦为艾。五十发苍，
始服官政，以艾为称；少亦为艾，犹言苍生，亦如今言
青年矣。艾转为牙，崔骃言'童牙'，亦转为吾，管子
言'吾子'，皆幼少之名也。"

问曰："《说文》：'爽，明也。'雅训为差为忒，其
义何取？"答曰："阳鱼对转，爽借为疏。夏小正'爽
死。'传曰：'爽也者，犹疏也。'是其例。周疏相对。
周为密，亦为忠信；不密则差，亦为食言矣。"

问曰："说文：'雝，鸒也。'相承训和者何字也？"
答曰："东侯对转'字借为愉。祭义曰：'有和气者亦有
愉色。'《论语·乡党》：'愉愉如也。'郑君曰：'愉愉
颜色和。'愉亦作妁。《汉书·韩信传》：'言语妁妁。'
师古曰：'妁妁，和好貌也。'《史记》作呕呕。雝重言
为雝容。鬼臾区为鬼容区，亦东侯对转矣。或曰：雝
鸒飞则鸣，行则摇，故声音赴节者谓之雝。《乐府》有
《精列篇》，象其节奏，故音和谓之雝。"

四十一 《新方言》

《新方言》，真是洽见的奇书，不刊的硕记。其《自序》有
云："……中更忧患，悲文献之衰微，诸夏昆族之不宁一，略揞

殊语，征之古音，稍稍得其鰓理。盖有诵读占毕之声，既用唐韵，俗语犹不违古音者；有通语既用今音，一乡一州犹不违唐韵者；有数字同从一声，唐韵以来，一字转变，余字则犹在本部，而俗语或从之俱变者。远陌纷错，不可究理。方举其言，不能征其何字，曷足怪乎？……"又云："读吾书者，虽身在陇亩与夫市井贩夫，当知今之殊言，不违姬汉，既陟升于皇之赫戏，案以临瞻故国，其恻怆可知也。"例如今言"甚么"，即"舍"之切音；今言"光蜑"，即"矜"之切音，元寒戈对转，故今言藤菜，声如波菜；舌无轻唇音，故"蜚蟲"本读毕蟲。

　　《说文》："曾，词之舒也。""余，语之舒也。从入，舍省声。"曾余同义，故余亦训何，通借作舍。孟子《滕文公》篇："舍皆取诸其宫中而用之。"犹言何物皆取诸其宫中而用之也。《晋书·元帝纪》："帝既至河阳，为津吏所止，从者宋典后来，以策鞭帝马而笑曰：'舍，长官禁贵人，汝亦被拘耶？'"舍字断句，犹言何事也。亦有直作余者。《春秋左氏传》曰："小白余，敢贪天子之命无下拜！"犹言小白何物也。今通言曰"甚么"，舍之切音也。川、楚之间曰舍子，江南曰舍，俗作啥，本佘字也。（原注：歌戈鱼模麻相转，甚舍齿音，旁纽相通，故甚么为舍之切音）

　　《方言》："矜谓之杖。"寻古音矜如鳏，故老而无妻者或书作矜，或书作鳏。今人谓杖为棍，即矜字之变矣。又谓凶人为光棍。寻《说文》："椿柷（原注：亦作杌），断本也。"古谓凶人曰梼杌，今谓凶人曰光棍，其义同也。《左传》梼杌，杜解以为即鲧。古人即名表德，尧、舜、桀、纣皆是。然则鲧之言棍，即古矜字矣。《楚辞》云："鲧婞直以亡身。"婞直亦与矜同义。婞为直立之物，故古人谓直为矜。《论语》："古之矜也廉，今之矜也忿戾。"又云："君子矜而不争。"廉直为矜，所谓婞也；忿戾为矜，所谓梼杌、光棍也。古今语正自不异。又今人亦谓无室家者为光棍，则正无妻为矜之义。训诂声音皆同。（原注：《说文》鲧鳏二文相接，并训鱼，疑本重文）

《尔雅》："矜，蕃蒿。"元寒歌戈对转，今言蕃菜，声如波菜。

《说文》："蜚，臭虫负蟗螽也。"今淮南谓之蟗，山西谓之蜚虫。蜚读如此，古音无轻唇，蜚本读比。江南转入如毕，通言曰臭虫。

四十二　注音符号的来源

还有，现今常用的注音符号，亦系发源于章先生。先生曾说切音之用，只在笺识字端，令本音画然可晓。故曾定纽文为三十六，韵文为二十二，皆取古文篆籀径省之形，以代旧谱。至民国二年，教育部召集"读音统一会"。开会的时候，有些人主张用国际音标，有些人主张用清末简字，各持一偏，争执甚烈。而会员中，章门弟子如胡以鲁、周树人、朱希祖、马裕藻及寿裳等，联合提议用先生之所规定，正大合理，遂得全会赞同。其后实地应用时，稍加增减，遂成今之注音符号。

第十六节　文学上的贡献

四十三　论文学

宋衡先生论文，颇右汉、魏，于并世则独推重章先生，尝谓："枚叔文章，天下第一。"因为章先生的文章，上规秦、汉，下凌魏、晋，实与宋先生有同嗜。《国故论衡》中卷七篇，皆言文史。其关于韵语，以周、汉为宗，有云：

　　论辩之辞，综持名理，久而愈出，不专以情文贵，后生或有陵轹古人者矣。韵语代益陵迟，今遂涂地，由其发扬意气，故感慨之士擅焉。聪明思慧，去之则弥远。记称诗之失愚，以为不愚固不能诗。夫致命遂志，与金鼓之节相依。是故史传所记，文辞凌厉，精爽不沫者，若荆轲、项羽、李陵、魏武、刘琨之伦，非奇材剑客，则命世之将帅也。由商、周以讫六代，其民自贵，感物以形于声，余怒未渫，虽文儒弱妇，皆能自致。至于哀窈窕，思贤材，言辞温厚，而蹈厉之气存焉。及武节既衰，驰骋者至于绝膴，犹弗能企。故中国废兴之际，枢丁中唐，诗赋亦由是不竞。五季以降，虽四言之铭，且拱手谢不敏，岂独采诗可以观政云尔。太史公曰："兵者，圣人所以讨强暴，平乱世，夷险阻，救危殆。自含血戴角之兽，见犯则校，而况于人，怀好恶喜怒之气，喜则爱心生，怒则毒螫加，情性之理也。故六

律为万事根本，其于兵械尤所重。"自中唐以降者，死
声多矣。"长子帅师，弟子舆尸"，相继也。今或欲为
国驱，竟弗能就。抗而不坠，则暴慢之气从之矣；尨而
无守，则鄙吝之辞就之矣。余以为古者礼乐未兴，则因
袭前代。汉《郊祀歌》有《日出入》一章，其声熙熙，
悲而不伤，词若游仙，乃足以作将师之气，虽云门大卷
弗过也。以是为国歌者，贤于自作远矣。

（《国故论衡》中卷《辨诗》）

　　所云采诗岂独观政，便是国势的盛衰，民气的刚柔，亦可
以从此处看出。《菿汉敬言》中曾有一段话说："观世盛衰者，读
其文章辞赋，而足以知一代之性情。西京强盛，其文应之，故
雄丽而刚劲。东京国力少衰，而文辞亦视昔为弱，然朴茂之气尚
存，所谓壮美也。三国既分，国力乍挫，迄江左而益弱，其文安
雅清妍，所谓优美也。唐世国威复振，兵力远届，其文应之。始
自燕、许，终有韩、吕、刘、柳之伦，其语瑰玮，其气驱奘，则
与两京相依，逮宋积弱，而欧、曾之文应之，其意气实与江左相
似，不在文章奇耦之间也。明世外强中干，弱不至如江左两宋，
强亦不能如汉、唐，七子应之，欲法秦、汉，而终有绝膑之患。
元清以外夷入主，兵力亦盛，而客、主异势，故夏人所谓文，犹
优美而非壮美……是故文辞刚柔，因世盛衰，虽才美之士，亡以
自外。古者陈诗以观民风，诗亡然后《春秋》作。次《春秋》而
有《史记》。《史记》者，通史也，晁错、仲舒之对策，贾太傅
之陈奏，太史皆删不录，而于屈、贾、相如诸传，独存辞赋，诚

以诸奏对者，被时持世之言，而辞赋本于性情，其芳臭气泽之所被，足以观世质文，见人心风俗得失，则弃彼取此矣。此即孔子删诗之志，又非有远识者不能为之。"这里所说，虽不专指辞赋，而足与上引韵语之言相发。至于《日出入》一章，其声恢绰，可被金石，在国歌尚未制定以前，宜于暂用，先生亦曾为寿裳言之。

关于持论，则以魏、晋为法，有云：

> 当魏之末世，晋之盛德，钟会、袁准、傅玄皆有家言，时时见他书援引，视荀悦、徐干则胜。此其故何也？老、庄、刑名之学，逮魏复作。故其言不牵章句，单篇持论，亦优汉世。然则王弼《易例》，鲁胜《墨序》，裴頠《崇有》，性与天道，布在文章。贾、董卑卑，于是谢不敏焉。经术已不行于王路，丧祭尚在，冠昏朝觐，犹弗能替旧常，故议礼之文亦独至。陈寿、贺循、孙毓、范宣、范汪、蔡谟、徐野人、雷次宗者，盖二戴间人所不能上。施于政事，张斐"晋律之序"，裴秀"地域之图"，其辞往往陵轹二汉。由其法守，朝信道矣，工信度矣……
>
> 魏、晋之文，大体皆埤于汉，独持论仿佛晚周，气体虽异，要其守已有度，伐人有序，和理在中，孚尹旁达，可以为百姓师矣……
>
> 效唐、宋之持论者，利其齿牙；效汉之持论者，多其记诵，斯已给矣。效魏、晋之持论者，上不徒守文，

下不可御人以口，必先豫之以学。

（三段皆见《国故论衡》中卷《论式》）

"必先豫之以学"这句话，最为切要。世人但知道魏、晋崇玄学，尚清谈，而不知道玄学常和礼乐的本原、律令的精义，彼此相扶。玄学者其言虽系抽象，其艺则切于实际，所以是难能可贵。

四十四　文之自述

关于自言其文之所至，引二段如下：

余少已好文辞，本治小学，故慕退之造词之则，为文奥衍不驯，非为慕古，亦欲使雅言故训，复用于常文耳。犹凌次仲之填词，志在协和声律，非求燕语之工也。时乡先生有谭君者（按指谭献，仁和人，著有《复堂类稿》），颇从问业。谭君为文，宗法容甫、申耆，虽体势有殊，论则大同矣。三十四岁以后，欲以清和流美自化。读三国、两晋文辞，以为至美，由是体裁初变，然于汪、李两公，犹嫌其能作常文，至议礼、论政则踬焉。仲长统、崔实之流，诚不可企。吴、魏之文，仪容穆若，气自卷舒，未有辞不逮意，窘于步伐之内者也。而汪、李局促相斯，此与宋世欧阳、王、苏诸家务为曼衍者，适成两极，要皆非中道矣。匪独汪、李、秦、汉之高文典册，至玄理则不能言。余既宗师法相，亦兼事魏、晋玄文，观夫王弼、阮籍、稽康、裴颜之辞，必非

汪、李所能窥也……由此数事，中岁所作，既异少年之
体，而清远本之吴、魏，风骨兼存周、汉，不欲纯与
汪、李同流。然平生于文学一端，虽有所不为，未尝极
意菲薄。下至归、方、姚、张诸子，但于文格无点，波
澜意度，非有猖狂犯规者，则以为学识随其所至，辞气
从其所好而已。今世文学已衰，妄者皆务为骫骳，亦何
暇訾议桐城义法乎？

（《自述学术次第》）

文生于名，名生于形，形之所限者分，名之所稽
者理。分理明察，谓之知文。小学既废，则单篇撦落；
玄言日微，故俪语华丽。不其本，以之肇末，人自以
为杨、刘，家相誉以潘、陆，何品藻之容易乎？仆以
下姿，智小谋大，谓文学之业，穷于天监，简文变古，
志在桑中。徐庚承其流化，平典之风，于兹沫矣。燕、
许有作，方欲上攀秦、汉，逮及韩、吕、柳权、独孤、
皇甫诸家，劣能自振，议事确质，不能如两京，辩智
宣朗，不能如魏、晋。晚唐变以谲诡，两宋济以浮夸，
斯皆不足邵也。将取千年朽蠹之余，反之正则，虽容
甫、申耆，犹曰采浮华、弃忠信尔。皋文、涤生，尚
有谖言，虑非修辞立诚之道。夫忽略名实，则不足以
说典礼；浮辞未剪，则不足以穷远致。言能经国，诎
于笾豆有司之守；德音孔胶，不达形骸智虑之表。故
篇章无计簿之用，文辨非穷理之器。彼二短者，仆自

以为绝焉。

(《国故论衡·论式》)

所言绝无夸饰。因为典礼之文，所短每在繁碎，性道之文，所短每在缴绕。先生的文章确乎没有这两种短处，宜乎宋先生所以特别推重啊！

四十五　诗之自述

章先生的诗，不加修饰，弥见性真。其自述有云：

余作诗独为五言。五言者，挚仲冶《文章流别》，本谓俳谐倡乐所施。然四言自风雅以后，菁华既竭，惟五言犹可仿为。余亦专写性情，略本钟嵘之论，不能为时俗所为也。

(《自述学术次第》)

任举一首，如民国十六年，先生六十岁，其《生日自述》诗是：

蹉跎今六十，斯世孰为徒？

学佛无乾慧，储书不愈愚。

握中余玉虎，楼上对香炉。

见说兴亡事，拿舟望五湖。

此诗即物言情，气韵深远，烈士暮年，壮心不已。虽身在江湖，面对于手造的民国，忧勤之心，未能一日去于怀！

第十七节　史学上的贡献

四十六　中国历史的特长

葆重中国的历史，和上两节的葆重语文，同为章先生的本志。尝谓提倡民族主义，发扬孔氏教育，皆当以历史为先务，有云：

> 孔氏旧章，其当考者，惟在历史，戎狄豺狼之说，管子业已明言。上自虞、夏，下讫南朝，守此者未尝逾越，特春秋明文，益当葆重耳。虽然，徒知斯义，而历史传记，一切不观，思古幽情，何由发越？故仆以为民族主义，如稼穑然，要以史籍所载人物、制度、地理、风俗之类，为之灌溉，则蔚然以兴矣。不然，徒知主义之可贵，而不知民族之可爱，吾恐其渐就萎黄也。孔氏之教，本以历史为宗。宗孔氏者，当沙汰其干禄致用之术，惟取前王成迹，可以感怀者，流连弗替。春秋而上，则有六经，固孔氏历史之学也；《春秋》而下，则有《史记》《汉书》，以至历代书志纪传，亦孔氏历史之学也。若局于公羊取义之说，徒以三世三统，大言相扇，而视一切历史为刍狗，则违于孔氏远矣。
>
> （《太炎文录·别录》二卷《答铁铮》）

《国故论衡》中，亦有发挥此旨之文，如云：

……春秋所以独贵者，自仲尼以上，《尚书》则阔略无年次。百国春秋之志，复散乱不循凡例，又亦藏之故府，不下庶人。国亡则人与事偕绝。太史公云："《史记》独藏周室，以故灭。"此其效也。是故本之吉甫史籍，纪岁时月日，以更《尚书》，传之其人，令与诗书礼乐等治，以异百国春秋，然后东周之事，粲然著明。令仲尼不次《春秋》，今虽欲观定，哀之世，求五伯之迹，尚荒忽如草昧。夫发金匮之藏，被之萌庶，令人人不忘前王，自仲尼、左丘明始……今中国史传连蓰，百姓与知，以为记事不足重轻，为是没丘明之劳，谓仲尼不专记录。借令生印度、波斯之原，自知建国长久，文教浸淫，而故记不传，无以褒大前哲，然后发愤于宝书，哀思于国命矣。（原注：余数见印度人言其旧无国史，今欲搜集为书，求杂史短书以为之质，亦不可得。语辄扼腕。彼今文家特未见此尔）

国之有史久远，则亡灭之难。自秦氏以讫今兹，四夷交侵，王道中绝者数矣。然撆者不敢毁弃旧章，反正又易。借不获济，而愤心时时见于行事，足以待后。故令国性不堕，民自知贵于戎狄，非春秋孰纲维是？春秋之绩，其什伯于禹耶，禹不治洚水，民则溺。民尽溺，即无苗裔，亦无与俱溺者。孔子不布春秋，前人往，不能语后人，后人亦无以识前。乍被侵掠，则相安于舆台之分。诗云："宛其死兮，他人是偷。"此可为流涕长潸者也。然则继魏而后，民且世世左衽，而为羯胡鞭挞，其甚于一朝之溺。春秋之况烝民，比之天地亡不幠持，岂虚誉哉？

四十七　论人物之例

史传所载的人物和制度，可以使人周知古昔，以兴感慕。章先生描写人物，只用简要之笔，便能将其个性和特绩，活跃于纸上。例如述大禹之功，有云：

> 惟后生于汶山，故知山川之首；学于西王国，故识流沙之外；眇达勾股，故能理水地高下之宜；以身为度，故辨诸侯万人之体。于是鬐河以道九牧，凿江以流九派，刊旅以通九山。天地得一，画为中区，五服弼成，民得字养。自百王之功，未有如后者也。
>
> （《文录续篇》卷五上《禹庙碑》）

又如述孔子之当尊，在上述历史之外，还有布文籍、振学术、平阶级诸功。其文曰：

> 孔子所以为中国斗杓者，在制历史、布文藉、振学术、平阶级而已。往者《尚书》百篇，年月阔略，无过因事记录之书，其始末无以猝睹。自孔子作《春秋》，然后纪年有次，事尽首尾。丘明衍传，迁、固承流，史书始灿然大备。椠则相承，仍世似续，令晚世得以识古，后人因以知前。故虽戎羯荐臻，国步倾

覆，其人民知怀旧常，得以幡然反正，此其有造于华夏者，功为第一。《周官》所定乡学，事尽六艺，然大礼犹不下庶人。当时政典，掌在天府，其事迹略具于《诗》《书》，师氏以教国子，而齐民不与焉。是故编户小氓，欲观旧事，则固闭而无所从受。故《传》称"宦学事师""宦于大夫"，明不为贵臣仆隶，则无由识其绪余。自孔子观书柱下，述而不作，删定六学（即"六书"），布之民间，然后人知典常，家识图史，其功二也，九流之学，靡不出于王官；守其一术，而不遍览文籍，则学术无以大就。自孔子布文籍，又自赞《周易》，吐《论语》，以寄深湛之思。于是大师接踵，宏儒郁兴，虽所见殊途，而提振之功则一，其功三也。春秋以往，官多世卿，其自渔钓饭牛而兴者，乃适遇王伯之君，乘时间起，平世绝矣。斯岂草野之无贤才，由其不习政书，致远恐泥，不足与世卿竞爽。其一二登用者，率不过技艺之官，皂隶之事也。自孔子布文籍，又养徒三千，与之驰骋七十二国，辨其人民，知其土训，识其政宜。门人余裔，起而干摩，与执政争明。哲人既萎，曾未有年，六国兴而世卿废。民苟怀术，皆有卿相之资。由是阶级荡平，寒素上遂，至于今不废，其功四也。总是四者，孔子于中国为保民开化之宗，不为教主。世无孔子，宪章不传，学术不振，则国沦戎狄而不复，民陷卑贱而不升，欲以名号加于宇内通达之国，难矣。今之不坏，繄先圣是赖，是乃其所以高于尧、舜、文、武而无算者也。

（《太炎文录》卷二《驳建立孔教议》）

至于异族之人如伯夷、叔齐者，积仁诘行，廉顽立懦，感化力可谓伟大。章先生考其种族，谓以齐桓公伐山戎，斩孤竹观之，则夷、齐为山戎种，所谓鲜卑大人者是。其性墨胎，亦是虏姓而非汉姓。其后所隐首阳山，则从《史记正义》引说文在辽西，本为孤竹所辖。所谓采薇而食者，薇的茎叶皆似小豆，可以生食，即今之野豌豆苗。其不食周粟者，谓不食周室养老之饩。以东胡无米，独饶产豆，故就所有者为食，并非偏取豌豆而弃大豆。末段有云：

……其称饿者，夷、齐就周养老，常得肉食。鲜卑戎人又素以饮酪、食肉为主。比其归时，年老不任弋猎。胡俗贱老（原注：《三国志》注引《魏书》，乌丸俗贱老。鲜卑习俗与乌丸同），亦无以肉相饷者。午食植物，则歉然如馁耳。借令今人得豆类为常食，首夏食豌豆，长夏食䜻，秋食大豆，大豆坚实，又可熏暴以备冬春之需。其味丰腴甘美，视稻麦或不逮，视黍稷乃远胜之，何饿之有焉？其言饿且死者，大以为宫柱，名为蒿宫。诡诞之言，不可为典要矣。虽然，明堂在郊，亦只就三代言也。其在上古，则圜丘正为王宫之地。故附于郊丘者，有王宫祭日之典（祭法）。祭日之坛，而命之曰王宫，明王宫与日坛同处，朝觐于是，祭京于是，治事于是，授学于是。后世既不能继故，犹放物其意而建明堂、辟雍、三灵于郊野。灵台者，其所以拟群帝之台耶？

又寻山字之声类考之，则《说文》云："山，宣也。"以声为训，明古音山宣不殊。而宣为天子正居。周有宣谢，汉有宣室，此皆因仍古语。彼天子正居所以名宣者，正以其在山耳。周之宣谢，《汉书·五行志》以为讲武之坐屋，此固未备。据顾命路寝所设，大训、天球、河图皆在焉。而鼖鼓赤刀，兑之戈，和之弓，垂之竹矢，则讲武之具也。蔡邕云："古言天者三家：一曰盖天；二曰宣夜；三曰浑天。"寻谢字古但作射，而射与夜相通（原注：左氏六年经，狐射姑，穀梁作狐夜姑。又左氏昭二十五年传，申夜姑，释文云：夜本或作射）。是宣夜即宣射。天子正室有观天之器。其在后世，始分观天之处于灵台。然太古灵台、宣室，未始有异，皆在山颠而已。复观祭法："夜明为祭月之坛。"与日坛称王宫者密迹。至于汉世，而宣夜、夜明之语，转为掖庭。掖也，夜也，射也，谢也，榭也，豫也，序也，此七字皆同音而义相联者也。

又寻《尚书》有"纳于大麓"之文。古文家太史公说曰："尧使舜入山林川泽。"此读麓为本字，所谓林属于山为麓也。今文家欧阳夏侯说曰："昔尧试于大麓者，领录天子事，如今尚书官矣。"（原注：刘昭注《续汉书·百官志》引《新论》如此）又曰："入于大麓，言大麓，三公之位也。居一公之位，大总录二公之事。"
（原注：《论衡·正说篇》）古文于字义为得，顾于官制
失之；今文得其官制，其字义又不合。即实言之，则天
子居山，三公居麓，麓在山外，所以卫山也。尧时君相
已居栋宇，而犹当纳于大麓者，洪水方滔，去古未远，
其故事尚在礼官。初拜三公，当准则典礼而为之，则必
入大麓以为赴官践事之明征。《左传》曰："山林之木，
衡鹿守之。"鹿即麓也。衡麓在后世只为虞衡之官，而
古代正为宰相。如伊尹官阿衡，亦名曰保衡，犹是衡麓
之故名也（原注：说者以为阿倚衡平，则望文生训也）。
至汉时有光禄勋，为天子门卫。勋者，阍也。（原注：
胡广已言之）独光禄之义，至今未有确解。其实光禄即
是衡麓。衡、横古通。又《尚书》今文"横被四表"，
古文作"光被四表"。是衡、横、光三字为一也。（原
注：古音同在阳部）……然证之以郎官，郎者光禄勋之
属，亦天子守门之官也。《汉书·杨恽传》云："郎官故
事，令郎出钱市财用，给文书，乃得出，名曰山郎。"
张宴曰："山，财之所出，故取名焉。"此未必得其本义
也。大抵古天子端居冈阜，而从官以射猎为事，多得其
饶。故汉世因之，犹名财之所出为山郎。斯语虽见于
汉，然自殷、周时已有此意。周语曰："夫周，高山广
川大薮也。而幽王荡以为魁陵粪土沟渎，其有悛乎？"
又曰："夫旱麓之榛楛殖，故君子得以易乐干禄焉。若
夫山林匮竭，林麓散亡，薮泽肆既，民力凋尽，田畴荒

芜，资用乏匮，君子将险哀之不暇，而何易乐之有焉。"
是则天子在山，取其饶用，从官得以干禄。至殷、周，
虽已居城郭，犹必宅于高山旱麓之地。汉代因之，遂有
山郎之名，其所从来远矣。

综考古之帝都，则颛顼所居曰帝丘，虞舜所居曰蒲
阪，夏禹所居曰嵩山（原注：夏都阳城。阳城即嵩山所
在。古无嵩字，但以崇字为之。故周语称鲧为崇伯鲧。
《逸周书》称禹为崇禹）。商之先，相土居商丘。其后
又有适山之文（原注：盘庚曰：古我先王将多于前功，
适于山）。周之先，公刘后京，其后又处旱麓之地。夫
曰山，曰丘，曰阪，曰京，皆实地而非虚号。上古橧
巢，后王宫室。其质文虽世异，而据山立邑则同。左氏
言"三坟""九丘"。贾侍中云："三坟，三王之书；九
丘，九州亡国之戒。"言坟言丘，并以都山为义。及其
亡灭，宫室邑里已泯绝，惟丘陵之形独存，甚者或夷
为汙泽。故伍员哀吴之亡，则言"吴其为沼"。而屠灭
者至于潴其宫室。盖以为高丘者，君上之所居，通于
神明；洿泽者，亡虏之所处，沦于幽谷也。然则天子
居山，其意在尊严神秘，而设险守固之义，特其后起
者也。

（《太炎文录》卷一《官制索隐》）

至于《专制时代宰相用奴说》，亦摘引如下：

伊尹尝为阿衡（《商颂》），亦为保衡（《书·君
奭》）。衡之义，前已发之。所谓衡鹿，即光禄也。而
阿保为女师之称（《后汉书·崔实传》：或因常侍阿保，
别自通达。注：阿保为傅母）。阿之为名，见于《礼
记》，称为可者。说文阿字作妸。然则《吕览·本味篇》
称："有姺以伊尹媵女，斯不诬矣。"孰谓其躬耕乐道
耶？汤既引伊尹为腹心，而阿保之名无改。其后相袭，
遂以阿保为三公。周有太保，王莽置太阿、少阿，皆自
此出。而说者以为阿倚衡平，则不寻其本柢矣。又《本
味篇》云："伊尹说汤以至味。"然则割烹要汤之说，亦
不诬也。《曲礼》述夏、商之制，太宰尚卑，是其职本
在治膳。然自伊尹任政，而冢宰之望始隆。孔子言高宗
以前，君薨则百官总己以听冢宰。明冢宰之贵，商时已
然。至《周礼》，天官太宰遂正位为五官长。然其所属
冗官，犹是宫中治膳之职……又伊尹能治汤液。故《周
礼》沿之，医师、食医、疾医、疡医、兽医等官，亦隶
太宰。伊尹本为女师，故《周礼》沿之，使小宰治王
宫之政令，而宫正、宫伯、宫人、内小臣、阍人、寺
人、内竖皆属之；以至九嫔、世妇、女御之属，皆以太
宰为其长官。后儒不审沿革，谓特使宫掖冗宫，隶于冢
宰，使不得阻挠外政，所谓宫中、府中皆为一体者。不
知周制实由沿袭而成，非别有深意也。宰夫之官，于
《周礼》为左右太宰者，掌治朝之法，群吏之治，百官
府之征令，以治法考百官府郡都县鄙之治，乘其财用之

出入，其职崇矣。然见于《春秋·传》者，则列国之宰夫，犹是庖人。而汉世奉常，属官有痈太宰，专主熟食。由夏、商本是一官，其后分之，或从本职，则为庖人；或从差遣，则为执政。

相沿有宰相之名，其原委至暧昧也。相之为名，本瞽师之扶掖者耳。稍进而赞揖让槃辟之礼者示名为相，其本皆至贱矣。然自尧时举十六相，已渐崇贵。仲虺为汤左相，召公为固伯相，遂以其名被之执政。即观孔子之在夹谷，本赞正服位之相耳，而《史记》言由大司寇行摄相事，则以执政归之。盖昵近之臣，易得君旨，故二者往往相兼，此又相国，丞相之名所由起矣。

御之为名，诗言"瞽御"是也。周之御史，本居柱下，乃亦出巡邦国，至秦世遂以御史监郡。盖其始本以天子近臣，刺探邦国密事，犹后世以中贵人衔名也。秦之御史，已较周时为贵。其长官御史大夫，则遂在三公之列。按《大雅·崧高篇》"王命傅御，迁其私人。"郑云："傅御者，贰王治事，谓家宰也。"是周世宰相，既以御名，而秦特沿袭其制耳。

仆射者，亦贱官之名也。《礼记·檀弓》言君疾："仆人师扶右，射人师扶左。"此近臣最微末者。自春秋时，以仆人通书札，《左传》言魏绛授仆人书，此犹近世投刺者，必由阍人传入耳。秦时谒者，掌宾赞受事，尚书属少府博士通古今，与侍中皆天子近臣，而皆有仆射以领之。由是仆人，射人之名，始合为一，其被名非无故也（原注：《汉书百官公卿表》言古者重武，有主射以督课之。其说不合。近孙仲容始以仆人、射人之说正之）。汉时有尚书令一人，承秦所置。武帝初，用宦者，其后更为中书，司马迁尝为之。后汉有尚书令、尚书仆射、中书令，皆为真宰相。奄竖之称，施于执政，而世不以为耻者，由其习惯然矣。

侍中者，又贱官之名也。汉初侍中，非奉唾壶，即执虎子。至东汉，则侍中比二千石（原为"二千名"）。元魏以降，渐益显著，唐时亦以侍中为真宰相。然其所居，犹曰门下，斯与阉椓之徒何异，形迹之不可掩如此。

综此数者，则知古之宰相，皆以仆从小臣，得人主之信任。其始权藉虽崇，阶位犹下，最后乃直取其名以号公辅。然至于正位之后，而人主所信任者，又在彼不在此。汉之丞相、御史，权位皆至重也，东汉谓之司徒、司空，而国政已移于尚书矣。唐之尚书令、仆射、中书令、侍中，权位皆至重也。其后只为虚衔，而谋议国事者曰平章矣。明初亦置中书省，左右丞相，自胡维庸谋反以后，禁不得设，而天子所与论道者，归之内阁矣。明之大学士，秩不过正五品，至满洲乃以此为公辅之正名，而政权复移于军机处矣。是知正位居体之臣，为人君所特恶，必以近幸参之，或以差委易之，然后始得其欢心，知其要领。彼与奄人柄政，固未有以大殊也……

观于寺字、官字、臣字之得名，而知古代？所贵，惟天子与封君。其非有土子民之臣僚，则皆等于奴隶隶属。观于太阿、太保、冢宰、丞相、御史、仆射、侍中之得名，而知侍帷幄、参密议者，名为帝师，或曰王佐，其实乃佞幸之尤。世之乘时窃权而以致君尧、舜自伐者，可无愧耶？

（同上并参阅《检论》卷七《官统》）

四十八　论风俗之例

章先生之论风俗，亦独具慧眼，超出常流，溯风气之来源，穷社会的深奥。如说俗士以为魏、晋风俗，不及东汉，殊不知其敝俗无一不造端于汉代。汉代的纯德，在下吏诸生之间，虽魏、晋亦尽够与之相匹；魏、晋的侈德，下在都市，上即王侯贵人，虽汉世何尝没有！详见《五朝学》（《文集》卷一）。又如说晚世俗尚浮伪，滥称师生，其塾师在穷阎者，则弃之未尝一顾；而曲事座主，如对上皇，甚至执贽子上官，丑态百出。推究其始祸，实惟唐之韩愈！详见《箴新党论》。又如说唐代风俗淫佚，学者习为夸诞，不务质诚，都由于受了王勃之化。他的祖父王通的讲学著书，都出于他的假造。兹摘录首段于下：

隋、唐以科目更世胄，故鱼盐之士，管库之吏兴。匹夫有善，无勿举也。虽衰世犹有俊杰，此其贤于前世。及乎风俗淫佚，耻尚失所，学者狃为夸肆，而忘礼让，言谈高于贾、晁，比其制行不逮楼护陈遵。

章炳麟曰：尽唐一代学士，皆承王勃之化也。昔王应麟称《世说》清浮，《中说》闳实，天下治乱系之。此古所谓皮相者。凡论学术，当辨其诚、伪而已。《世说》虽玄虚，犹近形名，其言间杂调戏，要之中诚之所发舒。《中说》时有善言，其长夸诈则甚矣。案其言长安见李德林援琴鼓荡，及杜淹所为《世家》，称通问礼关朗，其年齿皆不逮（原注：晁公武《读书志》，叶大庆《考古质疑》，皆辨之），而房玄龄、杜淹、陈叔达，年皆长通，不得为其弟子（原注：近世黄式三辨之）。《旧唐书》称通仕至蜀郡司户书佐，疑其言献策者亦妄也。诸此诈欺之文，世或以为福郊、福畤增之。案通弟绩既以通比仲尼（原注：如汾亭操比龟山，白牛溪比尼丘泗涘之类），子姓袭其唐虚宜然。然其年世尚近，不可颠倒，而勃玄通稍远矣。生既不识李、房、杜、陈之畴，比长，故老渐调，得以妄述其事。《唐书》称通尝起汉、魏尽晋，作书百二十篇，续古《尚书》，有录无书者十篇。勃补完缺遗，定著二十五篇。由今验之，《中说》与《文中子世家》，皆勃所谰诬也。

夫其淫为文辞，过自高贤，而又没于势利，妄援隋、唐群贵以自光宠。浮泽盛，故虑宪衰；矜夸行，故廉让废。其败俗与科目相依，而加劲轶焉。终唐之世，文士如韩愈、吕温、柳宗元、刘禹锡、李翱、皇甫湜之伦，皆勃之徒也，其辞章骈耦不与焉。犹言魏、晋浮

华，古道湮替，唐世振而复之，不悟魏晋老庄、刑名之
学，覃思自得亦多矣。然其沐浴礼化，进退不越，政事
堕于上，而民德厚于下（原注：魏、晋两代，惟西晋
三四十年中，风俗大弊，然犹不及吴、蜀故虚，东晋则
风俗已复矣），固不以玄言废也……

（《检论》卷四《案唐》）

所云房玄龄、杜淹、陈叔达不得为其弟子及种种诈欺之文，
《訄汉昌言》卷六中亦有证明，云："王绩《游北山赋》，自注称
其兄门人百数，有董恒、程元、贾琼、薛收、姚义、温彦博、杜
淹，而不及房、杜、魏徵、陈叔达等。由今追观，玄龄少时已知
隋祚不长，而仲淹方献太平策；以隋文之猜刻，太子广之奸狡，
杨素之邪佞，乃欲其追比成康，其识不及玄龄远甚，知房必不事
王也。魏征于隋末为道士，诡托方外，亦无执挚儒门之理。陈叔
达答绩书，称'贤兄文中子'，是叔达亦非仲淹门人。又云：'叔
达亡国之余，幸赖前烈，有隋之末，滥尸贵郡，因霭善诱，颇识
大方。'则是尝以郡守下问部民，非著籍门下者也。绩书但举亡
兄芮城，不及文中，果尝抗颜为师，安有不举为表旗者哉？唐初
卿佐，薛收最少，其为仲淹门人，斯无可疑。然《中说》称'内
史薛公令子收往事，尚亦不谛；使道衡重仲淹如此，不令作蜀郡
司户书佐矣'又《五朝学》自注云：'世人谓清谈废事，必忘大
节。此实不然。乐广、卫玠，清言之令。然愍怀之废，故臣冒禁
拜辞，为司隶所收缚，广即解遣之。'卫玠于永嘉四年，南至江
夏，与兄别于梁里涧，语曰：'在三之义，人之所重。今曰忠臣

致身之道，可不勉乎？'不得谓忘大节也。又世谓南朝人专务声色，然求之史传，竟无其征，就有一二，又非历朝所无也。唐人荒淫，累代独绝，播在记载，文不可诬。又其浮竞慕势，尤南朝所未有。南朝疵点，专在帝室，唐乃延及士民……"此亦足与上引东晋风俗已复之言相发。

四十九　论修史

章先生对于修史的意见发表甚多，例如《近史商略》一文，于元、明史既有评论，于清史体裁的纰缪，尤多匡正。《国语志》，如《儒学》《畴人》二传，如《叛臣传》，如《卓行传》，如《不列佞幸传》，所评均极确当。兹仅录其最末《论艺文儒学》一节如下：

> 艺文经籍谱志，所以见古今书籍存亡之概，非为一代杨其华采也。自昔之为志者，大抵集合古今，归之部署。宋史虽多舛缪，旧籍存亡之数，犹可概知。独明志局于当代，观其序述，诚非好为更张。盖焦竑所为《经籍志》，多由臆造，若欧阳，大、小夏侯三家《南书》，齐、鲁、韩三家《诗》，贾逵，郑众之《春秋》，马融之《周礼》，卢植之《礼记》，李登之《声类》，谢承、华峤、司马彪、袁山松之《后汉书》，王隐、虞预、谢灵运、何法盛、藏荣绪之《晋书》，贾充、杜预之《晋律》，南宋以降，斩焉无存。而焦竑录之《志目》，其篇卷悉与汉、隋二志不异。此之荒诞，谁能信之？自是而外，文渊书目又不周详。是以明史专存一代，则慎言阙疑之旨

也。而俗士昧其意趣，谓艺文当以断代为正，吾不谓断代非也。当代现有其书，则取而录之于志，如四柱清册者有旧管、新收、开除、现存之条。所谓现存，即以旧管、新收合计。作册者不专以新收为现存，作志者安得以一代作为断代耶？清时《四库书目》，外及私家储藏，虽非详尽，终异于虚张空薄者。不据斯以入录，而欲追踪明志，非所谓貌同心异者欤！且清世经师，多由博观自得，非有师法授受之统也。今为儒学传者，必推其原始，致之晚周，称商瞿受易孔子，曾申受诗子夏，师传阔绝，而以旦暮视之，何弄亢萧氏于酇侯，追王家于齐建，施诸碑颂则可，行于方策则否矣。儒学当断限而反通，艺文宜广收而反局，何其瞀乱一至于斯也！或言古今具录，其目过繁。不悟唐志有书八万余卷，宋志有书十二万卷，清时新旧著录之书，宁能过是。若不知体要，而苟以虚伪鄙琐者相充，是虽清时一代之作，亦犹繁而难理矣。碑版传状所称著书如千卷者，其数可胜计耶？

（《检论》卷八《哀清史附录》）

五十　论治史

章先生对于今人治史的缺点，慨乎言之。例如《救学弊论》一文，于现代学校课程的失当，多所指摘，以为欲省功易进，多识而发志者，要算是历史罢！其书虽广，而文易知；其事虽烦，而贤人君子之事与夫得失之故悉有之。其所从人之途，则须务于眼学，不务耳学。末段有云：

……今之文科，未尝无历史，以他务分之，以耳学圉之，故其弊有五：一曰尚文辞而忽事实。盖太史兰台之书，其文信美，其用则归于实录。此以文发其事，非以事发其文。继二公为之者，文或不逮，其事固粲然。今尚其辞而忽其事，是犹买珠者好其椟也。二曰因疏陋而疑伪造。盖以一人贯串数百年事，或以群材辑治，不能相顾，其舛漏宜然。及故为回隐者，则多于革除之际见之，非全书悉然也。《史通》曲笔之篇，《通鉴》考异之作，已往往有所别裁。近代为诸史考异者又复多端，其略亦可见矣。今以一端小过，悉疑其伪。然则耳目所不接者，孰有可信者乎？百年以上之人，三里以外之事，吾皆可疑为伪也。三曰详远古而略近代。夫羲、农以上，事不可知；若言燧人治火，有巢居桧，存而不论可也。《尚书》上起唐、虞，下讫周世，然言其世次疏阔，年月较略，或不可以质言。是故孔子序甘誓以为启事，墨子说甘誓以为禹事。伏生、太史公说金縢风雷之变为周公薨后事，郑康成说此为周公居东事。如此之类，虽闭门思之十年，犹不能决也。降及春秋，世次年月，始克彰著，而迁、固以下因之，虽有异说，必不容绝经如此矣。好其多异说者，而恶其少异说者，是所请（此处疑为"所谓"）好画鬼魅，恶图犬马也。不法后王而盛道久远之事，又非所以致用也。四曰审达塞而遗内治。盖中国之史自为中国作，非泛为大地作。域外诸国与吾有和战之事则详记之，偶通朝贡则略记之，其他固不记也。

今言汉史者喜说条支、安息，言元史者喜详俄罗斯、印度，此皆往日所通，而今日所不能致。且观其政治风教，虽往日亦隔绝焉。以余暇考此固无害，苦徒审其踪迹所至，而不察其内政军谋何以致此，此外国之人之读中国史，非中国人之自读其史也。五曰重文学而轻政事。夫文章与风俗相系，固也。然寻其根株，是皆政事隆污所致。怀王不信谗则《离骚》不作，汉武不求仙则《大人赋》不献。彼重文而轻政者，所谓不揣其本求之于末已。且清谈盛时，犹多礼法之士；诗歌盛时，犹有经术之儒。其人虽不自禄于世，而当世必取则焉，故能持其风教，调之适中。今徒标揭三数文士，以为一时士俗，皆由此数人持之，又举一而废百也。扬榷五弊，则知昔人治史，寻其根株；今之治史，摭其枝叶。摭其所以致此者，以学校务于耳学；为师者不可直说事状以告人，是以遁而为此。能除耳学之制，则五弊可息，而史可兴也……

（《太炎文录续编》卷一）

第十八节　经子及佛学上的贡献

五十一　说经

自章学诚发六经皆史之说，龚自珍引申之曰："六经者，周史之宗子也。《易》也者，卜筮之史也；《书》也者，记言之史也；《春秋》也者，记动之史也；《风》也者，史所采于民而编之竹帛，付之司乐者也；《雅颂》也者，史所采于士大夫也；《礼》也者，一代之律令，史职藏之故府，而时以诏王者也；《小学》

也者，外史达之四方，瞽史谕之宾客之所为也。今夫宗伯虽掌礼，礼不可以口舌存；儒者得之史，非得之宗伯。乐虽司乐掌之，乐不可以口耳存；儒者得之史，非得之司乐。故曰：六经者，周史之大宗也。"章先生常谓学诚之言为有见，谓《春秋》即后世史家之本纪；《列传》《礼经》《乐书》，仿佛史家之志；《尚书》《春秋》，本为同类；《诗》多纪事，合称"诗史"；《易》乃哲学史之精华，即今所称社会学（参阅诸祖耿《记本师章公自述治学之工夫及志向》）。因为经史分部，魏以前无此说。经为官书，史官掌之，故谓之史。

章先生治经典，专崇古文，有云："六经皆史之方，治之则明其行事，识其时制，通其故言，是以贵古文。"（《国故论衡·明解故》下）因之先生治经，以周官、左氏为本。其法依据明文，不纯以汉世师说为正，以为不如是则怪说不绝。虽尚汉学，而亦不黜魏、晋。有云：

余谓清儒所失，在牵于汉学名义，而忘魏、晋干蛊之功。夫汉时十四博士，皆今文俗儒。诸古文大师虽桀然树质的，犹往往俯而汲之，如贾景伯、郑康成皆是也。先郑、许、马濡俗说为少，然其书半亡佚，后人欲窥其微，难矣。黄初以来始立毛氏《诗》，左氏《春秋》，《尚书》亦取马、郑，而尽废今文不用。逮《三体石经》之立，《书》《春秋》古文一时发露，然后学有一尊，受经者无所恇惑。故其时有不学者，未有学焉而岐于今文者；以是校汉世之学，则魏、晋有卓然者矣。郑冲无

俚，盗《石经》之字以造古文《逸书》，为世诟病，今
所谓伪孔尚书是也。然今人知伪孔之非，为训说以更之
者数家，猝然遇章句寒棘，终已不能利解；就解其一二
语，首尾相次，竟不知说何事，此有以愈于伪孔乎？无
有也。清人说《周易》，多摭李鼎祚集解，推衍其例，
则郑、荀、虞之义大备；然其例既为王氏略例所破，纵
如三家之说，有以愈于王氏乎？无有也。《春秋》言公
羊者不足道。清世说左氏，必以贾服为极。贾服于传义
诚审，及贾氏治春秋经，例本刘子骏，既为杜氏释例所
破，质之丘明传例，贾氏之不合者亦多矣。《易》义广
大，不可以身质，王氏与郑、荀、虞或皆有圣人之道
焉，不敢知也。若《春秋》者，语确而事易见，凡例有
定，不容支离，杜氏所得盖什七，而贾氏才一二耳……

(《太炎文录续编》卷一《汉学论》下)

五十二　说易之例

章先生于《易》，虽无专著，然迭遭忧患，深有会心。《检
论》中之《易论》而外，复有自述中所条记。使人读了，足以明
《易》道之大。兹仅录其首二条如下：

上经以"乾""坤"列首，而序卦偏说"屯""蒙"。
"屯"者草昧，"蒙"者幼稚，此历史以前事状也。"屯"
称"即鹿无虞"，斯非狩猎之世乎？其时人如鸟兽，妃
匹皆以劫夺得之，故云"匪寇婚媾"也。然女子尚有贞

而不字，君子尚有舍不从禽。廉耻、智慧，人之天性，故可导以礼而厚其生。"蒙"始渐有人道，故言"纳妇"。婚姻聘币，初与买鬻等耳，故云"见金夫不有躬"也。"需"为饮食宴乐，始有酒食，乃人农耕之世。"观"说"神道设教"，"易"明宗教之事惟此耳。而"观我生观其生"者，展转追求，以至无尽，则知造物本无。此超出宗教以上者也。

观之所受曰"噬嗑"，"先王以明罚敕法"。大凡肉刑皆起宗教、蚩尤泯棼，九黎乱德，人为巫史，五虐之刑亦作焉。参及域外，则有以违教而受炮燔之刑者矣。"噬嗑"有灭鼻、灭趾之象，斯所以继"观"也。受"噬嗑"者为"贲"。"贲"者文饰，今所谓文明也。而君子以明庶政，无敢折狱，故称"贲其趾，舍车而徒"。是为废刖足而代以髡钳役作也。又称"贲其须"，则并除髡刑也。其卦亦及妃匹之事，言"白马翰如，匪寇婚媾"者，文明之世，婚礼大定，立辂骈马于是行矣。然亲迎御轮，亦仿古者劫掠而为之，如系赤韨以仿蔽前耳，故亦称"匪寇婚媾"（原注：睽亦称匪寇婚媾，王辅嗣说此爻，即以文明至穨为说，所谓君子以同而异也）。足知开物成务，其大体在兹矣。

（《自述学术次第》）

五十三　说书之例

章先生于《书》，有《古文尚书拾遗定本》，是一部最后的著作，千载丛疑，一旦冰释。兹录其三则如下：

《尧典》："黎民俎（原注：从敦煌所得释文本）
饥。"《五帝本纪》作"黎民始饥"。此同马本，俎作
祖，故马亦云始也。《周颂正义》引《书》黎民俎饥。
注云：俎读曰阻。阻，厄也（原注：十行本如此）。段
氏《撰异》云："盖壁中故书作俎，故郑云俎读曰阻。
古且与俎，音同义同。孔壁与伏壁当是皆本作且，伏读
且为俎，训始。孔安国本则或通以今字作俎。"按段氏
此说，所见甚卓。且祖古今字也。故安国、史迁、马氏
皆以古今字通之，而读曰祖，且俎古亦一字也。故郑氏
作俎，而改读为阻。究之始饥之义，不甚妥帖，读阻亦
非经旨。寻说文，且，荐也。荐正当作荐。且饥、俎
饥，正即《春秋传》所谓"荐饥"。《诗》所谓"饥馑
荐臻"耳。在穀曰饥，在民曰饥，其实无异也。（原注：
汉《食货志》黎民祖饥，正作饥。俞先生平议已知祖即
且字，训当为荐。然未录作俎之本，今为补正，义始
明确）

《盘庚》下："用宏兹贲。"释鱼："龟三足，贲。"
此以贲为龟之大名，犹后世言蓍蔡，以蔡为龟之大名
矣。宏，《说文》云："屋深响也。"又云："宖，屋响
也。""谹，谷中响也。"皆一义所孳乳，是宏有响应之
义。《系辞》云："君子将有为也，将有行也，问焉而以
言，其受命也如响。"虞翻曰："同声相应，故如响也。"

此言用应兹龟，义正如此，与“各非敢违卜”意相足。

《无逸》：“文王卑服，即康功田功。”释文：“卑，马作俾，始也。”案《三体石经》，此字古文篆隶皆作卑，不从马读。服，古文作葡，借葡为服也。功，古文作叵。康，释宫云：“五达谓之康。”字亦作庚。《谛》有由庚，《春秋传》有夷庚，以为道路大名。康功者，谓平易道路之事；田功者，谓服田力穑之事。前者职在司空，后者职在农宫，文王皆亲莅之，故曰卑服。尝疑《周颂·执竞》云：“不显成康，上帝是皇；自彼成康，奄有四方。”成康即谓成道。《诗》言“踧踧周道”，“周道如砥”，明周家自有道路之制，与夏、商异，匠人管之，合方氏达之，所以车同轨也。

五十四　说诗之例

章先生于毛诗微言，所得尤众，藏之胸中未及著录。其散见于《检论》及《文录》者，例如“关雎故言”(《检论》卷二)，谓所陈系文王与纣之事。后妃淑女，乃指鬼侯之女。“案鲁连书及太史殷本纪，皆说鬼侯一曰九侯，声相似。鬼侯有女而好，献之纣。鬼侯女不喜淫，纣以为恶，醢鬼侯。鄂侯争之强，辩之疾，故脯鄂侯。文工闻之而窃叹，故拘之羑里库。”关雎辞在称美，而义有讽刺。

又如《小疋太疋说》(《文录》卷一)。谓依《说文》：“疋，足也。”古文以为诗大疋字。或曰：胥字。一曰：疋，记也。仓颉见鸟兽蹄迒之迹而初造书契，所以记录緐疋，取义于足迹。“大小疋者，《诗序》曰：'言天下之事，形天下之风谓之雅。颂者，美盛德之形容，以其成功，告于神明。'颂本颂貌字。褒美则曰形颂，纪事则曰足迹。是故雅颂相待为名。孟子曰：'王者之迹息而《诗》亡，诗亡然后《春秋》作。'范宁述之曰：'孔子就大师而正雅颂，因鲁史而修《春秋》，列《黍离》于《国风》，齐王德于邦君，所以明其不能复雅，政化不足以被群后也。'此则王者之迹，谓之小疋大疋，古训敹如也。"又谓"疋之为足迹，声近雅，故为乌乌，声近夏故为夏声，一言而函数义可也"。

又如说公刘"其三军单……彻田为粮"，掸喷索隐，于制度及文字，无不迎刃而解。有云：

> 殷制，公侯不过百里，然自后稷封邰，公刘迁豳，大王迁岐，周地绵亘已数百里，不以殷法宰制。《周语》曰："先王不窋窜于戎狄之间；及文王受命，建号称王，不侪于吴、楚之僭。"此则岐山以西，殷亦夷镇视之，势不能臣畜也。观《诗》有"彻田为粮"，"其军三单"，赋役车甲，悉能自为法令。
>
> （《太炎文录》卷一《封建考》）

此言当时周国的情形，了如指掌。至于"单"字，《毛传》训袭，本甚明了，而许君不能用，郑君亦在疑眩之间；王肃以下，更无论已。其实三单者，言更番征调，以后至者充前人之缺，犹今时常备、后备、预备之制。有云：

其军三单。传曰："三单相袭也。"单训为袭，是其本义。古文作⍦，象其系联也。小篆为单，象古文变其形。《释文》："太岁在卯曰单阏。"孙炎作蝉焉。《方言》："蝉，联也。"《扬雄传》曰："有周氏之蝉嫣。"蝉嫣训连，连续即相袭义，此借蝉为单也。孟子曰："唐虞禅。"《汉书文帝纪》曰："嬗天下。"禅本封禅，嬗本训援，今以此为继位之义，亦借为单。禅位犹言袭位也。明此，则毛公训单为袭，斯为本义。其军三单者，更番征调，犹卒更、践更、过更之制，其事易明。说⍦为辰，经始多事矣。⍦如三展，凭臆说为辰字，何不曰⍦象弹丸，本弹之古文耶？凡钩摭钟鼎、诡更正文者，其无征多此也。说文训大，乃斁之假借也。

（《太炎文录》卷一《与尤莹问答记》，并参阅同卷《毛公说字述》）

五十五 说《左传》之例

章先生于《左传》，早岁即著《春秋左传读》，未刊行。其《叙论》一篇，系专驳刘逢禄，晚年自饬为《春秋左传疑义答问》。（见《章氏丛书续编》）先生又谓"《说苑》《新序》《列女传》中所举左氏事义六七十条，其间一字偶易，正可见古文《左传》，不同今本，而子政古文，代以训诂，亦皆可睹"，乃著《刘子政左氏说》。兹录数条如下：

僖十九年传："盍姑内省德乎。"《说苑》述此作

"胡不退修德"。案《说文》："伇，却也。从彳夕。一曰行迟，伇，伇或从内。㣋古文从辵。"案从内者，内声也。此内字乃衲之古文省借。子政识古文，退释内。《墨子·亲士》曰："君子进不败其志，内究其情。"俞先生曰："内乃衲坏字，与进对文。"今观此文，则内衲固以声通矣。《释文》："省，察也。"省德谓自察其德何如。作修德者，便文易之，非训诂也。寻上说文王云，退修教而复伐之，则此当以逴退劝宋公，崔然无疑义（原注：上作逴，此作内者，古文不定一体，故彝器每有一字而前后异议者）。今人溺于内省不疚之文，皆以内为本字，由不知六书假借也。

《昭二十九年传》："实有豕心。"《列女传》实作宕。按梁端以宕为买之误，未必然也。《说文》："宕，过也。从宀砀省声。"此宕即砀。《淮南·本经训》："玄玄至砀而运照。"注：砀，大也。然则宕有豕心者，大有豕心也。古文正尔，子政所见未讹，不得反以今本改之。

五十六　说诸子及佛学

章先生于诸子，初治韩非、荀卿之书，以为精到，次及墨翟、庄周，益饶妙悟。惟不好宋学，亦尚无意于释氏。观其自述，有云：

> ……三十岁顷，与宋平子交。平子劝读佛书，始观《涅槃》《维摩诘》《起信论》《华严》《法华》诸书，

渐近玄门，而未有所专精也。遭祸系狱，始专读《瑜
伽师地论》及《因明论》《唯识论》，乃知瑜珈为不
可加。既东游日本，提倡改革，人事繁多，而暇辄读
《藏经》。又取魏译《楞伽》及《密严》诵之，参以近
代康德。萧宾诃尔之书，益信玄理无过《楞伽》《瑜
伽》者。少虽好周、齐诸子，于老、庄未得统要。最
后，终日读《齐物论》，知多与法相相涉，而郭象、
成玄英诸家悉含胡虚冗之言也。即为《齐物论释》，
使《庄子》五千言，字字可解。日本诸沙门亦多慕之。
适会武昌起义，束装欲归，东方沙门诸宗三十余人属
讲佛学，一夕演其大义，与世论稍有不同。东方人不
信空宗，故于法相颇能讲受。而天台、华严、净土诸
巨子，论难不已，悉为疏通滞义，无不厌心。余治法
相以为理极不可改更，而应机说法，于今尤适……余
既解《齐物》，于老氏亦能推明。佛法虽高，不应用
于政治、社会，此则惟待老、庄也。儒家比之，邈焉
不相逮矣。然自此亦兼许宋儒，颇以二程为善，惟朱、
陆无取焉。二程之于玄学，间隔甚多，要之未尝不下
宜民物，参以戴氏，则在夷、惠之间矣。至并世治佛
典者，多以文饰诸膏粱，助长傲诞，上交则诌，下交
则骄，余亦不欲与语……

（《自述学术次第》）

《齐物论释》"书，引证释、老，破除名相，是一部谈玄的奇

作。"其序文有云：

    ……（庄生）以为隐居不可以利物，故托抱关之贱；南面不可以止盗，故辞楚相之禄；止足不可以无待，故泯死生之分；兼爱不可以宜众，故建自取之辩；常道不可以致远，故存造征之谈。维纲所寄，其惟《逍遥》《齐物》二篇，则非世俗所云自在、平等也。体非形器，故自在而无对；理绝名言，故平等而咸适。齐物文旨，华妙难知。魏、晋以下，解者亦众。既少综核之用，乃多似象之辞……执此大象，遂以胪言，儒、墨诸流，既有商榷，大、小二乘，犹多取携，夫然义有相征，非傅会而然也……

庞俊撰《章先生学术述略》，对于先生之言玄哲，有云：

    ……于是欧陆哲理，梵方绝业，并得餍而饫之，盖至是而新知旧学，融合无间，左右逢源，灼然见文化之根本，知圣哲（原书此处为"圣智"）之忧患。返观九流，而闳意眇旨，觌于一旦，先后作《原道》《原名》《明见》《辨性》《道本》《道微》《原墨》诸篇，精辟创获，清儒不能道其片言。其说始出，闻者震惊，而卒莫之能易。其《齐物论释》一篇，以佛解庄，名理渊渊，高蹈太虚，足为二千年来儒、墨九流解其封执。若其说狙公赋芧之文，然后知天钧两行之言，不同于园滑也；明尧伐三子之问，然后知天演进化之论，实多隐廑也。胜义稠叠，员舆之上，诸老先生未有先言之者。

寥寥数言，于叙述先生玄学的深邃，上涉圣涯，下宜民物，可谓得其大概了。

第十九节 对于中印文化沟通的期望

五十七 古来中印两国文化的关系

章先生对于中、印两国联合，期望甚殷，尝谓"东方文明之国，荦荦大者独吾与印度耳。言其亲也则如肺腑，察其势也则若辅车，不相互抱持而起，终无以屏蔽亚洲"（《印度中兴之望》）。旨哉斯言！返观历史，两国文化的交流，远起于汉代，海陆并进。由中国方面看来，实在是输入远过于输出。输入中最主要的，当然是佛教。大法东来，发展得异常伟大，我国士大夫及平民无不感受深刻。当初还不是直接的由印度译来，而是间接的得于西域。即如后汉的安世高，是译经的第一人，是中国佛教开山之祖，而其籍则为安息；西晋的佛图澄是中国北地佛教的开拓者，而其籍则为龟兹。这两个都是西域人。自是以后，我国的贤哲，渐渐不满于西域的间接输入，要直接求于印度，于是有西行求法之举。五百年间，高僧辈出，冒万险，历百艰，所产生的结果，能够大有造于文化界，法显和玄奘是其代表，译经既富。显师所著的《佛国记》，奘师所著的《西域记》，以及慧立所著的《慈恩三藏法师传》，不但佛学者奉为鸿宝，就是研究世界史者亦视为珍藏，欧洲诸国，均有译本。

我们对于印度文化，不但输入了教理，而且建设了诸宗。除此以外，还有科学、艺术、工业等很多。因之中、印两国，就国际的关系说，就文化先后的关系说，实在是难兄难弟。我们做弟弟的，究竟有什么礼物回敬老哥呢？有是有的，不过微薄点罢了。我们试读《续高僧传》，有云："奘奉敕翻《老子》五千文为梵言，以遗西域。"又云："又以《起信》一论，文出马鸣，彼土诸僧，思承其本，奘乃译唐为梵，通布五天。"可见玄奘的伟大，不仅阐扬大乘，建立新宗，而且是翻译中国名著的第一人，回译印度失传了的名论的第一人，这就是我们对于印度的贡献。

总之，我们吸收印度文化，绝不是生吞活剥，而是融会贯通。由印度佛教而创造出"中国的佛教"，由印度艺术而创造出"中国的艺术"，由印度的像印，而发明出"中国的印刷术"（敦煌发见的古物中有千佛像，就是用像印印成的。这种像印原于印度）。输入虽多，大有受用，不是模仿，而是创造，实在够得上称难弟！

五十八　先生居东时的努力

中、印两国文化的关系，密切如此！可惜明代以后，两国隔绝，历数百年，固由明代不竞，而语言文字的障碍亦其枢纽。为今之计，亟宜相互讲习，以恢复旧时的睦谊。章先生居东京时，一面亲从印度学士研究梵文，又咨问彼土诸宗学说；一面撰著鸿文，以祝印度的中兴，如《记印度西婆耆王纪念会事》、《印度中兴之望》、《印度独立方法》等（见《太炎文录·别录》卷二）。其《送印度钵逻罕保什二君序》，缠绵悲壮，异常动人，摘录如下：

印度法学士钵逻罕自美利坚来，与其友保什走访余于东京。余固笃志于薄伽梵教，而甚亲印度人者也。平生未尝与其志士得衔杯酒之欢，亦未由知其名号。既见二君，欢相得也，已而悲至陨涕。二君道印度衰微之状，与其志士所经者，益凄怆不自胜。复问余中国近状。嗟呼！吾中国为异族陵轹，民失所庇，岂足为友邦君子道！顾念二国，旧肺腑也，当斟酌其长短，以相补苴。中国士人，喜言政治，而性嗜利，又怯懦畏死，于宗教倜然无所归宿，虽善应机，无坚确之操；印度重宗教，不苟求金钱储藏，亦轻生死，足以有为，独短于经国之术。二者相济，庶几其能国乎！昔我皇汉刘氏之衰，儒术堕废，民德日薄，赖佛教入而持世，民复挚醇，以启有唐之盛。讫宋世，佛教转微，人心亦日苟偷，为外族并兼，勿能脱。如印度所以顾复我诸夏者，其德岂有量耶？臭味相同，虽异族，有兄弟之好。迩来二国皆失其序，余辈虽苦心，不能成就一二，视我亲昵之国，沦陷失守，而彆力不足以相扶持，其何以报旧德！今兹通请谒，复不得在故国，空借日本为瓯脱地，得造膝抒其衷情，相见握手，只益悲耳。

……昔德意志哲学者索宾霍尔（也可以译为"萧宾诃尔"）有言，恻怛爱人之德，莫印度若。欧罗巴之伦理，则旃陀罗（印度语，译言屠者）与蔑戾车（印度语，译言多须之野人）之伦理耳。吾视印度诸圣哲，释迦固上仁，摩拿法典与商羯罗之吠檀多教，亦哀隐人伦若赤子。回教素剽悍，既入印度，被其风，有宽容之德，与往世憎恶他教者异；载其清净，足以使民宁一。

近世欧人言中国即复振，其社会裁制，当为世界型范，夫体国经野之术，支那视印度，则昔人所谓礼先一饭者；至与万物相人偶，视若一体，卒勿能逮也。他日吾二国扶将而起，在使百姓得职，无以蹂躏他国相杀毁伤为事，使帝国主义之群盗，厚自惭悔，亦宽假其属地，赤黑诸族一切以等夷相视，是吾二国先觉之责已。斯事固久远，不可刻限；然世人多短算，谓支那衰敝，难复振起，印度则且终于沦替，何其局戚无远见耶？昔希腊、罗马，皆西方先进国，罗马亡且千四百年，希腊亡几二千年，近世额里什与意大利犹得光复。印度自被蒙古侵略，至今才六百岁，其亡国不如希腊、罗马之阔远，振其旧德，辅以近世政治，社会之法，谁谓印度不再兴者？余闻梵教有塞音氏，始建印度改革协会，穆卒昙娄继之，至于今未艾，而锡兰有须曼迦逻之徒，昭宣大乘，以统一佛教国民为臬，国之兴，当题芽于是。愿二君以此自状，余虽屏然若虮虱蛾子哉，亦从而后也。

钵逻罕君之来，期薄，将西度中国，而保什君亦且诣美利坚。美利坚人之遇保什君，余不敢亿；抑吾中国之群有司，为满洲人台隶，惟强是从，岂念畴昔兄弟之好？钵逻罕君虽多学，且倜傥有大志。彼其相遇，或不能如君望。独自吴淞溯江而上，至于巴汉，北出宛平，以窥榆关之险，观其山渎之瑰奇、人物之蕃殖，而

俯焉制于异族，以与师度相校，悲世之情，宜若波涛而
起矣。

（《太炎文录·别录》卷二）

五十九　西游之志

章先生以居士之身，承奘师之学，夙愿西游，冀以宣扬我文
化，使中、印两国，重申旧好，相互扶持。民国五年三月，厄于
北平，曾赐书寿裳，命为设法。因即就商于教育总长张一麟，托
其进言，竟未有成，至今耿耿。其书录在下方：

季茀足下：数旬不觌，人事变幻，闻伯唐辈亦已
蜚遁。今之政局，固非去秋所可喻。羁滞幽都，我生靡
乐，而栋折榱崩，咎不在我；经纶草昧，特有异人：于
此两端，无劳深论。若云师法段干，偃息藩魏，虽有
其术，固无其时也。今兹一去，想当事又有遮碍，晓以
实情，当能解其忧疑耶！梵土旧多同志，自在江户，已
有西游之约，于时从事光复，未及践言。纪元以来，尚
以中土可得振起，未欲远离也。迩者时会倾移，势在不
救，旧时讲学，亦为当事所嫉。至于老、庄玄理，虽有
纂述，而实未与学子深谈，以此土无可与语耳。必索解
人，非远在大秦，则当近在印度，兼寻释迦、六师遗
绪，则于印度尤宜。以维摩居士之身，效慈恩法师之
事，质之当事，应无所疑。彼土旧游，如钵逻罕、鲍什
诸君，今尚无恙，士气腾上，愈于昔时远甚，此则仆所

319

乐游也，兹事即难直陈当事，足下于彼，为求一纳牖
者，容或有效，若以他事为疑，棋已终局，同归于尽可
知矣，又安用疑人为，此间起居康健！

章炳麟白　二十三日

同年，先生归自北平，遍游新加坡、南洋诸岛，为华侨讲宗
国安危的情势，以坚其内向之忱。岁晚始归。而先生西游之志，
终未得达。

第四章　先生晚年的志行

第二十节　对于甲骨文的始疑终信

六十　早年作《理惑论》

甲骨文（或称"殷契"，亦称"卜辞"）的出土，是孔壁、汲
冢以后最大的发现之一。距今不到五十年，研究者日多，已经蔚
为一种新学问。章先生初甚怀疑，著《理惑论》（见《国故论衡》）
以非难之。大意是说周礼有衅龟之典，未闻铭勒，其余见于龟策
列传者亦刻画无传。骸骨入土，未有千年不坏，积岁稍久，故当
化为灰尘。龟甲蜃珧，其质同耳，朽骨何灵，而能长久若是？开
首有这样几句：

　　近有掊得龟甲者，文如鸟虫，又与彝器小异。其人
盖欺世豫贾之徒，国土可鬻，何有文字？而一二贤儒，

信以为质，斯亦通人之蔽。

先生作此论时，大约因为龟甲文初出，未暇细读，又因为素不信罗振玉（后来果然背叛民国，做了汉奸）的为人，遂牵连于其所研究的古文，这是甲骨文一时的不幸。

六十一　晚年议论的改变

甲骨文是商朝王室命龟之辞，太卜所典守的。我们现今能够在实物上考见文字，要以此为最古而最多。此文出土后，首先来研究考释之人要推孙诒让（第十三节中曾经提到他）。孙氏得了刘鹗所印的《铁云藏龟》，因为没有释文，苦难畅读，靠他平生四十多年攻治古文的心得和研究彝器款识的经验，参互解释，才得略略通晓。他的著书有二种：

（一）《契文举例》，其自序有云："四十年所见彝器款识逾二千种。大抵皆出周后，未获见真商文字为憾。顷得此册，不意衰年睹此奇迹，爱玩不已，辄穷两月力校读之，以前后复緟者，互相采绎，乃略通其文字。远古契刻遗文，更三四千年竟未漫灭，为足宝耳。今就所通者，略事甄述，用补有商一代书名之佚，兼以寻究仓后，籀前文字流变之迹。"

（二）《名原》，也是根据甲骨文以探求文字沿革之迹。这两种书的成就，不但开了文字学的新途径，简直使中国学术上和全部古代文化史上增了新的认识。

继之者有王国维，著《殷卜辞所见先公先王考》及《续考》《戬寿堂所藏殷虚文字考释》《殷周制度论》《古史新证》等书，义据的精深，方法的缜密，可谓极考证家的能事。换句话说：能以旧史料释新史料，复以新史料释旧史料，多所发明，正经典的误字，溯制度的渊源，从来说古书奥义，未有如此之贯串者。

孙、王两氏之间，还有一个人须提明的，便是罗振玉，著有《殷虚贞卜文字考》《殷虚书契考释》等。王国维称之为"三代以后言古文字者未尝有"。其他研究此学者尚众，不详举。

章先生晚年看见了这些创获，亦改变前说，认为甲骨文是可靠的。对于罗振玉的著作，说亦有可采处，真所谓"君子不以人废言"。惜乎此意未及写出，遽归道山，连腹稿亦埋藏地下，是多么不幸的事！时至今日，还有不明底细，援引先生早年《理惑论》之句以疑契文者信口胡说，未免太可笑了。

第二十一节　对于全面抗日的遗志

六十二　万恶的日本军阀

日本之有文化，初则传自中国和印度，近时则传自欧、美诸国，但是日本军阀负恩忘义，穷凶极恶，不但要侵占中国，简直要独霸全球，种种阴谋，竟想干"逢蒙杀羿"的勾当，使我们忍无可忍。蒋介石说：

"……惟有日本帝国主义者，则在中国政治的统一愈有成功，其侵华的阴谋，即愈见积极。继'五三'事件之后，又有'万宝山'事件，'中村'事件，以为'九·一八'事变的导火线。'九·一八'以后，又有'一·二八'之役，'榆关'之役，'热河'之役，'长城'之役，'藏本'事件，'成都'事件，'北海'事件，及至'卢沟桥'事变，乃激起我们中国全面的抗战。"（《中国之命运》第四章第三节）

我们抗战四年以后，始对日本宣战，兹录《国民政府对日本宣战布告》的第一段如下：

> 日本军阀夙以征服亚洲并独霸太平洋为其国策，数年以来，中国不顾一切牺牲，继续抗战，其目的不仅所以保卫中国之独立生存，实欲打破日本之侵略野心，维护国际公法正义及人类福利与世界和平，此中国政府屡经声明者……

六十三　先生与抗日战争

因为严夷夏之防，是章先生一生志节的所在，所以对于抗日战争，提倡最力。当十九路军血战于上海，宋哲元军血战于长城，先生都发电嘉勉，以振士气。我们读《书十九路军御日本事》，知道抗战制胜之道，军民合作得如何重要。其文如下：

> 民国二十年九月，日本军陷沈阳，旋攻吉林，下之，未几又破黑龙江，关东三省皆陷。明年一月，复以海军陆战队窥上海，枢府犹豫，未有以应也。二十八日夕敌突犯闸北，我第十九军总指挥蒋光鼐，军长蔡廷锴令旅长翁照垣直前要之，敌大溃，杀伤过当。其后敌复以军舰环攻吴淞要塞，既击毁其三矣，徐又以陆军来。是时敌船械精利数倍于我，发炮射击十余里，我军无与相当者。要塞司令邓振铨惧不敌，遽脱走，乃令副师长谭启秀代之。照垣时往来闸北、吴淞间，令军士皆堑而

处，出即散布，炮不能中，俟其近，乃以机关枪扫射之，弹无虚发。军人又多善跳荡，时超出敌军后，或在左右；敌不意我军四面至，不尽歼即缴械，脱走者才什一，卒不能逾我军尺寸。始，日本海军陆战队近万人，便衣队亦三千人，后增陆军万余人，数几三万，我军亦略三万。自一月二十八日至二月十六日，大战三回，小战不可纪，敌死伤八千余人，而我死伤不逾千。自清光绪以来，与日本三遇，未有大捷如今者也。

原其制胜之道，诚由将帅果断，东向死敌，发于至诚；亦以士卒奋厉，进退无不如节度；上下辑睦，能均劳逸，战剧时至五昼夜不卧，未尝有怨言；故能以弱胜强，若从灶上扫除焉。初，敌军至上海，居民二百余万，惝恐无与为计，闻捷，馈饷持橐累累而至；军不病民，而粮秣自足。诸伤病赴医院者，路人皆乐为扶舆，至则医师裹创施药，自朝至夜半未尝倦，其得人心如此。

章炳麟曰：自民国初元至今，将帅勇于内争，怯于御外，民间兵至，如避寇仇。今十九路军赫然与强敌争命，民之爱之，固其所也。余闻冯玉祥所部、长技与十九路军多相似；使其应敌，亦足以制胜。惜乎以内争散亡矣。统军者慎之哉！

民国二十一年二月十七日，章炳麟书。

（《太炎文录续编》卷六）

我们又读"十九路军死难将士公墓表",知道先生期望全面抗战是何等的殷切,其文如下:

民国二十一年一月,倭寇上海。十九路军总指挥蒋光鼐、军长蔡廷锴不及俟命,率所部二万人迎击。倭大创,增援者再,战几四十日,寇死五六千人,我军死伤亦称是。功虽未就,自中国与海外诸国战斗以来,未有杀敌致果如是役者也。

十九路军所部多广东子弟,死即槁葬上海,不得返其故。二十二年九月,度地广州黄华冈(即黄花岗)之南,以为公墓,迁而堋之。黄华冈者,清末志士倡义死葬其地者也;以二十一年上海之役相比,功足相副。

昔明遗臣张煌言死难,遗言立墓岳、于二公间,盖生以毅烈相附,死以茔兆相连,其义固然。今之迁葬,非徒饰美观,侈功伐,亦欲推其事类以兴来者。自黄华冈事讫,仅半载武昌倡义,卒以仆清,固其气足以震荡之。后之继十九路军而成大业者,其必如武昌倡义故事,以加于倭,然后前者为不徒死尔。盖功大者不赏,业盛者不能以笔札称扬,故略举死者之事,以俟后之终之者。

中华民国二十二年十月,余杭章炳麟撰并书。

(《太炎文录续编》卷五)

先生这些文字的感召力极强,所以殁后只一年,伟大神圣的全面抗战果然开始了。假使先生还健在的话，该是多么兴奋呢！该还有许多篇雄文，写我民族怒吼之声，永垂不朽呢！

第二十二节　先生的日常生活

六十四　饮食起居

同门王基乾，于章先生的晚年生活，知之甚稔。寿裳因请其写文，俾实本节，兹录之如下：

　　章先生是怎样一个人，世所共知，本文只就先生的日常生活略为介绍：先生是一个赋性恢弘而有远略的人。他论政，论学，固然头头是道，但对于一些细微末节，甚至自己的饮食起居，却又毫不经意。他晚年寓居上海，后因事到苏州。有人劝他就在苏州住家，并且介绍他买一所房子。那所房子在侍其巷，只有前面一重是楼房，院子里栽了几棵树。他走去一看，就很满意说："还有楼。"看见树又说："还有树。"后面也不再看，就和人家议价。人家看他这样满意，向他索一万五千元。这在当时已是超过时价很多，本有还价的余地。不料先生非但不还价，竟付出一万七千元成交。等到章夫人晓得赶来看时，一切手续业已办妥，房子竟不能住！要卖，原价已经很高，绝对卖不出，租也租不上价，结果只有空着，雇人看守，另在锦帆路筑一新屋。

　　先生生平除嗜吸纸烟外，对于饮食别无专好。章夫人是信佛茹素的，禁食一切肉类。因为要维持先生的健康，案上也常常设鸡，但先生从不下箸，只食面前菜蔬。后来有人建议，把鸡肉放在先生面前，从此即见先生专以鸡肉佐餐了。这件事说来很奇怪，但也不是绝无仅有。宋朱牟《曲洧旧闻》说："荆公又为执政，或言其喜食獐脯者，其夫人闻而疑之曰：'公平日未尝有择于饮食，何忽独嗜此？'因令问左右执事者：'何以知公之嗜獐脯耶？'曰：'每食不顾他物，而獐脯独尽，是以知之。'复问：'食时置獐脯何所？'曰：'在近匕箸处。'夫人曰：'明日姑易他物近匕箸处。'既而果食他物尽，而獐脯固在。而后人知特以其近故食之，而初非有所嗜也……"此即可看出一代伟人用功之深，精神有所专注，因此无暇据顾及饮食。人家骂王安石虚伪，不近人情。以先生之事例之，可见也并不尽然。

前段曾经说过，先生对于饮食别无专好，独嗜吸纸烟。他并不讲究好牌子，是纸烟就行。不过一经吸着，决不止一支。尤其是当讲学或和人谈天，总是一支接着一支，未尝去手。这时只见室中烟雾纷披，而先生神采方旺，谈锋更健。因为谈天也是先生乐事之一，只要有人触其机锋，话头便源源而出了。

先生素知医，于《伤寒论》尤有研究，间为人开方治病，也都能奏效。但关于自己的卫生，却又异常忽略。有时夫人劝他注意营养，多进补品如鸡蛋之类。先生听了，每每把夫人的话重述一遍，好像是闻所未闻。

先生更不从事运动，因此连走路似乎都很吃力。但如跟随他的人上前去搀扶，先生必极力挣脱，拂袖而去。由这一点，也可看出先生独立自由的精神。

先生对于金钱，简直可以说是视若无物，如前段所提的买房子就是一例。在别人看起来，他是受了欺，上了当。其实先生自己何尝有丝毫疑心。不过先生的性情是叫人摸不着的，有时家里零用他都要管，甚至买一刀草纸，也得直接向他领钱。

六十五　精神生活

先生读破万卷，著述等身。但藏书并不多，更不讲究版本。一部《十三经注疏》，只是普通的石印本。因为翻阅次数太多的缘故，已变成活叶。有一次为学生讲《尚书》，稍一不小心，书竟作蝴蝶飞，散落满地，引得哄堂大笑，而先生仍言谈自若，绝不在意。

先生的书名也不小，求书的人自然很多。他的书法自成一家，篆和行草都有一种面目。人家只要得到他的片纸只字，都视若拱璧，什袭珍藏，倒是先生本人，反不怎样满意自己的作品。往往一幅写成，看了一下，即放在废纸之列。这可给了他侍役一个赚钱的机会，竟串通一家装裱店，专窃这种字，印上先生的图章，装裱后价卖与人，得钱两人朋分，先生初不在意，一直经过很长的时间才发觉，因此他想出一个防弊的方法，就是把写来不要的字一律撕破，塞在字纸篓里，图章也从侍役手中收回，以为这样总是一个稳妥的办法了。但是他却忘了，作弊是我国人的特性。有一种人会防弊，也就有一种人会舞弊。在这以后，完整的纸固不易得，撕破的字装裱起来，还不是一样？至于图章，在先生用了多次以后，反正是要交给侍役一洗的，这可又给了侍役一个盖章的机会。

先生晚年除著书讲学外，也常常做点应酬文字，大概不外是书文题跋和碑铭之类。一篇墓志铭或墓表，人家通常送他一千元到二千元。但他做文章，并不就以金钱为准。据说有一个纱厂的主人，想请他做一篇表扬祖上的文字，送他万元作为润笔。他却极力拒绝，一字也不肯写。他替黎黄陂做了一篇洋洋的巨文，又一钱不受。因为先生是最重感情的，他于当代人物，除孙公外，惟于黄陂有知遇之感。所以替黄陂做文章，认为是应尽的义务。

因为先生享有当代大名，所以常常接到一些不相干的信。或是同他讨论某种问题，或只是恭维他。那班替先生办笔札的人，对于这些信，往往置之不理。但先生以为人家既有信来，总得回答，免使人家失望。因为这些被弃置的信，反是先生亲笔答复。

（以上是录王基乾的《章先生逸事》）

第二十三节 "学而不厌·诲人不倦"

六十六　苏州讲学

章先生光复中华，振兴学术，功业虽成而精力弥瘁。民国七年以后，知植党无益，一切泊然。晚年见当世更无可为，乃退而讲学于苏州。王基乾《忆余杭先生》文中，言其扶病讲学，直至弥留时的情形甚详。兹摘录如下：

……先生虽衰老，然于讲学则未忽稍苟。初，先生患鼻衄，中央以先生功在国家，特赠予万元，以为医药资。先生初不欲，既受之，则以此款为人民血汗所出，不欲用诸个人，因复成立国学讲习会于苏州寓庐，冠章氏二字，距初在东京讲学时，盖已二十有八年矣。先生讲学，周凡三次，连堂二小时，不少止，复听人质疑，以资启发；不足，则按日约同人数辈至其私室，恣意谈论，即细至书法之微，亦无不倾诚以告，初不计问题之洪纤也。二十五年夏，先生授尚书既藏事，距暑期已近，先生仍以余时为足惜，复加授说文部首，以为假前可毕也。顾是时先生病续发，益以连堂之故，辄气喘。夫人因属基乾辈，于前一时之末，鸣铃为号，相率出室外。先生见无人倾听，可略止。然余时未满，诸人复陆续就座。先生见室中有人，则更肆其悬河之口矣。以此先生病弥甚。忆最后一次讲论，其日已未能进食，距其卒尚不及十日。而遗著《古文尚书拾遗定本》，亦临危前所手定。先生教学如此，晚近真罕有其匹也。

先生病发逾月，卒前数日，虽喘甚不食，犹执卷临坛，勉为讲论。夫人止之，则谓"饭可不食，书仍

要讲"。呜呼！其言若此，其心至悲。凡我同游，能无
泪下？

六十七 "哲人其萎"·国葬

国丧典刑，"哲人其萎"，民国二十五年六月十四日，先生逝
世。寿裳在北平，闻"梦奠"之耗，不胜哀痛！曾于北平追悼会
中，致开会辞，大意思说章先生之殁，举国同悲。但是我们今天
在北平开会追悼，特别地加倍地来得悲哀！因为现在北平成为前
线了！回念先生绸缪国是，每每不幸而言中。自民国元年，先生
力主北都，以为辽东靠近强邻，易被觊觎。如果都城在南，控制
必有所不及。到了国民革命军底定全国，奠都南京，东北虽改树
国旗，仍旧自为风气，而先生昔日之言，渐不为人所称道。哪知
道民国二十年九月十八之变，一朝而失三省，热河继陷，北平成
为前线了。寿裳并集遗著，撰挽联云：

> 内之颉籀儒墨之文，外之玄奘义净之术，专志精
> 微，穷研训故；
> 上无政党猥贱之操，下作懦夫奋矜之气，首正大
> 义，截断众流。

上联首二句，出于《瑞安孙先生伤辞》，次句《菿汉微言》；
下联首二句《答铁铮》，次二句《与王揖唐书》。上联是国学大
师，下联是革命元勋。以先生之德业巍巍，文章炳炳，原非数十
个字所能形容，不过轮廓依稀在是而已。

国民政府闻丧震悼，崇礼宿儒，明令褒扬，特予国葬。令文是：

> 国民政府令，二十五年七月九日，宿儒章炳麟，性行耿介，学问淹通。早岁以文字提倡民族革命，身遭幽系，义无屈挠。嗣后抗拒帝制，奔走护法，备尝艰险，弥著坚贞。居恒研精经术，抉奥钩玄；究其诣极，有逾往哲。所至以讲学为事，岿然儒宗，士林推重。兹闻溘逝，轸惜实深！应即依照国葬法，特于国葬。生平事迹存备宣付史馆。用示国家崇礼耆宿之至意。此令！